心的方向

彭 程 著

·桂林·

心的方向
XIN DE FANGXIANG

图书在版编目（CIP）数据

心的方向 / 彭程著. --桂林：广西师范大学出版社，2021.7
（彭程作品系列）
ISBN 978-7-5598-3789-9

Ⅰ. ①心… Ⅱ. ①彭… Ⅲ. ①散文集－中国－当代 Ⅳ. ①I267

中国版本图书馆 CIP 数据核字（2021）第 075978 号

广西师范大学出版社出版发行
（广西桂林市五里店路 9 号　　邮政编码：541004
网址：http://www.bbtpress.com）
出版人：黄轩庄
全国新华书店经销
广西广大印务有限责任公司印刷
（桂林市临桂区秧塘工业园西城大道北侧广西师范大学出版社集团有限公司创意产业园内　邮政编码：541199）
开本：880 mm × 1 230 mm　1/32
印张：9.5　　　字数：176 千
2021 年 7 月第 1 版　　2021 年 7 月第 1 次印刷
印数：0 001~6 000 册　　定价：49.00 元

目　录

第一辑　古韵飘香

第二辑　山水新颜

第三辑　心的方向

第四辑　京城日影

第一辑　古韵飘香

梨墨飘香的地方

这个地方靠海，东海的南端。海岸线漫长曲折，将无垠的波浪和连绵的陆地分别开来。陆地不断地向后退缩，一直退到高低起落的丘陵之间。湿润温热的气候，让这里的棠梨树生长得茂盛茁壮。春天，素净细碎的白色花朵散发出清淡的香气。它的木质坚硬且有韧性，用途之一，便是可以刻成一个个字模，用来印刷。

这是一个故事最初的开头。

这个开头伸展下去，在漫长的时间中滋长蔓延，便发育成一个繁复庞杂的系统，有着巨大体量和众多头绪，需要用一座博物馆来存放和阐释。

我此刻便是置身其中，一个叫作“中国木活字印刷文化村展示馆”的地方，在浙江瑞安平阳坑镇东源村。博物馆是一个器物辐辏的处所，各种实物与照片，散发出浓郁古旧的气息。尤其是那种专业类的博物馆，某个领域的知识和历史，被分门别类地浓缩在一定的空间内，在其间观看行走，会感到周身被它们的气息裹挟浸润，仿佛眼前的事物就是生活的全部。

对于操持这种营生的人们来说，事实也正是如此。

这些人在当地都是最基层的劳动者，朴实沉默，但正是他们让一项伟大的发明得以传承赓续。印刷术是中国古代四大发明之一，木活字印刷是其中一项重要技术，一个堪称里程碑式的创造。斗转星移，它逐渐淡出人们视野，踪影难觅。在几乎被遗忘百年之后，有研究者惊喜地发现，它其实一直默默然而执拗地存活在瑞安的东源村一带。追溯史书的记载，自元代农学家王祯（1271—1368）在公元 13 世纪晚期发明这种“巧便之法”约 20 年后，瑞安即将之用于印刷，迄今已历经 700 多年。这里山高林深，在历史上属于僻远闭塞之地，反而更易于避免一些人为的祸害如兵燹等。它被完好地保存了下来，也因其无比珍贵而成为国家级非物质文化遗产。

在瑞安，木活字印刷的最通常的成果，或者说最直接的呈现方式，是家族谱牒。所以，那些以此为业的人被通称为谱师。这源于悠久而深厚的传统。传统中国是宗族社会，聚族而居，家族的繁衍成为社会延续的根本。因此，建宗祠、置族田、修宗谱、定族规、立族长，也成了一种基本而普遍的规制，尤以明清时代为盛。保持宗族血缘遗传的纯洁性，缅怀先人业绩和家族荣誉，理清宗族纵横相传的体系，如此种种，都为修撰家族宗谱提供了充足理由。“戊戌六君子”之首的谭嗣同认为，谱牒是宗族维系的根本。更早的南宋理学家朱熹甚至说过：“三世不修谱，当以不孝论。”除传统之外，还有一条特殊的理由。瑞安所属的温州及周边的浙东南、闽北区域，原本是荒蛮之地，居民祖上多从山西、河南一带迁来，是典型的移民社会。寻根问祖的需求，也进一步促成了谱牒编修在此地的盛行。

修谱还只是开始。宗族在繁衍中不断增添新的辈分，还会分蘖出支派旁系，因此每隔一定的时间族谱还要续修，于是这一种被雅称为“宗谱梓辑”的行业也便延续下来。梨墨的香气，终年弥漫于这一片土地之上，仿佛流经此地的那一条大河——飞云江，穿越时光流淌不息。

一种需求催生了一个产业。木活字印刷和谱牒梓辑手艺，自一开始便具有鲜明的指向性。当下文化产业得到大力倡导和扶持，不妨说，木活字印制宗谱这个行当正是文化创意产业的早期形态之一。按照今天的说法，谱牒也是一种商品，用户便是众多的家族。只有质量值得信赖，才会有人来请你修谱。这一点，其实古今同调。

想来当初应该会有不少人家从事这一职业，但蔚成大观并见诸史料记载的，当以东源村王氏家族为翘楚。700 年来，这个家族前后二十几代人，将这门技艺发展得炉火纯青，遐迩闻名，也为家族积累了可观的财富。包括那些迁徙到江西、闽南、台湾等地的家族分支后裔，也都固守着祖传的修谱手艺。随着传统文化的重光，民间宗谱梓辑热潮涌动，东源村王氏家族后人及各姓谱师的木活字印制宗谱的生意也日益兴隆。

在展示馆里走动，看着一幅幅照片、一件件实物，我有一种特殊的来自职业的亲切感，久违的记忆在眼前浮现。三十几年前，毕业分配到报社，头几个年头是当夜班编辑，隔壁就是排版车间，经常帮着组版师傅去捡铅字，两手沾染了乌黑的墨迹。时间长了，一些常见字模存放在哪一个架子的哪一层，也大致熟悉了。那些字模，不但分成宋体、楷体、黑体等，还有着大小的不同。

而这里的木活字却只有一种字体：老宋体。

这种字体横细竖粗，笔画对比度大，字形方正，根基扎实，稳健遒劲，明代以来曾长期作为官方字体。用它来印制家族宗谱，更能够传递出庄重严肃的意味。宗谱被视为宗族的圣典，因此印数稀少，一般仅印数本。

依据史料的记载，我想象在遥远的过去，当宗谱印刷完成之时，选定吉日吉时，在宗祠举行隆重的圆谱祭祖仪式，由谱师和族长诵读祭文，敬拜天地祖先，分发房谱、家谱，封箱总谱，然后是抬谱巡游、大摆宴席、连台演戏，热闹非凡。相信凡是参与过这个庆典的人们，内心一定会深深地感受到某种情绪，关涉家族的神圣感和凝聚力。

离开展示馆时，得到一册《梨墨春秋——瑞安木活字印刷影像志》，晚上回到住处后，伏案静心浏览。著作者吴小淮当年受当地政府派遣，负责展示馆的修缮和布展工作，几年下来，浸淫日深，成了一位名副其实的专家，知识广博，见解不凡。白天在馆内，正是他一直陪同讲解。匆促中留下的印象，自己过去的一些浮泛的认知，经由此书得到了印证，也得到了深化。

木活字印刷流程之复杂，令人咋舌：刻字、捡字、排版、校对、研墨、上墨、刷印、盖红圈、画支系、填字、分谱、折页、草订、切谱、装订、封面……拢共十几个环节。这里仅以最初的一道工序“刻字”为例，来说明这项工作对技艺的严苛要求。刻字是一桩辛苦活儿，首先要用毛笔，将要刻的字仔细地反写在平整的棠梨木字模上，然后用刻刀逐步把所有的横笔画刻好，接下来再刻竖笔画。刻字时必须静心运气，功到方能字成。字形刻好后，再将空白的边角全部挖去，这样，一个反写的字就凸现在木模上了。一天十几个小时下来，最多也就能刻出七八十个字。一个家族的历史，就是通过这些印在宣纸上的字而得到记载，而一位刻字者，也是在这种漫长而单调的劳作中，渐渐耗尽了自己的生命。

画册中介绍的近百位从业人员的工作，基本上涵盖了木活字印刷的所有环节。他们年龄相貌各异，但画面上一概是埋头劳作的样子，目光笃定，表情凝重。这正是一个专注的劳动者的标识。长久地沉浸于工作中，就会生长出这样的表情。偶或有人面向镜头，反而显出一丝局促和羞涩。经年累月的静默，是为了把手中本领拾掇得越来越精湛。这种技艺要求的是耐心和细致，来不得半点敷衍和草率。近年来，“工匠精神”被屡屡提及，它的精髓所在，正可以从这些艺人们的神情姿态中寻得答案。抵抗匆忙，躲避喧嚣，将心血仔细地灌注进去，技艺才能够获得坚实而长久的生命。

从画册中，我认出一位名叫吴魁兆的谱师，正是上午见到的一个人，于是思绪又返回到了展示馆现场。参观即将结束时，在临近出口处的一间屋子里，有现场的演示。主人让我们每个人说几个字，随便什么，4 个字或 8 个字，报给这位吴师傅。他转身到旁边的字盒里，很快地挑拣出这些字，放进台面上黑色的印版中，用棕刷在上面均匀地刷上一层墨，覆上宣纸，来回刷动，再揭起宣纸，一张木活字印刷品就出现在眼前。整个过程娴熟流畅。这是一页长方形红色信笺，画面风景有数种，每人可以根据自己的喜好选择。我很喜欢其中的荷花图，一丛数盏荷花占了大半画面，花盘和花瓣，线条清晰优美。左上角位置，由上而下印上了挑选者念出的字句。自始至终，这位师傅神情颇为严肃，不苟言笑。或许这是个性使然，但我愿意相信，也有一份来自这种沉默的劳动的灌溉。他微蹙的眉头下那副专注的目光，仿佛在证实这一点。

一张张精致的印刷品，被同行者们欢喜地拿在手里，欣赏赞叹，又精心叠好收存起来。轮到我了，我念出了 8 个字，也是两个成语。我觉得，它们最能够描绘这种技艺的属性，也最能够表达我对这些身怀长技的匠人们的敬佩——

抱朴见素。

守静致笃。

目光里的松阳

在这样的地方，适宜于将眼睛想象成一部摄像机。目光的收放，仿佛镜头的伸缩，将不同距离的目标，一一捕捉和摄录。

此刻，从站立的地方望去，对面几百米开外，是一处宽展的山坳，仿佛张开的臂膀。一幢幢古旧的房屋，沿着山坡的自然形态，由低处往高处，一级级地伸延开来。两排相邻的房屋之间，高低落差大约两到三米。整个建筑群的高度，目测在两百米左右。这种层级排列的特点，使得每一排房屋的墙面大部分袒露着，少有遮挡，相互间拼接成了一个层层叠叠的巨大的建筑外立面。墙面原本用白粉刷成，但经过数百年的风雨剥蚀，大半已经脱落，袒露出黄土的坚实墙体，色调温暖。一排排黑色扣瓦的屋脊，以平行的姿态排列着，分割开了这个巨大的土黄色块。黄黑色调的配搭，使得画面构图既灵动又凝重。

这是杨家堂村，一个阶梯式古村落。

几个小时后，视野中出现了另一个村庄。这次要更远些，是从位于半山腰处的山路旁俯瞰，距离目标当在 1000 米以外。整个村子三面被山峦紧紧环抱，仿佛端坐在一把太师椅上。大朵的白云静静地悬挂在村庄上方，映照着蓝得透亮的天空。距目光最近的地方，是进入村口的小路，旁边有一眼方方正正的水塘，碧绿的水面上有几只白鹅游弋。目光向右后方向挪移，在另一条进村的小路旁，有三棵粗壮茂盛的古松树，一字形排开，高高挺立在一片青黑色的屋顶之上。

这是酉田村，一个台地式古村落。

如果说上面两处分别是中观和远观，那么接下来显然应该说到近观了。

这一次视觉的盛宴发生在第二天。眼睛和目标间的距离，骤然间缩短到只有三五米，甚至更少。这是一个一万多平方米的院落，由前、中、后院及家祠、宗祠、花园等构成。它由祖孙三代陆续建造，自清代同治年间开始，到 20 世纪 20 年代民国年间完成，雕梁画栋，美不胜收。尤其是分布于各处的众多木雕，技艺精湛，令人惊叹。由鸟兽鱼虫、植物花卉衍生出了众多题材，喜鹊登梅、灵猴献寿、岁寒三友等等，尽皆栩栩如生，出神入化。

这是黄家大院，一个美轮美奂的古典庄园。

…………

令我的目光牢牢地羁留的这些场景和画面，属于同一个地方——松阳，浙江丽水市下辖的一个县，位于浙西南绵延邈远的群山中。

“按节下松阳，清江响铙吹。”唐代大诗人王维的诗句，吟咏的是松阴溪，松阳的母亲河。这条河自西至东贯穿县境，流入瓯江。诗人送友人来松阳任职，在他的想象中，这里江水流溅时发出清越的声响，有着某种鼓乐的音律。这样的诗句，一下子给想象注入了一种悠远浑茫的历史感。的确如此，远在东汉建安年间，这里就设立了松阳县，迄今已经历了约1800年的时光。

虽然历史久远，但在大多数时间内，它鲜为人知。这首先是因为地处偏僻。交通不便，信息闭塞，以及相伴生的贫穷落后等，注定了难以有更多的目光投向这里。不过这倒也并非全是坏事，所谓祸福相依。在过去漫长的农耕时代里，这样的地方容易躲过兵燹。今天，经济建设大潮裹挟一切地域，但偏僻的地方与通衢大邑和沿海经济发达地区相比，因为硬件条件不足，往往要慢上几个节拍，滞后若干年。有了这种时间差，从好的方面讲，就是可以借鉴发达地区在发展中的经验，吸取教训，不走或少走弯路，不用交付巨额的“学费”。

松阳印证了这一点。僻远的地理位置，让松阳有幸保存下了众多的古村落，也保存下了一个良好的生态环境。这就使它具有了后发优势。

这种优势，既是自然的，也是人文的。

作为一句生动的俗语，“天下没有不散的筵席”已是耳熟能详，但对于一个外来人，松阳的山水自然，就是一道永远不会撤席的“目光的盛宴”，只是随着季节和时辰不断变换着内容。短暂的几天中，感官积攒下了丰富的印象，足够在此后很长时间里反复回味。这里，蓝天白云是天空的常态，阳光穿过透明的空气倾斜下来，树叶仿佛被擦拭过，熠熠闪光。澄澈清亮的溪水，舒缓辽阔的茶园，桂花树浓郁的香味，夜晚窗外的蛙声，黎明时分的鸟啼，都让我们一行来自不同的大都市的旅行者，有一种超出期待、何其奢侈的感觉。由于水量丰沛，云雾缭绕的景色随时可见，行走山水间，恍惚置身于一幅立体的水墨画长卷之中。

更为可贵的是，在这巨幅山水画之上，保留了100多座格局完整的传统村落，其中不乏国家级、省级的重点保护对象。这些村落散布在“八山一水一分田”的县境内各处，依据当地地形的不同，呈现为阶梯式、平谷式、傍水式等各种样貌。不过对于眼睛来说，尽管目标姿态各异，却可以用一个成语来概括：目不暇接。

每一个村子都体现了与自然的紧密融合，或以青山为倚靠，或以绿水为襟带，或仰接峰巅，或俯瞰幽谷，山环水绕，林木蓊郁。走进村头，或者有一道溪流，自山上流淌下来的溪水汩汩有声，清澈见底，或者有一棵高大粗壮的古树，甚至几棵合抱，伸展的树冠遮住了一大片地面。再向里面走，村中巷弄弯曲幽深，脚步在块石和卵石铺就的小径上敲打出声韵，石径的边沿和墙脚交界处，覆盖了一层湿滑的绿苔。

从外观看，这里的建筑融合了浙、闽、徽三地的风格，夯土的泥墙立面，拱形屋顶上的青瓦，高低起伏的马头墙，经过数百年的风雨侵蚀，多已漫漶残缺，诉说着岁月的沧桑。推开一扇老旧的门板走进老宅，廊道曲折，天井萦回，地面的方砖大半已经龟裂，纹路纷乱。瓦檐下、窗棂旁、屋梁侧、柱础上，到处可见石雕、木雕或彩绘，多取材于神话传说和传统典籍：八仙过海、麒麟献瑞、松下问童子、鲤鱼跳龙门……笔法精致、细腻、生动，有祝祷的寓意，有教化的作用，本身也是精美的艺术品。

村子里巷弄纵横交织，幽深曲折。在错落的老宅之间，分布着宗祠、庙宇、米碓、水井、水槽、神龛、晒谷坛……一些在别处早已经消亡的农业时代的典型建筑和器具，在这里却完好地保留着，仿佛一位历经沧桑的耄耋老者，以从容安详的姿态，淡然地面对外界的纷乱扰攘，兴衰更替。

9 月下旬的江南，仍然十分炎热，走不多久就出一身汗。快速是天然不适合这里的，需要放慢脚步，放松呼吸，让目光缓缓地摩挲视野中的一切，一如时光亘古以来在此处缓缓地流淌。坐在百年香樟树的浓荫下，喝一杯用多种草药配制的当地传统的“端午茶”，听着松风时作，溪水潺潺，有一种沁入骨髓般的深长的惬意。

这些老屋旧宅及附属的各种建筑所构成的村落，堪称中国传统乡土建筑群完好保存的样本，而建筑从来是文化的重要组成部分和最为具象化的存在。无论是一座屋宇、一进院落，还是一口藻井、一扇窗棂，整体和局部，大处和细节，处处弥漫着传统美学的韵味和情致。

但它们显然并非是独独属于审美的，虽然目光最初感知到的正是这一点。在美的种种样貌形态背后，它们还有着更为丰厚的蕴含，承载了十分广阔的功能。譬如“耕读传家”，是数千年的农耕社会所尊崇敬奉的价值，被一代代地传承着。这几个字被刻写在无数古宅老院的匾额上，如果是以对联样式张贴镌刻于楹柱上，就扩展成了“耕读传家久，诗书继世长”。在这样的环境中长大的孩子们，每天进出门口时，抬眼所见都是这些字句，耳濡目染中，如何不受到熏陶？传统文化价值观就是以这样具体可感的方式，融进了一代代人的灵魂。前面写到的杨家堂村，一个只有 300 来人的小村子，是明代开国第一文臣宋濂后裔的聚居地，文风昌盛，绵延不衰，近代以来从这里走出的教授级别的学者就有 50 多人，在众多领域都取得了丰硕成果。

…………

正是因为如此，松阳享有“最后的江南秘境”“古典中国的完美标本”等美誉，在典籍文献之外，为祖先们数千年来所栖身的家园，为一种悠久而充满魅力的生活方式，保留下了鲜活生动、具体可感的形态样貌。

现代化浪潮席卷之处，一应城市乡村无所逃遁。目光所及，到处是所谓标准化、时尚化，因而也是高度雷同化的环境和生活。喧嚣和躁动，忙乱和焦虑，速度和效益……织就了一张无形的巨网，让人们灵性窒息，疲惫不堪。相形之下，这里幽静古雅的氛围，舒缓从容的节奏，便愈发显得可贵。仿佛是上天的特意安排，在遥远宁静的群山之间，安放一种美好，为了让人们真切地领悟什么才是诗意的生存。

而这里的人们，也的确没有辜负上苍的这一种厚意。

记忆闪回。抵达松阳县城的第一天，晚饭后，我们一行走到老城区的西屏街上。这是一条明清老街，长约两千米，较为完好地保存了当年的样子，青石板的街道两旁，鳞次栉比地排列着下店上宅式的二层木结构店铺，有铁匠铺、金银铺、炭烛铺、锡箔铺、草药店、裁缝铺、棕床店、剃头店、制秤店、拉面店、酥饼店……不下几十家店铺，堪称一个古老集市的完整标本。单单一个铁匠铺，就摆放着菜刀、镰刀、柴刀、刨刀、锅铲、锄头、斧头、镐头等多种铁器，很多是我告别在农村生活的童年后再也没有看到过的。盯着这些器物，仿佛看到了一条时光的纽带，绾结起了漫长的岁月。

这样的老街，在不少城市中，或者被野蛮拆除，或者把原来的住户迁走，经过一番修葺变成了旅游参观的项目，居住生活的功能却被剥离了。松阳的做法完全不同。当地政府秉持“活态传承”的理念，不但让老街的原住民安心住下去，也鼓励来此赁房做生意的商人以店为家。在保持老街的空间风貌及建筑外立面传统风格的前提下，进行了现代化的设施改建，大大提升了居住舒适度。房子住了人，便有了鲜活的生命气息。传统生活方式的浓郁气息，也就十分自然地氤氲弥漫开来。

随后几天的行旅中，所见所闻，无不在增强和深化这种感受。它们尤其体现在数十个传统村落的再造上。从政府主导的“拯救老屋行动”“田园松阳”计划，到民间自发的各种行动，都强调对古村落保护的完整性和原真性。通过政策扶持，让原住户将老旧的房屋改建成对外营业的民宿，通过生态农业、休闲度假、文化旅游等方式，充分展现松阳的山水人文之美。

譬如四都乡平田村。从这个位于半山腰的村子向四处眺望，目光被几座舒缓绵亘的山峰遮挡。一位经商致富的本地人，向村民租了28幢老屋，在政府支持下，请来清华、哈佛的专家进行设计，改建成不同档次的民宿，因为品位不俗，知名度迅速提高，吸引了大批的游客。

其中一处名为“云上平田”的多功能综合民宿项目，让我们大开眼界。这里有茶吧、咖啡吧，坐在宽敞的露台上，可以远望峰峦之上云起云落，近观飞鸟从树梢间一掠而过；一间农耕展览馆，陈列着各种农具，让人恍若回到了在田野间奔跑追逐的童年时光；一间艺术家工作室，可以体验蜡染、丝绸、围巾的制作过程；一间多功能会议室，摆放着现代化的音响设备——大屏幕上播放着的自拍影像，是一位朴实开朗、充满活力的姑娘，介绍自己如何辞去在杭州的工作，来这里创业，见证了从耕耘到收获的整个艰辛而又快乐的过程。

重要的是这里保存了乡间生活的原味。房屋的梁架、门窗、廊道，都依照原来的格局走向改建；木器未经油漆，袒露着天然的色泽和纹路。在各层的房间里，从不同方位的每一个窗口望出去，都是一帧画面：一堵斑驳的老墙，一个逼仄的天井，一池静谧的绿水，一株葳蕤的芭蕉，一片亮蓝的天空，一抹绵延的青黛色峰峦……

置身这样的地方，不由得会想到那一句广为流传的话——“望得见山，看得见水，记得住乡愁。”

目光作证，在松阳的大地上，这已经是一个生动确凿的事实。

钱塘江尽到桐庐

一

在浙西北桐庐的山水间行走，时常会与吟咏此地风光的古诗词相遇。在富春江畔的一长排诗碑上，在某家餐馆的墙壁上，在某个古村村口的碑记上，这些清新隽永的诗句不期然而然地跳进游人的眼帘，为这一方土地上的无边美丽做着生动的注脚。

桐庐境内，峰峦竞秀，江河争流，山与水的交融，营造出一种清幽殊绝的韵致，被誉为“秀丽天成”。它的魅力的源泉，首推当是富春江。它仿佛一条银色的玉带，绾接起了两岸的山峦、田野和村落，逶迤连绵，延展成为一幅美不胜收的巨幅山水画卷。

“钱塘江尽到桐庐，水碧山青画不如。”出自晚唐诗人韦庄笔下的诗句，清浅明丽，亲切可人，如同江水带给人的温润熨帖的感受。钱塘江流入桐庐、富阳境内，被称为富春江，这一段江山之美，冠绝天下，尤以桐庐境内为最，赢来题咏无数。

苏轼这样赞美它：“三吴行尽千山水，犹道桐庐更清美。”而到了陆游，更是触目所及皆堪怜爱，“桐庐处处是新诗”，乃至生出热切的向往，“安得移家常住此”。

诗人们寄情山水，屐痕处处，遍览天下美景，眼光往往是挑剔的，但桐庐却让他们这般迷恋痴醉，不吝赞美。不难想象，它该有着怎样特异卓绝的魅力。

千百年间弦诵不绝的古典诗文，也仿佛一条长河，有着自己的上游和源头。对于这个地方，早在南北朝时期，南朝梁文学家吴均在《与朱元思书》一文中，就已经有着极为生动的描写：“风烟俱净，天山共色。从流飘荡，任意东西。自富阳至桐庐一百许里，奇山异水，天下独绝。水皆缥碧，千丈见底。游鱼细石，直视无碍。”在桐庐的几天，与富春江时即时离，每次相逢也都是在不同的河段，但不论是在哪里，只要看到一泓碧绿的江水，这些几十年前就背诵如流的句子，就会又一次鲜明活泼地跳进脑海中。

诗画不分家。富春江的涛声，在诗人吟哦声中化成一行行韵脚，而它的浪花溅落到宣纸上，便晕染成了一幅幅画卷。元代黄公望的传世名作《富春山居图》，描绘了富春江两岸的初秋景色。600 多年前，80 岁高龄的黄公望游历至此，感慨于这里山峰峻奇，峡谷雄伟，江流气度不凡，美不胜收，于是长住下来，用整整 4 年的时光，走遍富春江两岸的峰峦林壑，绘就了这幅被誉为“画中之兰亭”的山水长卷。据说，八成画面都取材于桐庐境内的江山景色。画卷上，天地静穆，远山微茫，江阔波渺，林峦浑秀，草木华滋，村舍茅亭之间，樵夫钓客的身影参差隐现，弥漫着萧散淡泊的诗意。凭借艺术的非凡力量，大自然之美获得了永恒的生命。

我与富春江的首次晤面，是在桐君山对岸。隔江北望，富春江与其支流分水江交汇处，一座青黛色的山峰仿佛浮在水面上，林木蓊郁。这便是桐君山，旁边是桐庐老城。翠峰如簇，在宽阔澄碧的江面上投下浓重的倒影，又被阳光和江风撕扯成一缕缕一片片的粼粼波光，跳荡不已。几只白鹭悠然地掠过眼前的江面，转瞬间又隐没于不远处几株榕树茂密的树冠中。

桐君山是桐庐的标志，桐庐的地名也与这座山有关。相传有一老人，于此山中桐木之下采药结庐，人问其名，老人不语，手指桐木。后来人们就称其为桐君，其所居之山为桐君山，所居之屋为桐庐。这便是桐庐命名的由来，散发着浓郁的隐逸气息。而桐君老人，也成了后世供奉的中药鼻祖。

二

钟灵毓秀的风光形胜，丰盈飘逸的诗画情韵，桐庐的大自然构成了一种十足的魅惑。对于某些具有超逸品格的灵魂，置身这样的环境中，显然更容易萌发对于自由洒脱的生活的向往。将身心融入这一片清幽山水，观烟岚云霞，听松涛流泉，这样的诱惑，岂不是自然而然而又难以抵抗？

的确有人以一种义无反顾的决绝，将整个生命交付给这里的灵山秀水。在富春江最美的七里泷一带，江面宽阔，碧波湍急，翠峰簇拥，密林繁茂。远眺江畔，那一处高阁连亘、飞檐翘角的所在，便是严子陵钓台，已经在此矗立了1000多年。严光（字子陵）为东汉时代的高士，少年时曾与刘秀一同游学，后来刘秀成了光武帝，以盛礼邀严光入京，许以谏议大夫的高位。严子陵固辞不就，归隐富春江畔，耕钓以终。清晨，山林间飘荡着淡蓝色的雾气；黄昏，江面上闪烁着碎银般的波光；奔泻直下的溪流，振翅高翔的水鸟，修竹佳木在和风中窸窣作响，岩石旁侧有奇花异草寂寞开放……数十年间，这些风景成为他生命的背景。每一幅画面，每一个细节，都是对自由旷达的生命方式的生动诠释。

一缕精神的烟云，自此间的林泉烟霞中氤氲而出，穿越时空的阻隔，弥散在后世众多典籍的册页和字行之间。严子陵甘愿做一名烟波钓叟，在大自然中寄托自己的灵性。他淡泊名利，却留名青史，这种情形想来颇有几分吊诡，只能解释为源自后世人们由衷的敬意。他让人看到了，在惯常的富贵荣华、功名利禄的人生奔逐之外，还有另一种放置生命的方式，生活还有其他的维度和方向——这便是仰观俯察，静思默想，体味万物之美，探究存在的奥秘，并从中获得心灵的愉悦，精神的提升。

连那些胸中鼓荡着侠气剑胆的人，脚步一踏上桐庐的地面，心灵也不由变得柔软温润。最有说服力的，无疑该是范仲淹了。这位北宋名臣，杰出的政治家和文学家，因为上疏直言，不为当权者所喜，一生屡遭贬谪。第二次被贬，便是出任睦州知州，当时又叫桐庐郡，辖地包括今天的桐庐、建德等地。虽然半年多后就奉命移守苏州，但就在这短暂的时间里，却先后写成《出守桐庐道中十绝》及《潇洒桐庐郡十绝》等许多作品，占到其诗文总量的六分之一，足以证明他对此地的深厚情感。

有人说过，每个古代中国士大夫的灵魂中，都住着一个孔子、一个庄子。既渴望报效社稷，造福苍生，建功立业，又向往闲云野鹤，优游林泉，物我两忘。在范仲淹身上，这种互补性也体现得颇为鲜明。在《岳阳楼记》中抒发“先天下之忧而忧”的亘古情怀，抵御西夏入侵，稳固西北边防，立下赫赫战绩，其道德风范、卓越事功，为士林和民众共同景仰，但这些并不妨碍他对大自然和一种洒脱适意的生活方式的倾心。他值守桐庐期间的诗作，便充分表露了这一面。尤其是在《潇洒桐庐郡十绝》中，十首五言绝句的每一首，都是以“潇洒桐庐郡”开头，分别描绘了桐庐的山色、清泉、竹林、春茶等风光物事，以及桐庐人惬意恬适的日常生活。此景此情，让他由衷地喜爱羡慕，感慨复咏叹，“潇洒桐庐郡，身闲性亦灵”“使君无一事，心共白云空”“人生安乐处，谁复问千钟”……这既是心志的抒发，也不妨看成是一种生命的宣言；既是他的丰满人格的生动表露，也印证了中国传统文化的博大包容。

潇洒，通常是用于描摹人物的言行风度，称赞其清高洒脱、不受拘囿、不同凡俗。范仲淹用它来写照风景，不能不说独出机杼。显然，他从桐庐山水之美中发现了一种独特的气质，它具有移心易志的作用。置身于这样的山水现场，那些日常孜孜以求的功名利禄之属，不知不觉中失却了分量，相反，那种似乎遥远缥缈的事物，像精神的自由舒展，灵魂的高蹈远举，却变得具有质感，真实而迫切。

也是范仲淹，在短暂的任职时间，重建了破败坍圮的严子陵祠堂——“仲淹来守是邦，始构堂而奠焉”，并写下了著名的《桐庐郡严先生祠堂记》。“云山苍苍，江水泱泱，先生之风，山高水长！”这是发自肺腑的钦佩和敬爱，表达了作者无限的心仪。严子陵的影响深远，富春江钓台也被誉为“天下第一钓台”，均与范仲淹有至为密切的关系，正如经过苏东坡的大力播扬，陶渊明才真正走入广大读者，走入文学史的宏大殿堂。

严子陵和范仲淹，前后隔了10个世纪。但没有关系，只要心灵相通，血脉就会传递，仿佛眼前这一条富春江，涌流于上游和下游之间的，是同样的波光和涛声。

三

一方水土养一方人。同样，曾经飘荡弥漫于某一片土地上的精神气息，也有自己向后世传递的管道。

今天，在桐庐的山水原野间徜徉行走，分明会有一种与大自然亲密而深切的融入感，仿佛严子陵、范仲淹的魂魄进入了自己的内心。在生活日渐富足的今天，对超越的生活品质的追求，譬如“慢生活”的理念，愈发成为这里人们的共识。几天的参观游览中，这个词汇不但被当地文化旅游产业的领导者和经营者挂在嘴边，也在与普通居民随意聊天时，数次听他们提起。是的，脚步慢下来，心境静下来，才能够更好地发现和体会自然之美，感悟生命的意义。这并非桐庐的首创，但桐庐更有理由做到这一点，而且的确也做得不错。

桐庐境内，有不少明清时代的古村。步履所至的几个村庄，老宅、古屋、街巷、宗祠、池塘、水口、石桥等，都得到完整的保存或修缮。建筑多为徽派风格，白墙黛瓦马头墙，参差错落，映照着远处的青黛峰峦、近旁的潺湲溪流，一派秀丽古朴的江南田园风光。这里开发的一些旅游休闲项目，将农家生活、乡野情趣与时尚潮流巧妙地结合起来，创意独特，别有情致。像荻埔村，就是对各户废弃的牛栏、猪栏进行改造，在保持原貌的基础上，装修成一间间“牛栏咖啡”“猪栏茶吧”，大受游客欢迎。碎石砌成的外墙，低矮的屋檐，木栅小窗，室内随处点缀着芦苇、野花等乡野常见植物……在这样原始朴拙的环境中小坐，会真切地感受到生活是有根系的，心中会有一种笃实的家园感。

在桐庐的最后一天，清晨醒来，从所住民宿的窗口望出去，晨光熹微，笼罩着高低起伏的一片绿野。这家乡村旅店，是由村民的三间相邻而独立的房子改建而成，取其谐音，起名“山涧房”。店名看似随意，却委实有匠心寄寓：山，是背倚一脉青翠连绵的山峦；涧，是下临一道波光粼粼的溪流。推门走下多级石阶，踩着用宽窄不一的石板砌成的小径，一直走进田野深处。草尖上的露珠被脚步震落，金黄色的野花恣肆地开放，三五成群的母鸡在田埂边觅食，水塘旁有水鸟梳理羽毛。驻足四望，但觉天地安详，岁月静好，内心熨帖。

沉浸在质朴的自然风光和浓郁的历史人文氛围中，会不会不经意间忽略了桐庐的另外一种光彩？这是时代赋予它的。今天的桐庐经济发达、产业丰富，是多个领域中的翘楚：全国综合实力百强县，长三角最具投资潜力县，中国最美县城，国家级生态示范区……一顶顶的桂冠，熠熠闪亮。走在县城街道上，感觉分明就是一座很有规模的现代化繁华都市。占据中国快递业的半壁江山，被称为“三通一达”的申通、中通、圆通和韵达，都是从这里起步的。这几家快递巨头，堪称桐庐经济飞速发展的一个生动隐喻。让人欣慰的是，在这个地方，财富的快速积累和增值，并没有滋长攀比炫富、浅薄虚荣的风气，而是转化为追求更高品质生活的助推力。这与此地文化的深厚积淀和有效传承，应该是大有关系。

接下来的行程中，又一次从桐君山对面的江畔经过，远远望见积翠叠碧的山顶上，桐君塔清秀挺拔的白色身影。几天的行走，最深刻的记忆，都叠印上了灵山秀水的画面。此刻又看到药神栖身的地方，不由得想到，大自然其实也是一味大药，可以疗治精神的疾患，祛除灵魂中的种种“虚热”症状，让人摆脱名缰利锁的束缚，至少能够获得片刻喘息。在尽情描绘了富春江的美景后，吴均篇终言旨，在《与朱元思书》的结尾，揭示了此地山水对于生命的启发作用：“鸢飞戾天者，望峰息心；经纶世务者，窥谷忘反。”数百年后，明代的袁中郎也表达过相似的意思，只是说得更通俗些：“湖水可以当药，青山可以健脾，逍遥林莽，欹枕岩壑，便不知省却多少参苓丸子矣。”斗转星移，人世更替，但一些基本的东西是不会变易的。

就要离开桐庐了，在富春江边一家农家餐馆里用午餐。一棵800多年树龄的老樟树，树干粗壮，几个人才能合抱，树冠虬曲，枝干四处伸展开来，遮住了大半个小院。江流平缓，在天地交融的远方，山水一色，仿佛一抹清淡的水墨。大朵白云静止地悬垂在蓝天上，把浓重的影子投射到江面上，明暗之间，层次分明。

忽然想到了唐代诗人王维的一联诗句。这两句诗非常有名，广为传诵，所描绘的意境令人赞叹，但在这里，却是寻常可见的风光景致——

“行到水穷处，坐看云起时。”

山不在高

来花山前，到网上查询，得知此山位于苏州西郊，最高处海拔 170 米。虽然也见识过不少巍峨险绝的高山大川，但花山这个不值一提的高度，倒也没有让我因此轻看它。我明白，风景形态殊异，雄浑壮阔和秀丽妩媚，各有自己的一份魅力。花山被很多史志诗文记载和咏诵，自当有其独擅胜场之处。地处江南丘陵，吴中名山多以灵秀著称，于是我结合自己以往的游历，在脑海中大略地勾勒一番它可能的模样：树木蓊郁，奇石嶙峋，溪水澄澈，群鸟鸣啭，游人络绎……峰峦谷壑之间，缕缕簇簇的雾岚氤氲飘荡，任意东西。

等到身临其境，发现眼前所见和想象中既相同又相异。构成风景的诸般材料，林泉烟霞、佳木异卉之属，并无二致；不同的是山中的氛围，比想象中更要清寂和幽深。或许是因为如今名山胜地人满为患的情景已经作用于我的潜意识，因此不自觉地给它涂上了一抹热闹喧嚣的色彩。应该把想象的图画中那些身影和声音大幅度地缩减过滤，然后在那些地方填补进静谧和空旷、风声和水声——这就是花山了。

这一点，其实早就有人指出了。“华山固吴中第一名山，盖地僻于虎丘，石奇于天平，登眺之胜，不减邓尉诸山，又有支道林遗迹存焉。”这段话出自清初书画家、文学家归庄笔下。古汉语中“花”通“华”，华山即为花山。同为姑苏名山，因为地处偏僻，山石清奇，花山比虎丘、天平等游人趋之若鹜之处，多了一份“清”和“幽”。

一迈进花山山门，一股清绝脱俗的气息拂面而来。沿着一条被称为“鸟道”的山径逶迤前行，路不难走，游客也稀少，因此得以从容观赏风景。时值江南暮春时分，山道两旁古木参天，枝叶浓密碧绿，花卉鲜艳照眼，都是一年中最为生机盎然的状态，把道旁的一组摩崖石刻，映衬得愈发古意森森。这些石刻大多出自明代以后，在一块块形态各异的山石上，分别镌刻着“山种”“坠宿”“渴龟”“盘砣”“跳蛙”“菩萨面”“落帽石”“水石佳处”……多为设譬取喻，或是描写该处岩石的形状，或是描写所朝向之处的风景地势，颇堪玩味。

不妨说，从开始游览，我们就领悟到了花山被称为“吴中第一山”的原因。奇石佳木飞瀑流泉，固然是不可缺少的因素，但更重要的，还在于它有着厚重的文化底蕴。“山不在高，有仙则名”，这话仿佛说的就是花山。

花山与佛教结缘深厚。早在东晋时，一代高僧支道林就在此开辟道场，弘扬佛法。初创之时，条件极为艰苦，他着破衣烂衫，“以草木为食，以寒泉为饮”，留下了多处遗迹。下山时，途经“支公洞”，据说就是其面壁坐禅之处。这是一处逼仄的洞穴，勉强容得下一个人转身，里面的石壁幽暗潮湿，布满湿滑的青苔。伫立片刻，即感受到一种来自时间深处的岑寂荒凉的压迫感，仿佛具有重量一般。能够在这样的环境中修炼数年，只能解释为心中信仰的力量格外强大，才能够支撑起他的行为。其后历经多少个朝代的赓续传承，法脉延绵不绝，逐渐成为吴中的一处名刹。香火袅袅，梵呗声声，在幽涧清溪之上，茂林修竹之间，飘散和回荡，不绝如缕。

花山诸多佛家胜迹里，给我印象最深刻的，当数翠岩寺。

穿过摩崖石刻群，沿着“百步潺湲”上行，过“铁壁关”前行不远，就是名声显赫的翠岩寺了。寺庙始建于宋代，有上千年历史了，据称该寺的铁佛、铜钟与石门槛是“花山三绝”，但我们如今只能得见石门槛了。“文革”浩劫中，这里理所当然地成为“破四旧”的目标，大雄宝殿连同寺庙的其他建筑都在一夜之间被拆得荡然无存，拆下的木料砖瓦等都被拿去修建礼堂，只剩下了大殿的石柱。如今，观音殿、山神庙、斋堂、晓青禅师塔等，都已经按照原来的样子修复，古寺风貌基本上得到了复原。只有大殿遗址依旧，20 根金山石凿成的石柱，兀自挺立着，如同 50 多年前被毁坏时那样。

为什么不将大殿也一并修复呢？陪同游览的花山景区的经营管理方苏州太湖旅游发展集团的老总，仿佛猜出了我们的疑惑，主动介绍说保持废墟原貌是为了保存住一段历史记忆。

企业家有这样的识见，让我十分佩服。照理说，修复大殿不存在资金和技术的困难，从招徕游客的角度考虑，会很有诱惑力，也势必会增加赢利。但他们从历史文化的高度考虑，宁可放弃这一份经济效益。废墟的存在，显然赋予了此处一种沧桑之感、一种历史的况味。20根石柱，直直地伸向虚空中，支撑了过往的时光，也支撑着未来的岁月。流逝与恒久，繁华与衰颓，文明与野蛮……残破中蕴含了无穷的意味。游客置身其旁，会像在圆明园旧址、古罗马斗兽场等地方一样，受到触动，产生感悟。虽然从规模气势来看，此地无法和前两者相比，但道理是相通的。

继续前行，看过保存了8座历代高僧的佛塔的翠岩寺塔院，山路转为向上，脚下略略陡峭，游客也开始增多。行经多块相互架空的巨石形成的“天洞”，不久又看到一款如屏巨石，因风化表面遍布皲裂的纹路，上部刻着一个盘旋缭绕的“云”字，下部则刻着乾隆游花山诗一首。由此再拐几个弯，花山最高峰莲花峰就映入眼帘。没有想到这么快！

莲花峰名称的由来，是因为从远处望去，峰巅处的岩石仿佛莲花花瓣一样。《吴地记》载：“晋太康二年，山生千叶石莲花，故名。”在山脚下仰望，青白色的石头一副清秀的模样，仿佛可以把玩，但现在贴近看来，却是磊落委积，颇有些磅礴气势，上宽下窄地孤悬着，摇摇欲坠的样子，似乎一阵风就能晃动。同一事物，因为距离、角度的不同，所呈现的面貌往往会大异。

高处宜于骋目望远。自莲花峰上俯瞰，舒缓的江南丘陵，山下的平畴绿野，连同远处苏州城的一角，都尽收眼底。忽然刮来了一股风，挟带了一阵不缓不骤的雨滴，增添了几分清凉，但很快即告消歇。

下山时，又一次与“皇家行踪遗迹”相遇。

沿着一段被称为“莲花梗”的山脊小路蜿蜒下行，不久后脚步便踩在一级级颇为陡峭的阶蹬上。石阶是在一块完整的巨石上凿成的，据说是为了迎接乾隆皇帝游花山，由僧众们一夜之间“凿险通幽”完成的，可以想象当年寺庙的兴旺。石梯共计五十三级，据说是参照佛教“五十三参，参参见佛”之意。

前面说过，千百年来，佛教的兴盛让花山声名远播，但清代皇族的临顾，则仿佛鲜花着锦、烈火烹油，无疑更有力地抬升了花山的名气。清初，圣祖康熙皇帝六下江南，曾两次与花山接触，他曾亲临花山，向翠岩寺住持晓青法师询问情况，称赞其书法和诗才，封其为“国师”，赏赐财物，还作诗以赠，并御笔赐题“华山翠岩寺”额，题字“远清”并摹刻于碑上。高宗乾隆皇帝也多次来此，题匾额，作柱联，登高游览之外，还在寺旁建造行宫，使花山一时名噪吴中。

仔细寻索起来，“圣上隆恩”的背后，其实藏着某种隐秘的动机。

康熙六次南巡，在被官方文献记录和颂扬的考察黄河水患、体察民情、澄清吏治之外，还有一个目的是安抚江南士族百姓，消泯满汉对立。清初，清军平定中原后进击江南，因遭遇到顽强的抵抗而残酷杀戮，扬州十日，嘉定三屠，各有数十万汉人被屠戮，血流成河。苏州位于江南中心地带，被祸亦甚。明朝覆亡之后，反清复明思想在江南仍有很大影响。大量的文人士大夫不肯与当局合作，隐身山野荒郊，剃度皈依佛门，花山当时就是明末遗民逸老的一处聚居之地。

在凭借恐怖的国家暴力控制住局面后，康熙决定采取怀柔策略。他明白强力压服只能收效于一时，人心的归顺才是长久统治的根本。因此，康熙两度来花山时，对当时的两位住持晓青、敏膺法师，都给予称赞和赏赐，正是对这一理念的具体实施。乾隆即位后，也继承了祖父的这一做法。从史料记载中晓青法师等翠岩寺僧众们的反应看，康熙的目的显然是达到了。受到皇帝接见的晓青和尚感到“雨露深恩，九霄忽降”“感切襟怀，竟无语以发”，激动得都说不出话来了。

倘若深入推究，在康熙这种颇为有效的情感笼络的背后，真正产生作用的其实还是一种属于文化的力量。他多次在南京祭扫明代皇帝陵墓，接见汉族耆老和逸民隐士，大力倡导儒学，以三跪九拜大礼祭祀孔子，借助一系列的举动，给汉人以精神上的安抚。不管康熙内心的真实想法如何，但显示出来的，的确是对一脉绵延千百年之久的文化道统的尊崇和接续，这样就容易让作为被统治者的异族知识分子对其产生好感，自然会有助于王朝的“江山永固”。联想到中国历史上，凡是兴起于北方而后入主中原的政权，总是要适应和吸取在当时更为先进的汉民族的文化和制度，才能维持其治理并不断发展。清王朝就是如此。也有一个对比强烈的反证，就是更早的元朝。元朝统治者大多不肯向汉人的先进文化学习，而且十分蔑视，在“四等人制”中将南方的汉人列为最下等，奴役至为残暴。压迫深重，反抗也就强烈。结果，曾经横扫欧亚大陆的蒙古帝国，统治中国不足百年即告覆灭，昔日不可一世的铁骑，仓皇间远遁漠北。

游览花山而想到这样一个文化的命题，似乎有些意外，但也合情入理。花山印证了文化的力量。如果未能理解这点，不免忽略了花山的赐予，殊为遗憾。

清奇灵秀的自然景观，幽雅绝俗的氛围情调，丰富深厚的文化底蕴……是这些因素的综合，成就了花山的魅力。步出山门，不由得驻足回头，凝望满目的烟霏空翠，如簇如拥，陡然生出依依不舍的情绪。

“吴中第一名山”，此言不虚。

江南水弄堂

一个人很早就喜欢上一个事物，到了迷恋的地步，但因为机缘所限，其后多少年中，与欣赏对象只有短暂零散的接触，很不过瘾。终于有一天，目标集中出现，充塞了他的视野，从四面八方簇拥裹挟了他。他也得以凝神静虑，全身心地欣赏品味，目接神交。这种情形下，他会有什么反应？

我此刻便是如此。眼前便是古老的京杭大运河，我长久以来念兹在兹的对象。

伫立在江南名城无锡老城区的南门外，脚下是一座名为“清名桥”的有 400 多年历史的拱形石桥。古运河就从桥下流淌而过，将老城区一分为二。银白色的大理石桥栏杆，被岁月风雨侵蚀，有一些残破斑驳，手抚上去，一种粗糙而凉爽的感觉瞬间传递到了掌心。

斜倚栏杆，缓缓地转动脖颈，目光的收放之间，古运河的魅力袒露无遗。从此处到南门这段长约 1.3 公里的河道，被命名为清名桥历史文化街区，是古运河最为精华的部分。2014 年，中国大运河成功入选《世界遗产名录》，这一段河道就是申报项目之一。这里集寺、塔、河、街、窑、宅、坊、弄、馆等众多古代人文景观于一体，有“运河绝版地，江南水弄堂”的美誉。

这副精致工整的对句，并没有丝毫的夸张。古运河的魅力，在此处体现得淋漓尽致。两岸青石垒砌的河岸，夹出一道宽十几米的水流，缓缓地流淌，分明是一条水上的巷弄。临水的房子多是两层，个别有三层，一色的白墙黛瓦。到处悬挂着红灯笼，渲染出温馨的情调。房子连同蓝天白云的倒影被水波荡漾，便有了明与暗、真与幻的对比，有了层次和韵律。水边的条石栏杆上，疏朗错落地摆放着盆花绿植等，增添了不少生机。栏杆内侧，隔着窄窄的小道，便是古旧的房子，屋脊上层层叠叠的瓦片，暗淡的颜色分明是被岁月烟云熏染而成的。屋檐下往往会有一株藤萝，或是几竿竹子，藤蔓枝叶将窗子半遮半掩，清幽而雅致。因位于旅游景区，这些房子不少被改成了茶馆、咖啡馆，店招上的名字饶有诗意。目光沿着河道向前方递送，远处又是一座拱形石桥，半圆形的桥洞，和水面上的倒影恰好组成了一个完美的圆形。隔一段时间就会有一艘游船驶过，古色古香的式样恰好和此处悠悠的古意相宜。

一派平和静谧的氛围，笼罩着古运河和两旁的老屋。想起了唐代诗人杜荀鹤的诗句：“古宫闲地少，水港小桥多。夜市卖菱藕，春船载绮罗。”虽然吟咏的是苏州，但描摹这里也同样合适。过往的数百年中，眼前大略都是这样的风景。只是时光仿佛逝水，物事犹在，而人事全非。每一所房子旁侧，都有一个水埠头，约七八级石阶，一直通到水里。往昔这里十分热闹，妇女们淘米、洗菜时的说笑声，洗衣服时棒槌击打衣物的声音，以及旁边小船划过时的桨声，都曾经在水面上和深巷间激起回声。而现在，听到的却只有空旷和落寞。

仔细端详桥下的流水，没有一点儿陌生的感觉。在我的想象中，早已经多少次地走近它的身旁。古运河是我内心萦系已久的情结。故乡在冀东南平原，属于京杭大运河南运河的一段河道，就从县城东边十几里的地方经过。读中学时，曾经和同学结伴骑自行车专门去看，望着宽阔的河面，河水沉静舒缓地流向远方，少年的想象缥缈而浪漫。到了20世纪80年代中期，中央电视台播放了一部名为《话说运河》的多集专题片，详细介绍了京杭大运河的昨天和今天、历史和人文，我看后对它的向往也愈发强烈了。记得其中有一集，就是专门介绍无锡运河的。参加工作后，乘出差的机会，多次从火车上一瞥它的身影，也曾经在它流经的几座城市的河岸边走过，近距离地感知了它的风光和魅力。但像今天这样长时间地行走于它的襟怀之间，这样零距离地观赏它的每一个局部、每一处细节，却是第一次。仿佛一个不惯饮酒的人，平常只是小酌几口，忽然猛饮下数杯，于是一种熏熏然的感觉油然升起，充溢于胸间脑际。

江南古运河的魅力，总也离不开河边巷弄的映衬。与这一段河道平行，两边各有一条街巷，分别是南下塘和南长街。

我走下清名桥，前行十几米左拐，就进入了南下塘。这是无锡历史最悠久的巷子，房屋多建于19世纪末20世纪初，处处都显示着岁月的沧桑。小巷逼仄，靠着运河的一侧，各种小店铺鳞次栉比地排列着，间隔不远就会有一家餐馆，弥漫着咖啡的香味，食物煎炒煮蒸的味道，间或有轻柔的音乐，透露出生活的祥和安逸。从两所相邻的房子的中间，向左侧望去，便会看见10多米开外的运河。继续前行，一阵评弹的声音飘来耳畔，是从右边一所房子里传出的，门楣上方的木质标牌上刻着篆体字“书码头”，不由得停下脚步聆听。吴侬软语，舒缓柔婉，似泉水流淌，但骤然间又变得高亢急促，仿佛裂帛之声。尽管听不懂唱词，却依然是十分惬意的听觉享受。

南下塘小巷走到尽头，左前方便是横跨运河的南门桥了。从桥上走过，脚步便踏上了对岸的南长街。这条街比南下塘要宽敞不少，两侧店铺也更为密集，既有张小泉剪刀店等传统老字号，又有各类出售专门物品的特色小店。游客也比南下塘街要多，神情步态中，都是一派悠闲和松弛。一边慢慢走，一边欣赏着街两边的老屋旧宅，形形色色的招牌，不知不觉中，清名桥又在面前了——脚步画出了一个长方形的轨迹，重新回到了刚才出发的地方。

再一次从清名桥上走过。和上次不同，这一回下桥后是右行，不久就又登上了一座造型朴拙、名为“伯渎桥”的石拱桥。桥下东西方向的河道，被称为伯渎河，与运河相垂直，形成了一个丁字形。它是吴国的开国者吴泰伯为灌溉和排洪而开凿的，迄今已有3200年历史，是中国历史上第一条人工河流，远远早于京杭运河。战国时吴王阖闾攻楚，夫差北上伐齐，都曾通过伯渎河。查询资料，读到南宋赵孟頫的一首诗《夜泊伯渎》："秋满梁溪伯渎川，尽人游处独悠然。平墟境里寻吴事，梅里河边载酒船。桥畔柳摇灯影乱，河心波漾月光悬。晓来莫遣催归棹，爱听渔歌处处传。"经诗人生动的描绘，当年的胜景恍惚如在眼前。

不妨说，古运河成就了江南名城无锡。如果说无锡仿佛一位秀丽的江南女子，古运河就是挂在其脖颈上的闪光的项链，映衬得女主人风姿绰约、魅力无穷。

无锡位于江南水乡的核心区域，河流密布。在以舟船为主要交通工具的古代，这里以运河为主的四通八达的水路系统，便于原料和货物的运输交流，极大地促进了当地经济的发展。从伯渎桥走过，前面的一大片区域，是历史上的伯渎港，在漫长的岁月中是舳舻相继的货物集散地。这里有一个"大窑路窑群遗址"，是全国重点文物保护单位。因为取水和运输方便，自明代起，这一带河边密布砖窑，都城南京的城墙砖就是这里生产的。到清代极盛时期，有上百座砖窑，嘉庆年间甚至承接过故宫金砖的烧制。

我参观了这里的"无锡窑群遗址博物馆"，它是在当年砖窑的原址上建造的，陈列的大量实物，无声地讲述着砖窑的历史。然后我又钻进旁边一座当年的砖窑，内壁是用厚重的青砖一层层竖立着砌成，形状颇似一顶巨大的蒙古包，仰视头顶上方，是一个圆形的洞孔，投射下来一缕天光。从砖窑走出来，前面那一片临水的开阔地，一帮老年人的运动场所，就是当年的码头，砖窑的产品就是从这里上船，运往全国各地。

岁月像运河水一样不竭地流淌。进入 20 世纪时，运载砖瓦的木船的桨声，变成了小火轮的机器声。江南乃富庶之地，无锡作为这一带的经济中心城市，民族工商业得到飞速发展，涌现出许多经济实力雄厚、目光远大的实业家。在南长街，我参观了“无锡中国民族工商业博物馆”，它是依托无锡茂新面粉厂现存的厂房及办公楼建造的。面粉厂始建于光绪二十六年（1900 年），是中国民族工商业最早的企业之一，创办者是曾任国家副主席的荣毅仁的伯父荣宗敬和父亲荣德生，生产的面粉享誉全国并远销海外。面粉厂的麦仓、制粉车间、机器设备还在，荣德生使用过的办公桌、沙发等物还基本完好。我们是博物馆唯一的参观者，安静的氛围有助于让思绪回返到当年的现场，想象他们创业的拼搏场景。作为民族工商业的开拓者，“实业救国”曾经是那一代人心中炽热的梦想。

这样看来，这一道穿城而过、流淌了千百年的古运河，分明也是一条纽带，将农耕文明、工商文明等不同形态联结和贯穿，见证了生活的变迁、历史的发展。

永不停歇的是时光的足音。到了今天，一个城市经济发展到一定水平，对文化的需求就会变得强烈。它的前景如何，是否有足够的吸引力，与其所拥有的文化底蕴密切相关。这一点，在无锡这一座江南名城，尤其是清名桥这一带历史文化街区，得到了鲜明生动的印证。这座城市的管理者和建设者们，围绕古运河的修复和保护，实施了一系列堪称大手笔的行动，努力展现了它的悠久深厚的历史人文内涵，为城市增添了独特的美，并使这种美能够赓续不断，仿佛古老的运河水一样永远流淌。这种根植于传统文化的魅力，也让这座有着3000年历史的古城生机勃勃，就像一株枝干盘绕虬曲的老藤，仍然绽放出无数鲜艳的花朵。

我住宿的宾馆，位于城市主干道太湖大道和南长街相交处的一座桥边，紧邻古运河。自房间窗户望出去，就是河两岸两排平行的老房子连绵而错落的黑色屋脊，以及几个豁口处的一截截河道。想到第二天一早就要离开这座城市，入夜后，我独自又一次来到河边。虽然昨天晚上已经乘船领略过了古运河的夜色，但我想再加深一番印象，为这一幅必将镌刻于我的记忆中的画图，添加上一抹浓重的色彩。

运河水汩汩流淌。经过夜色的过滤，视野中一应物体的轮廓都变得更加柔和、朦胧。河两岸房屋中高高低低的灯光，投射到水面上，渲染出一簇簇一片片的光晕，橙红金黄，色彩缤纷。微微漾荡的水波，让画面变得更为迷离惝恍。

一艘画舫从远处悠然驶来，船舷无声地划过，水面泛着黑沉沉的光亮。船上坐满了游客，专注地欣赏着水上岸边的景致，目不暇接，间或有一阵惬意的笑语。船舱前面位置，背向船头面朝游客，坐着一位身着葱绿色旗袍的年轻女子，怀抱琵琶，轻拢琴弦，先后弹唱了《太湖美》和《蝶恋花》，嗓音宛转圆润，缠绵摇曳，随着船上明暗变幻的光影，渐渐渗入霭霭的夜色中……

华灯初上。江南水弄堂，一场华丽的演出刚刚开始。

船闸与古镇

京杭大运河流到江淮一带，河道宽阔，水量丰沛，气势浩大。此刻，站在一座横跨运河的大桥上，映入我眼中的运河扬州江都段，就是这样一幅景象。桥下河道的中间，停着不少货船，相互间隔有几十米，前后相续，一直排列到视野尽头。目光掠过船队向左边方向望去，便是自脚下的大桥延伸出去的道路，被几排蓊郁的树木遮掩。它的左边，是一个辽阔的湖泊。河湖相连，浩渺无际，正是这一带突出的水文景观。

这里就是邵伯船闸，千里运河线上最大的船闸。

扶着栏杆，我俯瞰下面最近处的一艘运输船。船舱中间部位，货物堆放得像一座小山，被帆布遮盖得严严实实。旁边的甲板，被收拾得整齐清洁。左前舷处，一个女人坐在小凳子上，正在洗菜，身边有两只小狗，转着圈儿互相追逐。水上的生活单调寂寞，这些小生灵显然带来了不少活泼生机。船舷边上，摆放了一排盆花，好几种颜色鲜艳的草花，也给铁灰色的船体点染了一抹亮色。

这是一艘等待过闸的船只。后面还有十几艘。

转身走到桥的另一边，视野中是另一番景色。从左到右，排列了几座船闸。此刻我面对着的是二号船闸，看到了一队南下的货船过闸的整个过程。靠远处一边的闸门打开，十多艘船先后驶入闸室，按照一定的距离排列好，然后人字形闸门缓缓关闭。接下来，水被慢慢地注入，水面渐渐地上升，等到和近处闸门外的水面一样平时，这一边的闸门开启，船只依次驶出闸室。

我想到了多年前在长江三峡大坝所看到的同样的过程。当然，就船闸的规模、通过船只的吨位等来讲，两者难以相比，但其原理是同样的。这样的一个过程，每天会重复几十次、上百次。日复一日，年复一年。多少代人，多少个朝代，也都像河水一样，流向了遥远。

子在川上曰：逝者如斯夫。

其实未必睿智如圣人才会这样感叹，一个心智正常的人，在有流水的地方，都容易意识到时间的存在。凝视中，眼前的情景恍惚间幻化为往昔的场面：大吨位的铁甲船变成了木帆船，由电力操纵的静悄悄的过闸过程，化作了人喊马嘶、嘈杂鼎沸的声响。

这些并非我的虚构。我不过是用史料中的记载，来复原当年的景象。

邵伯船闸的历史，可以追溯到1600多年前的东晋时期，与著名政治家、军事家和诗人谢安有关。因为才高见妒，受到皇室排挤，谢安自请离开京城建康，镇守广陵，就是现在的扬州。他在广陵东北方向的步邱筑城屯兵。步邱的地势西高东低，西部农田常受干旱，东部农田又易受涝。为了克服水患，东晋太元十年（385 年），谢安率民众在河水中筑起一道埭，也就是堤坝，并设立拖船过埭的设施。从此新筑大堤确保了当地一方平安，而往来江淮之间的船舶，仍然得以照常通航。

步邱就是今天的邵伯。埭建成的那一年，谢安也辞世了。人们怀念他，比之为西周德行高尚的召伯，将他所筑之堤命名为“召伯埭”。“召”和“邵”古时相通，后来此处的地名便演化成为邵伯。

埭，还只能说是船闸的前身。埭的两侧，各建一道斜坡，将泥浆敷在斜坡上，起到便于滑动的作用，然后通过人拉畜引，将舟船从 3 米高的埭顶，牵过埭堰，平安送入 3 米以下的河道。整个过程既费力又费时。当年，隋炀帝三下扬州看琼花，龙舟首尾相接长达 100 多公里，可谓穷奢极欲，不可一世，但到了邵伯，也不得不下船，将龙舟一条条地拉过去。

据《太平寰宇记》载，唐代“邵伯埭有斗门”。这是闸门的开始，在船闸发展史上无疑是一个飞跃，一次质变。到了宋代，邵伯船闸又从单斗门发展为二斗门，也就是有两个梯级的双闸室船闸。北宋诗人苏辙游历此处，留下这样的诗句：“扁舟未遽解，坐待两闸平。”

自此以后，历史又走过了千百年。到了民国年间，鉴于苏北地区的运河既有航运又具抗旱、排涝的巨大作用，国民政府决定在邵伯建设当时最先进的船闸。这是新式船闸的开始。邵伯船闸采用钢板桩，钢筋混凝土浇筑，闸门启用的机械均由英国进口，是中国最早的现代化船闸。昔日的邵伯埭、二斗门和它相比，当然不可同日而语。1936 年 11 月，新式船闸建成，成为一件举国瞩目的大事。通航之日，国民政府的多位高官要员出席了剪彩仪式。

不过，若与新中国成立后的一次次建设相比，它就相形见绌了。

1958 年，为了适应迅速发展的工农业生产的需要，在民国船闸的西边，建造了一座新式船闸，就是今天的一号船闸，年通过船运量 2000 万吨。在当时津浦铁路饱和状态下，将北方的煤通过水道输送到经济发达的沪宁杭地区，为国民经济发展发挥了重要作用。

1984 年年底，作为国家“六五”计划重点建设项目的二号船闸动工，4 年后建成通航。船闸配备有国内首次使用的微机控制系统，实行自动化管理。闸室宽度大幅度增加，可以容纳千吨级船只轻松通过。2008 年，在二号复线船闸西边，规模更为宏伟的三号船闸开工建设，2011 年年底完工，2014 年投入运营。

船闸经过多次技术改造，采用了管控一体化、联网收费系统、监控系统等高科技方式，来控制船闸的运行。像船舶智能调度系统，就相当于船闸的大脑和眼睛，通过这个系统可以对船闸 3 个闸室、6 个闸口的船舶数量以及船舶的运行情况，随时监控，随时调度。每条船都有自己的档位号，进闸之后，就像进电影院看电影一样，要对号入座，有效地提高了船闸的运行效率。

过去我一直认为，在陆路运输高度发达的今天，水路运输微不足道。此番船闸亲历，所闻所见，纠正了我的偏见。虽然陆路运输更为快捷，但水运也有自己的优势。主要是运载量大，据说一艘中等规模的货船，所装货物就相当于数十辆载重卡车，而运输中的成本费用则少很多。所以，对于那些时间要求不是很迫切的货物，水运仍然有着很大的吸引力。目前，邵伯船闸是全国第三大船闸，排名仅在三峡大坝和葛洲坝之后。我从一篇报道中读到，邵伯船闸 2014 年通过的货运量是 1.2 亿吨，其中煤炭运量达到 7300 万吨。大运河作为国家北煤南运的黄金水道，发挥了巨大的作用。这些情况，在来到这里之前，我是不曾了解的。几年过去了，这个数字一定又增加了不少吧。

一号船闸、二号船闸、三号船闸……三座大型船闸连为一体，横卧在古老的京杭大运河上，气势夺人。我脚下的大桥横跨于三座船闸之上，从这头走到那头，并没有很长距离，但在行走中，我分明感到了时光的漫长浩瀚。

从桥上下来，前行不远，就到了邵伯镇。

邵伯属于高邮，高邮属于扬州。我们从扬州过来，只需个把小时的车程。古镇因水而生，也因水而兴。经过历代的发展，逐渐成为千里运河线上重要的港埠。清代尤为繁盛，乾隆六下江南，每次都在这里驻跸。运河故道邗沟的东堤旁侧，仍然有着当年御码头的遗址。如今老河道已经废弃了，水面平静凝滞，在纷乱地漂浮着的落叶之间，依稀有小鱼唼喋的声音。

古镇原貌保持得较为完好，屋脊连绵，屋宇坚实，院落宽敞，一色的白墙黛瓦，让人仍然能想象当年的气派。几条主街纵横交错，铺着方正齐整的大块青砖，此外便是狭长逼仄的小巷，据说总共有 70 多条。小巷地面用坚固的条石砌成，因为年代久远，被无数的人脚、马蹄和车轮踩过碾过，遍布残损和凹痕。街巷之间，鲜有人影。与很多别的地方一样，青壮年很多外出打工了，留在家里的妇孺老幼，多半也搬去古镇旁边新区的楼房里了。在深秋的阳光下，小镇静谧寂寞，仿佛沉浸在一个古老的梦境之中。

当年可不是这样。古镇四面环水，三里长堤，大小码头鳞次栉比。作为南北舟车孔道，贸易重镇，这里白天航运繁忙，桅樯林立，入夜灯火通明，笙歌不绝。有 60 多种行业，500 多家商铺，多省商人在此设立商业会馆。

清代咸丰三年（1853 年），太平军攻陷扬州城，运司衙门迁驻邵伯镇，达官显贵也纷纷来此避难，有一位叫王素的扬州画家也举家迁来。他有感于这里的“三里长街市井连”“夜桥灯火连霄汉”，画了一幅长卷《运河览胜图》。

我在当年的邵伯巡检司衙门旧址，今天的“运河廉文化传承馆”中，欣赏到这幅画作的复制品。原作曾经流传到海外，10多年前被扬州收藏家购回，现收藏于扬州博物馆中。这里正在举办一个展览，用文字和图片展现了邵伯镇及运河的历史。这幅《运河览胜图》，就是清代邵伯生活的写照，场面阔大，用笔细腻。河道里，有红顶的官船，也有民间的商船和渔船，还有打鱼的场面。河岸上，则是市井百态，收鱼的、卖粮的、茶馆中饮茶的、戏台上唱戏的，各色人等，五行八作，煞是热闹。有人称之为邵伯版的《清明上河图》，的确形神俱肖。

商贸发达，交通便利，也带来了古镇文化的昌盛。“举人满街跑，秀才多如毛”，这是当地形容人才辈出的谚语。这里更留下了多位古代文人的履痕和吟咏。距离御码头不远，有一座斗野亭。古人将天上星宿分为二十八宿，扬州分野属斗，故有此亭名。它始建于宋代熙宁二年（1069年），与滁州醉翁亭、苏州沧浪亭等并称为宋代五大名亭。亭子坐落于高丘之上，可远眺运河的波光帆影，吸引了不少文人墨客前来吟诗作赋。苏轼、黄庭坚、秦观、米芾等七位宋代著名诗人，曾经和诗吟咏此地风光，传为佳话。

光阴如流水，将往昔的旖旎裹挟而去。很长的时间里，扬州的繁华冠绝天下，“天下三分明月夜，二分无赖在扬州”“腰缠十万贯，骑鹤下扬州”，言说的都是彼时盛况。这与当年运河举足轻重的作用有关，当时交通运输主要倚仗水道。随着铁路公路兴起，水运优势不再，扬州也失去了令八方艳羡仰望的地位。邵伯古镇的式微，就发生在这样的背景下。

曾经的弦歌阵阵，忽然间变为静默无声。又仿佛一个熟悉的人，不久前还是神采奕奕，再见面却已满脸憔悴。这样的落差堪称明显。期待花好月圆，胜景常驻，是来自人性深处的执念。那些与此乖违的人事境况，总难免让人怅惘感慨。

不过倘若进一步想下去，或许就会释然了。

时光在剥夺的同时，也有所增益。古镇固然芳华不再，但岁月层层叠叠的堆积，赋予了它一种独特的况味，仿佛一个人经历沧桑后变得深沉。这种魅力，藏匿于那些古旧的街巷间，那些历史和传说中，那些依然被传唱着的地方戏曲中，不动声色地播撒开来。

走在小巷间，迎面走来一对年轻的夫妇，满口京腔，一问，得知是从北京自驾来此，慕名已久，所见果然不枉此行。神情中的陶醉，仿佛嗜酒者畅饮过窖藏的陈年佳酿。的确，那些封藏于时光深处的气息韵味，也像美酒一样醉人。

大运河的成功申遗，就是对这种魅力的印证。2014 年 6 月 22 日，经过第 38 届世界遗产大会审议，“中国大运河”跨省系列申遗项目，成功列入《世界遗产名录》。流淌了数千年的大运河，再一次聚拢了全世界的目光。在列入申报项目的八个省、直辖市的遗产区域中，就包括了邵伯明清大运河故道、邵伯码头和邵伯古堤。

这无疑是一次荣誉的加冕礼。仿佛一位梨园名角，告别舞台已经多年，因为某个机缘重新登场，依然唱腔甜润，步态袅娜，赢得齐声喝彩，唤醒了人们脑海深处的记忆。大运河令世人瞩目，也是源于它深厚的历史文化底蕴。它是一种宝贵的精神资源，可以转化为今天的生活的养料，滋养人们的灵魂。像这条流淌了多少个世纪的河流一样，这种诗性的灌溉也会穿越时光，传递给后世一代代的人们。

眼前的这座运河古镇，当然也是这种魅力的一个来源，一个组成部分。

只是，对于一名行色匆匆的游人，想在有限时间内充分感受和认识它，实在有些困难。如果运河文化是一册大书，那么，这次走访中获得的印象，一些场景和画面，不妨看作一张张书签。就像被一阵鸟声牵引走入一片丛林，这些片段，也应该能够把人领进书中最精彩的篇页。在那里，一个人会发现，他的思绪可以循着许多路径前行：历史与现实，传统与现代，兵戈与玉帛，农耕与商业，技术与人文……就像这条古老的河流，看似单调的水面下其实分布着多股水流，相互间渗融，汇聚成一片波光潋滟。

就要返程了，脚步刚要踏上车门，耳畔忽然响起熟悉的旋律，原来是路旁边的小店在播放扬州民歌《拔根芦柴花》。这首民歌家喻户晓，不但流传全国，甚至国外的音乐会演奏中国乐曲时，经常选择的曲目中就有这一首。我一直很喜欢这首民歌，每当听到它那欢快跳跃的曲调，眼前总是浮现出江南田野的无限生机，蝴蝶纷飞，野花绽放，波光潋滟，小儿女的爱情羞涩而炽热。我不由得停住脚步，把歌曲听完。陪同的当地人会意地笑了，告诉我这首民歌的发源地就是邵伯。

这实在是不曾想到的，倒不是因为它发源于这个相对偏僻的小地方，深山出俊鸟，艺术之树并不一定要根植于通衢大邑之间。我好奇的是，包括民歌在内的许多民间艺术都湮灭无存了，它何以能够流传下来，并走向广阔的世界？想来或与此处历史上的兴盛有关系。作为水陆交通要道，客流南来北往，也应该会有勾栏瓦肆一类进行艺术表演的场所，这些无疑都有助于歌曲的传播。但不管如何，这一曲从时间深处生长出的旋律，也会在未来的无穷岁月中跳荡缭绕，就像眼前的运河河道中总会有波浪翻卷。

一时间，眼前恍惚浮现出当年的胜景，鲜明而清晰，就像此刻旁边的那棵桂花树，一阵微风拂过，蓦地送来一阵浓郁的芳香。

长城长，碣石苍

刚从浙皖交界处的青黛山水间归来，旬日之隔，又来到历史上先后属于燕国和幽州的冀北山地。云雾缭绕、苍翠欲滴的南方的秀美，被一种深沉雄健的气势所替代，仿佛头顶上干爽而明亮的阳光。忽然想到了清代著名诗人黄景仁的诗句，“自嫌诗少幽燕气，故作冰天跃马行”，觉得理解又加深了一层。生活于江南水乡常州的诗人，期望向北地粗犷荒蛮的大自然汲取力量，为原本缠绵清丽的诗风注入一种刚劲的气息。

生发出这些感受时，我正站在一个名为板厂峪长城文化小镇的地方，属于秦皇岛海港区北部山区，距离市中心约 30 公里。

第二届河北省旅游产业发展大会，不久前在秦皇岛举办。受到大会的促动，当地与旅游相关的基础设施建设进展迅速。我们从市里驱车来到此处，走的是“环长城旅游公路”。公路全长近 180 公里，在不到一年时间内建造完成，效率令人惊叹，生动地印证了经济社会发展的蓬勃活力。这个小镇是在原来板厂峪村的基础上，依托当地丰富的旅游资源进行整体规划打造的，包括长城登攀、民俗体验、非遗展示等项目，吸引了不少游客。

站在村口开阔处，把目光向远方递送出去。这里是燕山山脉的东端南缘，山势险峻，层层山峦远近环抱，天空高远晴朗，浮云缭绕。村北险峻绵延的山脊上，古长城依着山势起伏曲折，相距不远就有一座烽燧，兀立于一处处陡峭的峰巅之上，一直伸延到视野之外。适值10月下旬，满山浓密蓊郁的绿色中，点缀了片片簇簇的红叶，便有了生动的层次感，仿佛一块色彩斑斓的调色板。

村口处，矗立着一块“板厂峪明长城砖窑遗址”大理石石碑。明代长城东起山海关老龙头，穿越此地的崇山峻岭，向西蜿蜒而去。450年前的明代隆庆年间，抗倭英雄戚继光被明廷任命为蓟镇总兵官。从山海关到北京昌平绵延200多公里的长城，都在他的防守范围之内。他主持对这一带原来的石筑长城进行了加砖修复，并增修砖制敌楼50座，共约15公里长。这是秦皇岛境内明长城保存最为完好的区域，城墙、敌楼、墙台、关城、烽火台连绵迤逦，首尾相顾，气势雄浑。

砖窑就是当时烧制墙砖的场所，集中分布在板厂峪西沟和板厂峪东沟两片面积达两百多亩的玉米地下。窑顶距地面25厘米，顶部由胶土、碎砖等分层筑成，透过被局部揭开的窑顶，可看到由厚重的青砖筑成的窑壁，一种浓重的岁月沧桑之感扑面而来。

自砖窑遗址前行不远，就是板厂峪村的长城文物展馆，一处占地约两百平方米的院落。院子的四个角落，摆放着记载戚继光率兵修筑长城、守护长城的纪念碑文和当年作战用过的石炮、石弹等兵器。展馆分三个部分，第一部分是板厂峪长城的建筑材料，有火药匙、铁锄、长城砖等；第二部分有青花碗、温酒壶、火盆、石臼、小刀、剪刀、穿心灯等，是戍守长城的生活用具；第三部分则是火铳、爪勾、铁炮等，属于长城防御武器。静静地观看着，不知不觉时间有些久了，恍惚间眼前仿佛浮现出了当年的场景。

值得一提的是，当年戚继光平定倭寇后，从浙东沿海挥师北上修筑长城，率部多为义乌籍兵士，有一万多名。“帐下共推擒虎将，江南只数义乌兵”，曾随戚家军赴闽抗倭的明代著名文学家徐渭，这样描写当时的义乌兵。筑城完工后，这些义乌兵又安营扎寨，成了长城的守护兵。他们将南方的细腻精致，注入到了单调粗粝的戍边生活中。譬如这一带长城敌楼入口处的条石上，就雕刻着莲花如意云、双狮绣球等图案，纯熟精细，典型的江南风格，和其他地方的长城大为不同。我不禁想到，在那些漫长枯寂的时光中，当来自蒙古高原的寒风从城墙垛口间呼啸着掠过，当清冷的月光洒在冰凉沉重的盔甲上，这些南方士兵抚摸着砖石上熟悉的图案，一定会遥想山温水软的江南故乡吧？

已是向晚时分，暮色正从四面八方围拢过来。峭壁上的城垛的影子，也在渐次变淡，终于淹没进一片昏茫混沌中。忽然有了一种类似“穿越时光”的感觉：如果我就是一名明代兵士，驻守在前方的某一座烽燧里，在这样的夜色中，会有怎样的心情？

古代诗词中，咏叹长城的有很多，一概是凄凉悲伤的调子。读大学之初，到居庸关长城秋游，为其雄浑苍凉之美震撼，在其后颇长一段时间内醉心于搜集有关长城的古诗，至今犹有记忆。仅以唐诗为例，列举若干含有“长城”二字的句子，可谓俯拾皆是。

塞门风稍急，长城水正寒。（卢照邻）

黯黯长城外，日没更烟尘。（高适）

万里长城坏，荒营野草秋。（刘禹锡）

独向长城北，黄云暗塞天。（张籍）

撩乱边愁听不尽，高高秋月照长城。（王昌龄）

髑髅皆是长城卒，日暮沙场飞作灰。（常建）

朔风吹雪透刀瘢，饮马长城窟更寒。（卢汝弼）

分明似说长城苦，水咽云寒一夜风。（张祜）

征夫泪，思妇怨，杀声盈耳，死伤枕藉。一片情感的愁云惨雾，曾经笼罩了漫长的岁月。

好在这一切如今都已不复存在。兵气销尽，四海承平，铸剑为犁，马放南山。义乌兵士的后代，在此已经繁衍了20多代了。板厂峪村三百多户人家，一万多人，七成是他们的后裔，依托林业和旅游业，日子过得十分滋润。

战争和苦难已经进入史书，成为记忆和传说。长城御敌的实用功能早已丧失殆尽，而成为审美观照的对象，历史认知的参照。承平日久，难免让人觉得天经地义，其实这样的状态曾经是多少代人梦寐以求而不能如愿的。不知是哪一位西方人说过的，“和平不过是战争的间隙”，未免残酷，却是不争的事实。所幸的是，我们这几代人诞生和成长于和平的时代，得以充分享受生活的安详和美好。

第二天的行程，也仿佛是这种感悟的一个补充，一种延伸。

早餐后从住处宾馆出发，不久途经昌黎县城。昌黎枕山依海，地名寄寓了“黎庶昌盛”之意。这里据称是唐代大诗人韩愈的祖籍地，韩愈号昌黎，因此县城里一条主要街道就被命名为“韩愈大道”。沿着这条道路行驶，自车窗外望，城北绵延不断的山脉便是碣石山，一座被写入了《山海经》和《尚书·禹贡》的古山。山并不是特别高，但不乏巍峨峻峭的气势。和南方的山地被绿色彻底遮蔽不见一丝罅隙不同，甚至和板厂峪长城一带山上草木丰茂蒙络也不同，碣石山上裸露着大片的青白色岩石，形状奇特，或瘦骨嶙峋，或平展如砥，或陡峭如斧砍刀劈，或横斜如展翅欲飞。隔着老远，分明就有一种鲜明的质感传递过来，似乎触摸到了一个人的坚硬的骨节。

这座山为人知闻，远在长城建造之前。东汉建安十一年

（207年），曹操北征乌桓经过此地，写下了名篇《观沧海》，抒发了一代豪杰的壮怀。诗中状物十分生动："东临碣石，以观沧海。水何澹澹，山岛竦峙。树木丛生，百草丰茂。"20世纪50年代，毛泽东主席在其词作《浪淘沙·北戴河》中，写道"往事越千年，魏武挥鞭，东临碣石有遗篇"，说的正是此事。汉魏以后，"碣石"逐渐演变成为诗词中的一个意象，象征迢遥的北方荒寒之地，像唐诗名篇《春江花月夜》中的句子："斜月沉沉藏海雾，碣石潇湘无限路。"

上午的目的地是葡萄小镇。昌黎位于北纬39度范围，是葡萄种植的黄金地带，具备出产优质葡萄的阳光（Sun）、沙砾（Sand）、海洋（Sea）这"3S"要素，葡萄品种就有一百多个。这里种植葡萄的历史，最早记载于明代弘治年间的《永平府志》里。20世纪30年代，来自荷兰的传教士在此酿制葡萄酒，揭开了昌黎葡萄酒的序幕。中国的第一瓶干红葡萄酒——北戴河赤霞珠干红葡萄酒，也是20世纪80年代初在这里问世的。

车子拐入一条通往葡萄小镇的路，沿途经过好几座颇为现代化的酒庄，在山脚下的一个小村子旁停下。两边山坡夹出一片舒缓的谷地，扇面一样铺展开来。进村的路两旁都是葡萄园，藤蔓交织缠绕，在头顶上方搭起了一道凉棚。时节已经是仲秋末端，葡萄枝叶也不复青翠鲜润，而有了一些干枯萎黄。走进一户农家院落，这家有一株百年的老葡萄树，裸露着的根系虬曲纠结，占据了一大块地面，粗壮的藤蔓向四面八方攀爬伸展，枝叶间，一串串紫色葡萄累累垂垂。

这样一幅图景足堪描画。中国画中，葡萄是最常被描绘的几种果物之一，徐青藤、齐白石等都擅画此物，在他们笔下，果粒晶莹剔透，枝叶飘逸洒脱。“葡萄美酒夜光杯，欲饮琵琶马上催”“满筐圆实骊珠滑，入口甘香冰玉寒”……葡萄是鲜美甜蜜之物，在中国传统文化的语境中，其饱满的籽粒也寓意着多子多福，象征着丰收富裕，吉祥美好。西方也是如此，圣经故事中，葡萄是洪水过后诺亚种下的第一株植物；各种宗教仪式上，葡萄酒都起着充当祭品的作用。

葡萄架下，同行者们品尝着甘甜的葡萄，笑语晏晏。我问一位接待我们的当地人，五峰山在哪个方向。他似乎对我问这样的问题有一点儿意外，但很快侧身指着前方连绵的峰峦中的一处，介绍说那就是五峰山。虽然知道就在这一片区域内，但这样近，却出乎我的意料。

是昨天晚上，在宾馆里，我从一份资料中看到了这座山名，唤起了埋藏已久的一份记忆，与一位影响了中国走向的伟大人物有关——他就是李大钊，中国共产党的主要创始人之一。他的故乡是与昌黎相邻的乐亭县。碣石山中的五峰山，他前后登上过 8 次，或是为了避暑，或是为了躲避缉捕，并写下了许多革命著作，以及散文《五峰游记》等。还是 30 多年前，我从一本中国现代散文选集中读到了他这篇作品，从此也记住了这个山名。

昨晚，打开电脑找出李大钊这篇散文重读。“昨日山中落雨，云气把全山包围。树里风声雨声，有波涛澎湃的样子。水自山间流下，却成了瀑布。雨后大有秋意。”作品写于1917年的夏天。想到文字描绘的地方就在不远处，心中不由得浮起一种别样的亲近感。又查询到了他一篇更早的写于1913年的《游碣石山杂记》，有这样的记述：“予家渤海之滨，北望辄见碣石，高峰隐峙云际，盖相越仅八十里许。予性乐山，遇崇丘峻岭，每流连弗忍去。”作者寄情山水的诗性情怀，跃然而出。1917年在北京时，他仍然恋念于碣石山中的美好岁月：

> 连日出步街衢，浊尘腾飞之中，顿见点点新绿，绚缀枯寂若死之北京，因忆碣石山中，梨花春雨，正好结少年伴侣，披蓁攀石，拨雾荡云，以舒积郁，以涤俗烦，以接自然，以领美趣。（《都会少年与新春旅行》）

多么出色的描写，准确而灵动，与许多名篇相比毫不逊色。读着这样的文字，让我在敬仰作者的伟岸人格的同时，也更多地感受到一种亲切感。不少革命家同时也堪称文学家，对于大自然有着深刻的感情。多年前我就朦胧地意识到，信仰革命与崇拜大自然二者之间的关系，是一个值得探讨的命题。我又想到了青年时代读过、至今难忘的一册《狱中书简》，作者是国际共产主义运动史上著名的女革命家和理论家、德国共产党的创始人之一罗莎·卢森堡。被囚禁于斗室内，失去自由，她并没有陷入苦闷沮丧。在给友人的许多封信中，她兴致勃勃地描述从狭小的窗口望见的大自然的光影形色。女贞、枫树、黄醋栗树，白杨絮、阳光和影子，蝴蝶和燕子，树叶上的水滴，木管风琴声、树木的飒飒声、杜鹃的啼叫声、众小鸟的合唱声……大自然的勃勃生机让她迷醉，精神饱满健旺。她写道："不论我到哪儿，只要我活着，天空、云彩和生命的美就会与我同在。"

此刻，望着不远处静默矗立的五峰山，这个沉睡多年的想法又苏醒了，而且似乎忽然间获得了一个合理的解释：他们既然对于大自然的美有着强烈的感知，自然也就会以美的诸多要素，如完善、和谐、均衡等，来衡量和要求现实的社会和人生。不管他们是否明确地意识到这点，但相互间却具有着内在逻辑的贯通性。社会生活中那些残酷、丑恶、纷乱的方面，从本质上讲，也都是和美的基本原则相悖的。他们义无反顾地投身于他们所选择的事业，是因为他们坚信这条道路的尽头，是人类的彻底解放，是美在一切领域的充分发展和绽放。

置身于真实的山水自然之间，这种原本容易玄奥浮泛的感悟，却似乎具备了一种坚实可感的质地，仿佛周边伸手即可触及的形状各异的山石。

此时（2017 年 10 月），在 200 公里外的首都北京，举世瞩目的一次盛会——党的十九大——正在召开。“不忘初心，牢记使命”，习总书记在大会上的庄严宣示，让人鲜明地意识到一条牢固的时光的纽带。而中国共产党的创始人之一李大钊，当年正是在眼前的山中，投身于民族解放的伟大运动。20世纪20年代初播撒下的梦想，经由一代代信仰者艰苦卓绝的奋斗，很多已经变为现实。在今天，更是有充足的理由相信，那一颗种子所孕育出的花朵，会绽放得更为灿烂。

舒婷的诗句说得好：“一切的现在都孕育着未来，未来的一切都生长于它的昨天。”

两天的行程中，行经的地方，见闻的事物，就时间的维度而言，恰好形成了某种对立又互补的关系——历史和现实，战争与和平，毁坏和建设，贫穷和富足，苦难和幸福，等等。它们的组合，分明正是生活的整体性的一个隐喻。想到我们置身其中的都是后一种，内心深处不由得会升起一种深长的满足。

“萧瑟秋风今又是，换了人间。”也是在那首《浪淘沙·北戴河》中，毛泽东主席这样吟咏。

一路走来，目不暇接，诸种感受丰富纷纭，但好像都不如这一句诗词更能够概括。此刻，在正午时分的阳光照射下，眼前连绵的碣石山群峰上的白云，散发出玉石般润泽的光亮，和青白色的山石相互映衬。近处，秋风从绿野间吹拂而来，身旁的葡萄树叶发出急促的窸窣之声，而葡萄的甘甜气息，也一下子变得愈发浓郁了。

泉州的几幅画面

丰裕给人带来的困扰，有时并不比匮乏少。到一个陌生地方，如果可看的内容太多，常常会有无所适从之感。仿佛一位贪嘴的食客，眼前摆满了佳肴珍馐，每一样都色香味俱佳，他难免会犹豫：该从哪里下箸才好？

那么，这个下午，在西斜的阳光照耀下，在我的眼前，泉州城古老的西街上众多美味的特色小吃，正是这座城市的丰富性的一个隐喻吗？

甫到泉州，在宾馆报到住下，接待人员就发来微信，第二天有半天的活动是分头进行的，让参加采风活动的每个人，在若干条线路中挑选一项，原则是一人一地。同行者中有过去来过的，取舍比较容易，也有功课做得充分的，选什么也成竹在胸。我却是第一次来，事先也不曾准备，就不免茫然了，只好随意地选了一个项目报上，而因为已经有人报名，又被调剂到另外一个地方。

事实证明，无论怎么选择都不会错。此次所列入的这些内容，都是被时光充分遴选过的，被众口一词地称道的。不够格的进不到这个名单里。不，也许换一种说法才更准确：还有不少同样够格的，仅仅因为名额限制未能入选。

一座怎样的城市，才能拥有这样丰沛饱满的底气？

时光烟云的深处，多少曾经名噪一时的城市，已经湮灭得无影无踪。然而，也有一些地方，犹如被舞台上的追光牢牢圈定了的目标，想起来时，脑海中会有一片光亮。泉州就是这样的地方，悠久丰厚的历史和文化仿佛一股强大的浮力，将其从时间的深渊中托举出来，用一种鲜明的画面感凸显了它的存在。

这个明亮的画面中，会有一片热烈鲜艳的红色，光雾一样地闪烁和荡漾。

那是刺桐花盛开的颜色。这座城市，五代时曾经遍植刺桐树，以此得名"刺桐城"。在街巷漫步，经人指点，从众多的树种里，见到了这种被到过泉州的历朝文人反复吟咏过的高大乔木。目光沿着它的粗壮而光滑的树干，攀爬到半空中华盖般铺展开的树冠上。现在正是花事最盛的时期，看不到几片绿叶，一树的灼灼花朵，极像鸡冠的形状，恣肆地开放，仿佛悬浮在空中的火焰。尽管现在刺桐树的数量远远无法和繁盛期相比，但现有的这些，已经足以让我想象到当年花树绽放时，整个城市上空云蒸霞蔚的胜景。

我仿佛看到，在刺桐花的笼罩下，当年的生活盛大而喧哗地展开着。

早在遥远的 10 多个世纪前，一个让来自全球各地、见多识广的旅行者惊叹羡慕的地方，会有着怎样的模样？岁月逝去如同流水，好在各种文献里的记载丰富而确凿，完全可以描绘出一幅气势恢宏的画面。古代“海上丝绸之路”的起点，宋元时代的“东方第一大港”，12 世纪初期，城市人口就已经多达 50 多万，与世界上 100 多个国家和地区通商贸易；“市井十洲人”“涨海声中万国商”“州南有海浩无穷，每岁造舟通异域”……众多诗文描写了它的盛况。其繁华程度，让马可·波罗惊叹“难以想象”，而城市的夜晚因为被灯光映照得仿佛白昼，被另一位意大利犹太商人雅各称誉为“光明之城”；七下西洋的郑和船队，两次驻扎于这里的后渚港，并举行了祈风祭海仪典……在脑海中，我将这些生动的素材片段，拼接成一幅印象派风格的“泉州记忆”。想想看，那样一种绚丽、喧哗和热烈，岂不是颇像凡·高、莫奈、雷诺阿们的画风？

当然，这幅写意画仿佛一部大书的封面，首先是为了把读者的目光吸引过来。要真切地体会书中的魅力，还需要翻开书页，细细阅读。和描绘北宋汴京繁华的《清明上河图》一样，局部和细节也是一座城市的魅力构成中不可或缺的部分，是最为生动精彩的表情。要获得这些，就需要进行实地的踏访，通过观看和触摸，感知它真实细密的肌理，发现它的幽微精粹之美。

此刻，我步履所至，正是这座古城里古旧建筑的辐辏之处。

属于我的半天的单独行程，是参观泉州保存最完整的古街区，它们集中分布于西街一带，有1000多年的历史。走在这里，骤然间仿佛跌落进了过去的岁月。在漫长的时光中，西街是城市最繁华的街道，仿佛一个人身上的动脉，在它的两侧，是多条窄而深的小巷，如同一条条毛细血管。我踅入小巷深处，脚下青石板的小路，两旁斑驳的墙砖，树荫遮掩了整个小院子的老榕树……处处都打上了光阴的烙印。这里的建筑都极具地方特色：一处处旧式的普通民居，朴素齐整，逼仄而有序，不少房子里仍然住了人，飘散着浓郁的烟火气息；古代官宦之家的大厝，循了官阶规制建造，中轴对称，数进院落，宽阔敞亮，精致考究；泉州是著名侨乡，自东南亚衣锦还乡的华侨建造的、被本地人称为“番仔楼”的洋楼，有着鲜明的南洋风格，巍峨壮观，外廊和阳台美轮美奂，如今又成为先锋艺术和文化创意产业的展厅。

陪同我参观的是两位当地的年轻人，对家乡的自豪感，让他们的讲解生动精彩。比起走马观花的游览，这种专题性质的观赏，让我获得了更为细致也更为专业的建筑文化知识：“出砖入石”的闽南建筑外墙样式，白色的石块与红色的砖瓦错落交织，点、线和面之间有着和谐的韵律；墙脚处湿滑的苔藓，墙头上攀缘的藤萝，一株芭蕉树，一盆杜鹃花，点染出蓊郁的生机；目光抬起，向窗棂和屋顶上望去，燕尾脊线条优美，活灵活现，小小的滴水檐，有着金鱼、水鸭、麒麟、狮子等造型，在各种檐雕、砖雕、窗雕和剪瓷雕上，方寸之间，精致地雕刻着民间传说、人物故事、仙花灵草和祥禽瑞兽。它们精致细腻，无异于一幅幅工笔细密画。建筑是文化的重要内容，更是它的生动载体。如果说，泉州是世界海洋文化版图上一处坚实的地标，那么古城腹地的这些建筑，则充分展现了华夏文化中浓郁的地方特色。

走出深巷，又一次站在热闹的西街上。老街店铺林立，人流如潮，1000 多年来都是如此。这里的美食摊位众多，单单是招牌上的这些名称，恐怕就能让人喉结蠕动：蚵仔煎、姜母鸭、土笋冻、面线糊……不少地方排起了长队。从那些闲适的表情和轻松的笑容中，你能够体味到市井的、庸常的生活中蕴含的幸福。不由得想到那句话：岁月静好，现世安稳。眼前这一幅画面，便是最好的诠释。

和今天一样，1000 多年前行走在这条街上的人，只要抬头，就会看到不远的地方，有两座屹然挺立的石塔，仿佛一对双胞胎兄弟，一东一西，相距两百米左右，矗立在连绵一片的屋脊之上。这就是建于公元 7 世纪的唐代开元寺里的东西塔。它们提示着，这里不独是繁华鼎盛的都会，还是一片信仰炽热的土地。

当年的泉州作为东方大港、世界性城市，吸引了普天之下的人们前来游历和生活。史料记载，在宋末元初的全盛时期，仅在此居住的阿拉伯人就达 30 万之众。除了本土的道教和佛教，世界上的各种主要宗教，基督教、伊斯兰教、印度教、犹太教、摩尼教等等，在这座城市中都有自己众多的信众，因此泉州有“世界宗教博物馆”之称。这些不同信仰的教徒们，自然也要为各自的灵魂，寻找一个安放的场所，因此泉州的庙宇和教堂众多，据统计，现存建造时间达千年之久的就有 50 多座。不同宗教、多元文化之间融洽交融，和谐相处，堪称创造了一个奇迹。因此，泉州被联合国教科文组织列为全球第一个“世界多元文化展示中心”。

很自然地，此时我的脑海中浮现出了另外一幅画面。

不妨想象一下，就在我站立的这条老街上，1000 多年前，烧肉粽的香味也如同此刻一样，飘散在晴朗明丽的天空中。在阳光和微风的合谋下，刺桐花摇曳的影子落在街上来往行人的头上、肩上，斑斑点点。肤色不同衣着各异的人们，波斯的客商、埃及的水手、英伦的兵士、身着袈裟的和尚、头布缠裹的锡克教徒、鬓发垂颊的犹太教拉比，摩肩接踵地行走着，有时会停下来交谈上几句。佛教寺庙的梵音、基督教堂的钟声、清真寺里阿訇的诵经声，彼此应答和交织，清越而悠扬，飘荡在城市广阔的上空。

开元寺天王殿内的石柱上有一副对联：“此地古称佛国，满街都是圣人。”对联为南宋理学家朱熹所撰，近代高僧弘一法师李叔同手书。这应该既是一种描述，又是一种期许吧？祈求灵魂超升，众生福乐，世界大同，这其实是不同信仰中的共同的内核。开放、包容、兼收并蓄、气度恢宏……中华文化的博大胸襟，在这个各种宗教信仰和谐并存的地方，得到了生动的印证。

贸易的发达，物质的富足，文明的交融……使泉州得以被镌刻于历史卷册上的这一切，都是航海带来的。

因此，为了更好地记忆这座城市，必须还要有一幅巨画，其幅面要超过前面几幅，只有这样才能够凸显出层层叠叠的空间效果：海洋是远景，港口是中景，而在这幅大画里最为突出的地方，一定要有船。

开元寺旁古船陈列馆中的那一艘宋代三桅船，应该占有这个位置。700 多年前，这艘船满载香料、药物等货物，自东南亚返航，抵达后渚港时因某种缘故沉没，20 世纪 70 年代末被打捞出来。船身巨大，方艄、高尾、尖底，长 34 米，宽 11 米，有 13 个舱，采用的是当时最先进的水密隔舱技术。据专家考证，其载重量达 200 多吨，相当于一个骆驼队的运载量。据说在当年云集泉州湾刺桐港的众多海船中，它只算得上是中等体量。正是无数艘这样的船只，在辽阔的大洋上耕波犁浪，船尾的滚滚浪花，编织了一条连接东西方广大区域的“海上丝绸之路”，对人类文明的发展产生了深远影响。

然而大海绝非坦途。惊涛骇浪，漩涡暗礁，海盗劫掠，旅程中危机四伏。因此，祈祷神灵的佑护，既是出海人的期盼，也是家里人的牵挂。从一艘船驶出视野开始，有多少目光，每天都在苦苦地眺望海天一线的远处？

愿望的极致便是诚笃的信仰，因此，妈祖崇拜在这一带地区特别强烈。这幅画面上，也因此应该添上一笔：天后宫。这个出生于福建莆田，本名叫林默的渔家女子，生前为人治病防疫，扶贫济困，传说死后显现神迹，“乘席渡海”“云游岛屿间”，拯救了无数海上遇险者，因此受到广泛的祭祀。到处都有妈祖庙，泉州天后宫是现存古建筑中历史最久、规格最高的一座，殿堂巍峨，香火旺盛。高大的榕树下，一帮孩童正在玩传统的“乞米龟”游戏，在用多个米袋搭建成的巨大的乌龟身上爬来爬去，音响里反复播放着闽南话的童谣：“摸龟头，盖大楼；摸龟嘴，大富贵……”童声清脆稚嫩，十分好听。

谁能想到，那种持续了多少个世纪的巨舟齐发、白帆蔽天的壮丽景色，忽然间消失得无影无踪？

然而，这却是冰冷的现实。明代开始实施，清代愈发严苛的海禁政策，让泉州这颗海上明珠黯然失色，近代以来积贫积弱的国运，更进一步加剧了它的衰颓。泉州湾的涛声不再激昂高亢，而更像是低沉的叹惋。

好在，历史翻开了新的篇章，泉州再度为世界瞩目。伴随着新时代的到来，“一带一路”的宏伟蓝图正在被出色地描绘。作为当年“海上丝绸之路”的起点，泉州承载了新的梦想。几天下来，在访古寻幽的行程中，也无时不感受到时代赋予它的丰沛活力。作为福建省的三大中心城市之一，今天的泉州到处涌动着一种生机勃勃的气息，仿佛涨潮时的海浪撞击在岩石上，訇然作响，令人魂魄为之激荡。如果说在大航海时代，泉州仿佛一艘人力操控的帆船，那么今天它便是一艘高新技术打造的巨舰，动力强劲澎湃，被新时代的劲风推动着，正在驶向更为辽阔深远的前方。

就要离开这里了，早晨起来，我收拾好行囊，从八层房间的阳台上，再一次俯瞰这座城市。宾馆位于老城区，视野中是一大片古旧建筑的屋脊，鳞次栉比，仿佛舒缓的波浪，向四面八方伸展开去。砖瓦都是用当地的红土烧制的，呈现出一种被称为“闽南红”的特别的红色，温暖而明亮，和茂密蓊郁无处不在的绿树，配搭得恰到好处。耸立于这一片屋瓦之上，较近的地方，是基督教泉南堂的十字架，更远一些，是开元寺的东西双塔。在它们的下面，在那些纵横交错的街衢巷弄之间，新的一天正在开始。阳光穿透晨雾，明亮地投射下来。

太阳每天都是新的，仿佛在大地上展开的生活。

第二辑　山水新颜

忽闻海上有仙山

玉环这个地名，很容易让人联想起中国历史上那位倾国倾城的著名贵妃。我们的玉环之旅的第一个项目，是到当地的风景名胜地大鹿岛游览。乘船上岛不久，就下起不小的雨，雾气弥漫，视线只能抵达百十米开外。站在据说是最好的观海地点，眼界中也只有不停地翻卷的茫茫云雾，根本望不见海面。置身此种境地，很自然地便想到了白居易《长恨歌》里的句子："忽闻海上有仙山，山在虚无缥缈间。"描绘的分明就是眼前的景观。那位令一代君王朝思暮想、肝肠寸断的绝代佳人，此刻正隐身在哪一片云雾里？

这当然只是一时的玩笑式想象。玉环，这个位于东海之滨、台州南端的县级市，和远在1600公里之外的盛唐帝都长安中的杨贵妃，扯不上一丝的关联。"玉环山……在海中，周回五百余里，去郡二百里。上有流水，洁白如玉，因以为名。"来自《太平寰宇记》中的这一段记载，才是玉环地名由来的正解。它透出的最强烈的信息，与大自然的美有关。而对于一名旅行者，玉环的摄魂夺魄之处，首先也正在于和大海有关的自然及人文之美。海的气息，海的韵律，迷醉了他的感官，俘获了他的灵魂。一句“海韵玉环”，也便成了当地宣传自己的惯常用语，并被制作成以一条鱼为造型的主体图形，以蓝色为主色调，是玉环人以海为生的象征。

多年间到过的海边小城也有几座，但论到特色的浓郁鲜明，超过玉环的一时还说不出。玉环以楚门半岛、玉环本岛和一百多个外围离岛组成，海的原生的状态，原初的属性，在这里有着更为纯粹也更为鲜活的呈现，和一些成为旅游热点的海滨城市不一样。倒不一定是那些地方缺乏充足的海洋元素，而是或者由于城市体量过大，或者因为旅游因素的过分注入，冲淡了甚至是破坏了原本的味道。和这里相比，很多地方就显得可疑，至少是打了折扣的。

在东沙渔港，海之色彩、韵律、情味，得到了充分的验证。这天天空晴好，天穹下的一切仿佛在熠熠闪光。正值休渔期，被防波大堤围住的海湾内风平浪静，挤挤挨挨地停满了大小各种渔船，桅杆上的国旗和三角形的各色彩旗在微风中摇曳。近处潋滟的波光，海水中船舷的倒影，远处薄云笼罩的黛色山脉，从深深浅浅的云朵间渗透出来的一抹蓝天，都别具动人之美。头一天在大鹿岛上遭遇的茫茫大雾，仿佛是一个铺垫，是老天爷或者这片土地的神祇卖的一个关子，为了让我们的期待得到更充分的酝酿，也让期待后的满足更为酣畅。

渔村古老的房舍循着山坡迤逦排列着。从山脚拾级而上，弯曲狭窄的石板路两旁，一家家朴素的渔家屋舍，被拾掇得齐整干净。屋檐、门窗、墙头，每个局部都精致妥帖，体现了特别的匠心。一面镶嵌了多种贝壳的墙，一张缀满了各色浮球的废旧渔网，一块绘着彩色海鱼的木版画，提醒游人正置身何处。少数被粉刷过的墙面，色彩柔和淡雅，应和着小巷上空的天光云色。在一堵被时光锈蚀了的色泽黯淡的石墙前，一株修长挺拔的花树正在怒放，仿佛高擎的一束火焰。

上到山顶，视野骤然变得辽阔，眼前一大片舒缓坦荡的平地，仿佛是到过的一些高山巅峰上的平台。这里所望见的却不是山下的平畴沃野，而是从三个方向扑入眼帘的蔚蓝大海，气象雄浑阔大。广袤海面上的一个个岛屿，像是露出脊背的巨兽，仿佛随时会腾跃而出。它们向远处伸延，直到消逝在上下浑茫、水天一色的海平线上。

一直向前走，看到了一处高悬于海边峭壁之上的墓地，俯瞰着茫茫大海。天空飘浮着大朵的白云，阳光穿过云层投射下来，光影的急剧变幻中，闪现着一种动荡和恍惚。这种地方，分明能够让人强烈地意识到生命的短暂和大自然的永恒。修建于 20 世纪初的普安灯塔，白色的塔体饱经风雨侵蚀，水渍斑驳，仍然导引佑护着万顷海面上的来往船只。

带着一缕超越性色彩的玄想，很快被现实的声色滋味驱散。循着原路下到山脚，在海边渔村的一家饭馆里用餐。窗外就是波光潋滟的海湾，鱼虾蟹贝一盘盘地端上桌来，冒着热气，更喷吐着鲜香的味道。想到它们正是从眼前的海里打捞出来的，一种与在大城市馆子里品尝海鲜截然不同的感受油然而生。这时候，你对大海的丰饶的蕴藏和慷慨的馈赠，会产生一种真切的感觉，“聚宝盆”这样的词汇变得富有质感，而不仅仅体现为修辞学的功能。在就餐的某个瞬间，我恍惚置身于故乡华北平原的田野间，眼前是累累垂垂的谷穗，饱满结实的玉米棒，强烈地感受到了自己和土地的联系。大海显然是另一种意义上的土地。主人一一介绍着面前佳肴的名字：水潺、牡蛎、梅筒鱼、岩头蟹、海螺蛳、海蜈蚣、望潮、虾狗弹……好几样我从来没有吃到过，连名字也是第一次听说。其中一种铁青色的小螺蛳，我在大鹿岛上见到过。它们就在海边岩石的皱褶和缝隙间，密密麻麻，紧贴着石壁，仿佛焊接在了一起，听说只有用小铁铲才能撬下来。

这让我的记忆闪回，眼前重新浮现了昨天在大鹿岛上见到的情景。在那一团团飘散弥漫的浓重雾气里，一件件岩雕艺术品，仿佛发散出一簇簇霭霭的光亮。那是来自大自然和人心中的双重光源。

大鹿岛山体属雁荡山余脉，大陆下沉的残片，经亿万年海浪冲刷，海风剥蚀，岩礁块石奇形怪状，千姿百态。一位名叫洪世清的雕塑家、中央美术学院教授，于 20 世纪 80 年代中期登上大鹿岛，其后十几年间，不断地涉海攀岩，根据礁石的自然形态随物赋形，以摩崖、浮雕、圆雕等手法，创作了近百件海洋生物的雕塑，有着鲜明的秦汉绘画风格，朴拙浑厚。走在那片铁青色的海边乱石丛中，蓦然间发现脚下有一只硕大的乌龟正抬头望着你，好像刚刚从背后的海水里爬上来。前行不远，抬头时，斜上方的大石上又盘踞着一只大螃蟹，两只眼睛凸出来。再走几步到了水边，一组自海水中伸向陆地的石头，凝固成“鲨鱼上岸”的姿态。再经过多少年，这些雕塑也将成为大自然的一个组成部分。数年前辞世的洪先生一直独身，显然他是把全部生命献给了艺术。这些雕塑将伴随天风海浪，永久地存在下去，有力地阐释着一句流传已久的西谚：生命短暂，艺术长存。

其实，不独这些雕塑作品，整个大鹿岛的历史，都生动地印证了人的力量和智慧。在并不遥远的20世纪60年代初，整个岛上还是片石层叠，草木不生，满目枯黄。当年几名知青响应号召，怀揣绿化祖国、建设海岛的雄心壮志，踏上大鹿岛，风餐露宿，垦荒植树，一干就是几十年。如今岛上树木茂盛，荆草蒙茸，苍翠欲滴，森林覆盖率将近百分之九十。

把范围进一步扩大，楚门半岛的变迁，是一个更加有力的证明。楚门半岛和玉环本岛之间的漩门湾，曾经是一处鬼门关，水面惊涛骇浪，水下有无数巨大漩涡，吞噬了无数航船。20世纪70年代，玉环人移山填海，用两年的时间建造起了一条大坝，将半岛和本岛相连，书写了“精卫衔石填东海”的神话，彻底根绝了隐患，险隘变为通途。这无疑是对于“人定胜天”理念最有说服力的诠释。

大坝的建成在数十年间发挥了巨大作用，造福桑梓，泽被民众。人的观念和认识无法超越时代，在当时不会有人质疑这一行动，但今天却可以有一些惋惜：如果当年不填海造坝，以漩门湾的漩涡奇观和传说，今天一定会对游客产生强烈的吸引力，就仿佛喀纳斯湖怪、百慕大神秘三角地带产生的效果一样。而以今天的技术，航行的安全应该也不成问题了。当然，即使在今天，这种想法也是个人意气的成分居多。不过马上就听到一个好消息，一项巨大的“撤坝建桥”计划即将启动，大坝将被拆除，修建一座长桥，这样玉环本岛就又还原成海岛的形态。这是美学的胜利，而没有强大的经济实力是断断做不到的。

大坝的建造，将漩门湾分成两半，并在其两侧形成了一个巨大的湿地公园。一半是海港，水色浑黄；另一半是淡水湾，水面清澈可鉴。淡水湾部分如今被称为“玉环湖”，湖里淡水生物和海洋生物混杂生长，鱼类资源十分丰富。连绵不尽的芦苇丛葳蕤茂密，车子在行驶中，就看到一行行白鹭从芦苇中跃了出来，在我们面前盘旋飞舞，姿态优美，犹如身着雪白霓裳的仙子。

行色匆匆，我们一行履迹所至，只是这个占地 30 多平方公里的巨大的国家湿地公园的一处小小角落。在五彩花海的最深处，百亩马鞭草的紫色花朵随风摇曳，酷似薰衣草，在蓝天白云、“荷兰”风车的映衬下，营造出一种欧陆氛围。隔着一条路，则是数百亩的荷塘，还未到荷花绽放的节令，视界中只有“接天莲叶无穷碧”，一望无际，密密匝匝。轻风掠过荷叶，发出窸窸窣窣的声音，仿佛南朝乐府《西洲曲》中宛转低回的声韵，那一份静美让灵魂变得安详。

但我也知道，就在距此不远的地方，生活正在以一种丰富多彩、活力迸射的面貌呈现。

在保持完好的自然生态的旁边，物质和技术在喷吐着巨大能量。跨越乐清湾的跨海大桥，主体工程都已完成。不久后，从玉环去温州的轮渡即将成为历史，两地间的行程将从两小时骤减为 20 分钟。另外还有轻轨和 3 条高铁延伸段，建成后将为玉环交通带来根本改观。这里的经济实力一直居于全国海岛县的首位，而一旦掣肘其发展的交通短板被克服，怎样的想象力才能描绘出它腾飞的姿容？而就在我们抵达前十几天，玉环刚刚撤县设市，掀开了历史的崭新一页。

因此，明天的玉环，完全可以既完好地保持自己古老的传统、独特的美质，同时又与时代步伐高度合拍。这不是理论上的分析，而分明是活生生的现实。短短 3 日的行旅，所见所闻，无不在印证这一点。

还有那么多迷人的内容，只能粗线条地简单勾勒了：有名的玉环文旦柚，果皮有橙黄色光泽，入口时香气芬芳；海滩上摊开在篾席上的鱼鲞，被阳光暴晒后闪耀着奇异的色彩；

蕃粉圆、鱼面和鱼皮馄饨的美味；出自渔民手中的生动逼真的大小船模；农历新年期间，鱼龙灯在渔村街巷间穿行舞动；从大麦屿港直航台湾的客商轮船，几个小时就能够到达基隆；广为流传的戚继光抗击倭寇的传说；这里的人们操着温州话、闽南话、台州话三种方言，但彼此能够听懂；文玲书院里，最新一期的当地文学杂志《曲桥》散发出油墨的清香……

这些细节连缀拼贴起来，便是一幅巨大的印象派风格的画作，它的名字就叫“玉环”。画面上，有阳光跳荡，有海风掠过，有海浪涌起。

“蓬莱清浅在人间，海上千春住玉环。”吟诵起清代王咏霓的诗，心中盈满了一种深长而清朗的喜悦。

欲叩英魂有觅处

在闽南诏安，抗倭英雄戚继光的英名如同星辰一样熠熠生辉，又一次照亮了我的记忆。

相信许多人会和我一样，早在读中学时就知道了戚继光这个名字。作为彪炳史册的抗倭名将、民族英雄，戚继光被后世一代代的人们敬仰和颂扬。就我的个人经验而言，这是近年来第三次与他相遇了。第一次，是参加电视连续剧《抗倭英雄戚继光》的研讨会，得以通过影像的方式，系统地知晓了他的整个生平。第二次，是不久前在河北秦皇岛，了解了他任职山海关总兵期间的事功，那是他的戎马生涯的最后一段。而这一次，则是来到他抗击倭寇的前线战场，他创立了千秋功名的场所，也堪称他度过自己最为辉煌的人生岁月的地方。

诏安位于福建最南端，紧邻广东潮州。我们来到距县城不远的梅岭镇南门村，这里有明代悬钟所城的遗址。顾名思义，南门村村名的由来，是因为位于古城南门一带。看到了一座拱形的城门，不时有村民或步行或骑车穿过。城墙用巨大石块垒砌而成，约有三人高。墙厚大约一米，顶部为丛生的灌木杂草所遮挡。城门右侧矗立着一棵巨大的榕树，需要把脖颈用力后仰，才勉强能够望见树顶。巨大的树冠向四面八方伸延出去，浓密的树荫遮住了一大片地面，从树根部位伸出去众多长短粗细各异的气根，盘虬纠结，紧紧贴在城墙壁上。

今天的悬钟所城，已经残破不堪，只遗留了东西南三座城门，以及不到两千米的城墙残垣。但约在600年前，这里却是一座坚固的城池，在明代海防中发挥过十分重要的作用。明代倭寇扰乱浙闽粤沿海，为害甚烈，朝廷不得不在一些重要的地点，建造以卫、所为中心的沿海防御体系，悬钟所就是这时建造的，史料记载是在洪武二十一年（1388年）。它的建制属于千户所，驻守兵士约1200人。

倭寇的侵扰贯穿了有明一代，到了悬钟所建成约200年后的嘉靖年间，最为猖獗，迫使朝廷派遣精锐军队加以清剿，戚继光、俞大猷都曾经屯兵于此，遂使此地成为东南沿海要塞。史料详细记载了发生在此地的一次重要战役。嘉靖四十四年（1565年）四月，与倭寇勾结的海盗吴平，造船数百艘，聚众万余，筑三城自守，劫掠闽粤多地民众。时任福建总兵的戚继光督兵袭击，吴平逃往海上躲避，其后又伺机进犯大陆。双方经历了一年多拉锯式的攻守战，到了隆庆二年（1568年），闽粤两地明军夹击吴平，用火攻大败海盗。至此，东南沿海的倭寇基本被肃清。

我想到不久前在山海关参观一座明长城博物馆时，看到的有关记载。东南海疆倭寇平定后，戚继光被朝廷调遣，从隆庆二年（1568 年）到万历十一年（1583 年），担任蓟镇总兵长达 16 年之久，总领山海关至北京居庸关一线长城防务。也就是说，在剿灭了倭寇的同一年，他来不及洗净征尘，便率领著名的“戚家军”挥师北上，在数百千米长的长城沿线驻扎，防御觊觎长城以内的蒙古部族。从海洋到陆地，他和自己的将士们，用对于社稷家国的忠诚，筑起了一道道长城，既是以砖石等物质形态存在的可见的长城，又是以情感和意志的筋骨血脉浇筑而成的无形的精神长城。

悬钟所城旁边有一座山，名为果老山，与民间神话中的张果老有关。山不高，但一块块硕大的岩石参差地分布着，其状峻峭嶙峋，颇有气势。岩石上镌刻了自明代到民国年间的摩崖石刻计有 30 多处，为历代驻防官兵幕僚及其友人所刻，内容多为对于平定海疆的期盼，以及对英雄先辈的缅怀凭吊。山下不远处，有一座关帝庙，香客络绎，烟火袅袅。如果说关云长以其骁勇善战的武神形象被驻守的将士供奉，并不难理解，但实际上，在闽南沿海一带，关公崇拜已经成为民众的普遍信仰。几天的行程中，在诏安的不同地方，在相邻的海岛县东山，我也看到了好几处关帝庙，无一不是香火旺盛。这个来自遥远的燕赵之地的红脸汉子身上，凝聚了忠、义、仁、勇等品格，也承载了辟邪驱灾等功能，可谓是全能的保护神、行业神和财神。倘若探究一番这些含义的产生和发展的脉络，一定很有意思。

离开悬钟所城南门，沿着被松林遮掩的石板路拾级而上，眼前蓦然开阔，视野中一下子盈满了蔚蓝的海水。这里被称为梅岭半岛，是东海和南海的交界处。前面，一块巨石巍然屹立，高耸如同屏障。巨石朝向大海的一面平展如砥，镌刻着“望洋台”三个大字，气势浩大，笔力遒劲。题字者是嘉靖年间的福建布政司右参政蔡潮。的确，此处最适合远眺大海。从我站立的半山处，可以俯瞰到半岛伸入海里的形状。

陆地与海水的交接，形成了一道弧形的海湾，优美的曲线与岩石粗硬的轮廓相得益彰。目光稍稍抬起，则是一望无际的寥廓海面。海浪自远而近，一波波涌来，越来越高，在银白的沙滩上，哗地摊散开来，散落成一地碎银，闪闪发亮。正值中午时分，蓝天上飘浮着大片的白云，厚薄深浅不一，从云层渗漏下来的阳光，形成了众多的光束，径直投射在海面上，光与影交织，再被海风撕扯，造成一种荡漾不已的效果。

所见皆是一派安宁而落寞的景象。但数百年前，眼前这一片海域曾经是繁华的商业港口，百帆云集，桅杆如林，热闹非凡。从此地向右前方望去，能够望见天海相融处一个狭长的岛屿的轮廓，仿佛巨兽的脊背。那就是著名的南澳岛，属于广东汕头南澳县。那一片与眼前水波相连的海域，是宋元以来“海上丝绸之路”的重要航道，几年前在附近打捞出了一艘载有三万件宋元明三个朝代瓷器的明代沉船，被命名为“南澳一号”，轰动了考古界。

想到了在山海关和此地与戚继光的两次相遇，忽然感到很有意思。仿佛是以电影放映中的倒片方式，我回顾和瞻仰了他波澜壮阔的一生。戚继光毕竟是以抗倭英雄闻名于世，因此置身于天风海涛相互激荡的现场，想象当年将平静的海面撕裂映红了的炮火硝烟，他的形象也愈发变得生动鲜明。

清代道光二十五年（1845 年）考取进士的诏安人黄开泰，写下过一首律诗《悬钟怀古》：

平倭荡寇气如虹，故垒当年想戚公。
极浦扁舟归夕照，寒山旧楼噪秋虫。
吐吞潮汐涛声壮，坐镇东南地势雄。
欲叩英魂觅无处，海天怅望动愁肠。

诗句苍茫中蕴含着沉郁悲凉。作者所处的时代，正是清政府在鸦片战争中惨败、国运日渐走向衰颓之时，面对外敌窥伺，再也难觅戚继光这样的英雄。面对古城，作者触景生情，所以感叹“欲叩英魂觅无处”，只能将一腔愁绪，付与眼前的海天茫茫。

所幸的是，屈辱的一页终于翻过，兵戈已息，天下承平。今天，这个饱受欺凌的民族，已经真正傲然屹立于世界的东方。在这样和平的氛围中缅怀先贤，愈发追慕和感佩他们的功勋与情怀。忽然又想到了，从果老山上走下来时，在路边看到一块巨石上镌刻了两个大字隶书“胜利”，旁边一行小字是“戚公功绩，无限钦崇，镌此留念”。这是抗战胜利后镌刻的，落款人是当时国民政府的县长。抗日志士们以牺牲生命来抵抗外侮的热血壮举，和当年戚继光、俞大猷等爱国将士的不朽功业，来自同样的一腔热血的激荡。而从这样的热血中萌发、生长和壮大的精神，也保证了一个民族的生机和活力，尽管屡遭挫折磨难，但总是能够浴火重生。

所以，“欲叩英魂觅无处”，毋宁说是一种愤激之情的表达。只要我们心怀敬仰，就不会感受不到英雄们的魂魄和气息，它们无处不有，充塞天地，弥漫四方。在悬钟所城的城墙、瓮城、古井等一应遗迹中，在满山的摩崖石刻中，在青烟袅袅的关帝庙中，在眼前的万顷碧波中，在头上的浩荡天风中，到处都是它们的呼吸、吐纳和荡漾。

余干观水

有些地方，名字就沁出一缕幽幽的古意，譬如余干。水之岸为干，此地位于江西省东北部，信江穿境而过。信江古称余水，故得此名。地名既这般古雅，不难想象它的历史。它建县于秦始皇二十六年（公元前 221 年），这个年份颇为好记，恰恰是秦王嬴政剪灭六国完成统一那一年。

于是，自那时起，2200 多年来，信江之水就如此刻一样地流淌，流过秦汉魏晋，流过唐宋元明，一直流到当下。这个漫长的时间，相当于人世间的一百代。曾经，百代的人们都像今天我们这些外来客人一样，称呼他们故乡的名字。念及这点，一种时间凝滞的感受，悄然袭上心头。

被这样的念头牵引，目光看到什么，就会不自觉地打个问号。譬如这条信江，河道两千年间是否曾经改道？但这一带更知名的水体，显然还是鄱阳湖。这个全国第一大淡水湖，吸纳信江等五大水系，襟带好几个县份，余干居其一，湖面的五分之一为它所拥有。车行在几十公里长的康山大堤上，左边就是烟波浩渺的湖面。眼下是 11 月份，属枯水期，水落滩出，视野寥廓，岸边有大片绵延的芦苇，听说夏秋时节只能看到露出水面的苇穗。丰茂和疏朗，一年一度，跟随季节的脚步而更迭。

季节带来的变化定期出现，但有一些变化，则已经成为历史，不专门去了解的话，不会知晓。我还在读小学时，就已经知道了这个湖，早于知道距离家乡更近的太湖、洞庭湖、洪泽湖，是因为当时语文课本上毛泽东主席的一首诗《送瘟神》。"读 6 月 30 日《人民日报》，余江县消灭了血吸虫。浮想联翩，夜不能寐。微风拂煦，旭日临窗。遥望南天，欣然命笔。"这段话，当年每个小学生都能背诵。余干就与余江相邻，当年同样是血吸虫肆虐之地。"绿水青山枉自多，华佗无奈小虫何！千村薜荔人遗矢，万户萧疏鬼唱歌。"新中国诞生不到 10 年，这种危害千载的传染病就得到了根治，自然让人欢欣不已。

时光如流水，已经将这段往事卷携而去。这里 50 岁以下的人，估计都不会知道此事了。但另外有些变化，是他们都经历过的，每个人都会是见证者。前些年，鄱阳湖生态曾经遭到过严重伤害。湖里的螺蛳是餐桌上的美味，非法吸螺的船只，一天能吸一两吨。螺蛳能够净化水质，超量的采集导致了水质的下降。鄱阳湖是亚洲最大的候鸟栖息地，大量白鹤等珍稀禽类来此过冬。由于鱼虾和贝类也被过度捕捞，这些千里飞来的鸟儿食物都成了问题。生态是一个链条，哪一环节缺失，都会给整体带来损毁。好在主管部门采用切实有力的手段，予以有效地遏止，近年来生态大为改观。当年根除血吸虫挽救了人，如今这些措施则挽救了湖，而最终受益的也还是众多生长、呼吸于湖区的人们。

一路看到的都是天蓝水碧，心旷神怡。车在一个叫作江豚湾的地方停下，我们站在岸边水泥垒砌的平台上，俯视一大片开阔水面，不时看到黝黑的背脊跃出水面，倏忽即逝。陪同者介绍说这是江豚，俗称江猪，对水质要求极高。在这一带聚集出没的江豚，占到整个鄱阳湖江豚总数的一半，足以表明这里的生态环境上佳。同样能够证明这一点的，还有天上的飞鸟。不时看到成群的水禽，从更远处的芦苇丛中飞出，无数的黑点，旋起旋落，盘桓不已。

余干多水，县境内河湖密布。余干之美也在水。甚至，广为传诵的历史故事，也和水有关。元末群雄逐鹿，朱元璋就是在此地湖中的康郎山，决战最强大的对手陈友谅，歼灭其数十万众，奠定了朱明王朝的基业。第二年，他下令在康郎山湖边建造“忠臣庙”，庙里供奉大战中为他立下汗马功劳的将领们的塑像。

当然，对于这里的普通百姓来说，这些历史传奇不过偶尔被拿来充作谈资，说起时的语气，像极了《三国演义》开篇中的吟诵：“白发渔樵江渚上，惯看秋月春风。”天地悠悠，时光漫漫，将人生映衬得短促，日子就像流水一样流淌了。最真切也最踏实的感受，莫过于每一天都安宁平静，就在自家的河边湖畔，无风无浪，看鸥鹭飞落，烟霞聚散。

今天的日子，呈现的分明正是这种模样。穿过一个叫“乡韵小港”的牌楼，走进黄金埠镇胡家洲村，这是当地秀美乡村建设的示范点之一。平整的柏油路右侧，3层的徽派建筑依着地势迤逦排开，白墙黑瓦，马头墙脊，门口上方“好汉庄酒家”“老房子茶舍”的招牌都是老旧的式样颜色。屋檐下是没有油漆过的桌椅，旁边木栅栏外是一口有些年头的水缸，歪倒在杂草地上，里面长满了浮萍，叶片碧绿细碎。这些原本都是破旧不堪的老房子，村民们在当地政府的扶持下，修整改建成了民宿。古旧的情调吸引了很多游客，每到双休日能有几千人进村，住处爆满。村路的左边是一条河，河里有游船垂钓等水上休闲项目。20世纪70年代时，为抵御湖水泛滥，挖泥筑堤，形成了这条河。此举当年阻止了湖水危害，今天则为生活增加了福利。天气转阴，小雨淅沥，河面微波荡漾，有淡淡的雾气。

不远的汤源村，也是一个乡村旅游示范点。荷塘月色、梦回老家等景点，为都市游客营造出一种乡野的韵味。但更深刻的印象，是这里的“三清媚文学庄园”给予的。余干行政上隶属于上饶，上饶有名山曰三清山。一群热爱文学的女子，10年前自发成立了一个文学社团——三清女子文学研究会，在全市各县都有分支，此处便是其一。参加者有各种年龄、职业，均以文学为共同的精神家园。这个活动地点，墙壁上贴满了著名作家来这里办讲座等活动的图片，案几上除摆放研究会自办的会刊《三清媚》，还有《人民文学》《世界文学》等高端、权威的杂志。同行的女作家徐坤，意外地看到了一位她辅导过的鲁迅文学院青年作家班的学生，90后的年轻女性，师生见面，欣喜相拥。原来，旁边的一间三清媚书屋，正是她妈妈打造的连锁店之一。她妈妈是当地一位成功的企业家，至今仍然保持着青年时对文学的炽热爱好，不但影响到了女儿，更有力地推动了这一风气在当地的传播。

置身其中，仿佛目睹了另一种流水的姿容。我看到研究会活动时的照片，有读书讲座的，有山野采风的，有征文颁奖的。参与者大多20到40多岁，本来正是女性魅力流淌荡漾的年华，因为热爱文学，也就更进一步亲近了美。有一张照片，是在一个庄重的场合，参加者大多身着丝绸质地的服装，色彩鲜艳，滑腻闪亮，一种波光潋滟的感觉。“女为悦己者容”，其实，她们也为已所悦者装扮。只有心里真正看重一件事情，才会这样认真地对待。这些业余作者的虔诚和执着，恐怕要让一些专业写作的人感到惭愧。写出真正有影响的作品很难，但这并不影响她们的热情。文学丰富和提升了她们，让她们对自己、对生活、对世界，都有了一种深刻的认识，这就够了。如同故乡江河湖塘的水滋润了她们的肌肤一样，文学滋养了她们的心灵。

夜宿县城，住处位于城中心突兀而起的东山岭上，林木蓊郁。早起，在鸟儿的鸣啭声中醒来，头脑备感清爽，像被冷水淋浴过。从窗子里向山下俯瞰，一大片湖水环绕着四周，它因其形状被称为琵琶湖，湖面上晨雾飘荡。我下楼走到不远处的干越亭，一处历史悠久的名胜，唐代刘长卿、张祜，宋代米芾、王十朋，都在此留下了诗句。王十朋的绝句尤为出名："干越亭前晚风起，吹入鄱湖三百里。晚来一雨洗新秋，身在江东图画里。"王十朋是在黄昏登临，我则是在清晨，景色中多了一种清新，精神上也添了一份振奋。我丝毫也不怀疑，只要有时间，我就能够沿着县城中的大小水道，一直走到鄱阳湖边，看眼前波光浩渺，白鹤展翅，野鸭凫水，芦苇在微风中轻轻摇曳。

方饭亭

这个地方并不起眼。一座不高的山丘，坡度舒缓，山顶上有一个不大的亭子。如果是一位外地游人，从远处望过来，很可能会忽略它，认为不过是一处寻常的景点，是如今公园里随处可见的亭台楼阁等点缀性的建筑之一。的确，无论是体量，还是形状，它都不具备能够格外吸引眼光的特别之处。

但如果知晓了它的来历，就完全不一样了。“山不在高，有仙则灵；水不在深，有龙则灵”，刘禹锡《陋室铭》中的句子，完全可以移来描绘这个地方，这座山，这个亭子。它们因为连接了一个伟大的名字——文天祥，便有了高度，有了气魄，有了非凡的风貌。

这座山，这个亭子，位于文天祥公园中，在广东海丰县城内。因为这座小山，公园成了县城中的制高点。从这里俯瞰四周，视野中楼厦密集，街巷纵横，店铺林立，但因为有大片树林草坪相隔，那些原本喧嚣嘈杂的市声传递过来时，已经被过滤掉了不少，变得若有若无，仿佛一阵阵轻微的松涛声。

目光改回平视，面前便是一个亭子——方饭亭。我是从山脚下走了三十多级台阶，来到此处的。这个亭子有八柱八角，是双层重檐结构，高度十米左右，顶部为攒尖形状。亭子里面，中间位置，竖着一块高约三米宽约一米的石碑，上面镌刻着文天祥的半身画像。画像上方，用篆体字刻着文天祥就义前写下的句子："孔曰成仁，孟曰取义，唯其义尽，所以仁至。读圣贤书，所学何事？而今而后，庶几无愧。"两旁的石柱上，用苍劲遒健的字体，刻着明代潮州府状元林大钦撰写的对联："热血腔中只有宋，孤忠岭外更何人。""方饭亭"三个字，则刻在文天祥画像上方的石柱横梁上，对联横批所在的位置。

这一切，都是因为文天祥。

方饭亭，这个有些奇怪的名字，是一个故事的起点。正是从这里开始，一代民族英雄文天祥走进了历史，走进了人心。

700 多年前的南宋祥兴元年（1278 年），这一历史事件发生的那一年，这里还是一片荒山野坡，名为五坡岭。此前多年中，元世祖忽必烈的蒙古铁骑大举南侵，南宋小朝廷的江山大片沦陷，只能一步步地向广东沿海一带退缩，政权风雨飘摇，苟延残喘。这一年的农历十二月中旬，时任枢密使、都督诸路勤王军马的文天祥率部队，自潮州潮阳退入海丰，在赤岸渡留下少量兵力布防，自率大部人马驻扎五坡岭。因为多日来连续征战，人困马乏，准备在此稍做休整后，再转入附近地势险峻的莲花山脉，结营固守。二十日中午时分，宋军埋锅造饭，饭刚刚做熟，正欲就餐，不料元军骑兵突然循着炊烟袭来，仿佛自天而降。宋军最初还以为是当地的农民进山赶鹿，等反应过来，已经措手不及了。

千载之后，仍然可以想象当时战斗的惨烈。猝不及防的宋军官兵惊骇不已，或仓促应战，或四处逃散，被元军追逐杀戮，死者 7000 多人，尸横遍野，林木皆为鲜血沾染。将军邹沨负伤十多处，仍然英勇拼杀，力竭而自刎；将军刘子俊苦战被擒，为了保护统帅，自称文天祥，却被元军识破，被活活烹煮而死；文天祥自知克敌无望，不肯被俘受辱，吞食随身带着的冰片试图自杀，却因药物失效而未能成功，被元军俘获。逃离出去的宋军残部有 3000 余人撤退到捷兰埔，即今天汕尾的捷胜镇，与元军做最后决战，终因寡不敌众，全部战死，血染郊野。

五坡岭惨败，对已退缩至新会县外南海边、摇摇欲坠的南宋朝廷，是致命的一击。对文天祥个人来说，则是一个人生的根本转捩点。此前，他是朝廷重臣，为了收复失地，复兴南宋，他散尽家资，招兵买马，组织义军，开始了戎马生涯，辗转苦战于东南一带，曾获数次大捷，有力地提振了人心士气。五坡岭之后，他是一名俘虏，一介囚徒，一个丧失了自由的前朝高官。

一段悲壮的历史，一种高蹈的精神，以此为开端，铺展生发开来。

进攻五坡岭的元军统帅是张弘范。文天祥被俘后，被押解到东北方向的潮州，见到了张弘范。左右官员要文天祥下跪，文天祥坚决不从。这一副铮铮铁骨，反而让张弘范心生尊重，予以礼遇。他将文天祥带至新会崖山，南宋抗元的最后据点，多次要他写信，招降正在顽强抗击元军的宋军统帅张世杰。文天祥一次次拒绝了，最后一次面对胁迫时，他将途中写下的那首青史留名的《过零丁洋》拿给张弘范看，作为回答。尾句鲜明地剖白了心志："人生自古谁无死，留取丹心照汗青。"据史书记载，张弘范读到诗后为之动容，把纸张小心地收藏了起来。第二年，崖山战败，丞相陆秀夫背负宋帝投海，张世杰遭遇飓风溺水而死，南宋覆亡。元军中大摆酒宴，犒劳军队。张弘范再一次劝说文天祥降元：丞相的忠心孝义都已经尽到了，如今宋朝已经灭亡，若能够改变态度，像伺奉前朝那样伺奉大元皇上，仍然可以担任宰相。文天祥垂泪回答：国亡不能救，作为臣子，死有余罪，怎敢怀有二心，苟且偷生？张弘范深为感动，向元世祖请示如何处理文天祥，元世祖说：谁家无忠臣？诏令将文天祥押送到大都。张弘范令押解人一路给予优待。

自五坡岭战败，到踏上前往元大都的漫漫长路，半年的时间里，文天祥作为一名手无寸铁的俘虏，却能让掌握着生杀予夺大权的敌方将领由衷地尊重敬佩，不难想象，他的病弱的躯体内，蕴藏着怎样一股至大至刚、所向披靡的人格力量和精神气节。

接下来的故事，就更是广为人知。

元世祖忽必烈入主中原后，开始在投降的南宋官员中物色人才。他得知文天祥是南宋政权群臣中的翘楚，便派人去劝降他，许以宰相高位。从在京的南宋君臣到元朝高官，走马灯似的来到关押他的兵马司监狱，充当说客，每次文天祥都是干脆地拒绝。从 43 岁到 47 岁，长达 4 年的时光，元廷软硬兼施，也无法让他改变初衷。问其愿望，回答是只求一死：国家亡了，我活着还有什么意义？只能以死报国。临上刑场，文天祥神态安详，从容不迫，对已经熟悉的狱卒平静地说了一句话：我的事完了。在行刑之地，他问清楚方向后，向南跪拜，那是他用整个生命效忠的故国的方向。几天后，文天祥的妻子欧阳氏来收尸，在衣带中发现了丈夫在被押出监狱前写下的遗书，便是铭刻在方饭亭中画像上方的那 32 个字，也被称为《衣带铭》。

从诀别人世之际写下这样的句子，到这些文字被铭刻在石碑上，前后隔了 200 多年。明代正德十年（1515 年），为赞颂文天祥的浩然正气，海丰县吴子昌、吴子寿提请广东提学章朴庵批准，由海丰知县等人在五坡岭修建了表忠祠，相传祠内有联语曰："一饭千秋人不死，五坡万古宋长存。"不久，惠州守备陈祥又在表忠祠的南边建了忠义牌坊，在表忠祠的北边建了方饭亭。亭名的由来，当与祠内对联有关。

其后 500 年间，亭子修复毁，毁复修，明清时期有记载的重修就有多次。1938 年，抗日战争初期，侵华日军飞机将表忠祠和方饭亭炸毁，现存的方饭亭是新中国成立后重修的。

方饭亭的前面，数十级台阶外的一个月台上，矗立着一块长方形石碑，上面镌刻着 4 个大字：一饭千秋。鲜红色的字体熠熠闪光。

一顿饭的工夫所发生的事情，足以为千秋万代所铭记。因为，它同一种境界密切相关。与“国家不幸诗家幸”的情形仿佛，作为一个王朝走向覆亡的主要见证地之一，方饭亭托举起了一种气壮山河的精神。它诞生于此地荒野草木之间，又经过此后数百年间的风雨浇灌，终于成长为一棵名为气节的大树，吸天地之气，映日月之光，超越时间而永恒地生长耸立。于是，方饭亭成了一座祭台，祭奠的是威武不能屈、富贵不能淫的浩然正气。

站在方饭亭前，一些思绪也不由地生发和升腾。

粤东深秋的下午，暑热消退，高空清朗，天地间多了一份庄肃的气息，适合进行某些沉思默想。我想到，一个地方不单单是地理意义上的存在，它还有另外的维度。因为人的高贵卓绝的行为，许多地点被赋予了让人感佩景仰的精神。首阳山，伯夷叔齐的隐居地，他们采薇而食，宁愿饿死也不食周粟；风萧萧兮易水寒，荆轲于此踏上西去刺秦的不归路，悲歌慷慨，天地变色；面对清军重重围困，民族英雄史可法宁死不降，浴血保卫扬州孤城，骨骸葬于梅花岭上，百世流芳；牡丹江支流乌斯浑河畔，东北抗联 8 位女战士弹尽粮绝，英勇投江，为了民族解放将年轻的生命做了献祭……古往今来，天南海北，有多少这般可歌可泣的处所，它们因为沾染了某种品德，而变得非同寻常。

使这些地方具备了精神气息的人们，彼此之间尽管时空睽违，却有着一种相通的东西。他们内心深处都是坚守了一种原则，并且将这种原则看得远远胜过生命。当两者发生冲突无法并存时，宁愿放弃生命，也要守护这些原则。这样的原则，是在漫长的历史进程中被证明、被确立下来的，是人性和生活的基础和前提，关涉到人类的尊严和根本福祉。因此，他们的选择被称为舍生取义，会被一代代的人们讴歌和铭记。

正是因为这种精神力量的强大，千百年之后，置身于有关的地点场所，心情仍然难以平静。作为那些英勇壮烈的行为和事迹的最初的现场，它们仿佛依旧在发散出一种特别的能量。此刻就是这样。盘桓于方饭亭旁侧，是凭吊一位彪炳千秋的英雄志士，也是向一个民族的优秀卓异的灵魂致敬。

不知不觉中，黄昏已经降临，金黄色的阳光自西天斜射过来。站在方饭亭旁边向四围望去，正对着台阶的山坡底端处是一所学校和居民区，有的地方被房屋和树木的阴影覆盖，有些模糊漫漶，仿佛沉入时间深处的往事。而亭子因为位于山坡顶端，完整地沐浴在阳光中，被涂抹上了一层斑斓的色彩，熠熠闪光。几百年来，每一天都是如此，是最自然不过的景色。但在这一刻，因为还沉浸在自己的感受中，我忽然产生了一个颇有些奇特的想法。我努力让自己相信，天地有灵，这分明是大自然安排的一个隐喻，为了宣示和颂扬精神的伟大和永恒。

万山的表情

青春永驻，活力充沛，相信会是人们最为普遍的梦想。一个由繁华陷入萧条的地方，仿佛一个罹患重病的人，有可能重新找回健康、再度神采奕奕吗？

这些年来，我先后到过一些这样的矿区，包括煤矿、锡矿、铜矿等等。它们曾经繁华热闹，但因为多年开采，资源枯竭，最后只能关闭，甚至破产。当年的车水马龙，变为今天的人影岑寂，建筑破败，道路蒙尘，百业凋零。从人们迷茫落寞的神态中，我读出了他们内心的消沉忧虑。那是一种对于眼下的生活很不情愿而又着实无奈的表情。

万山却是一个例外。在这里，我看到的是完全不同的表情。

万山隶属贵州铜仁，位于黔东与湘西交界处，层峦叠嶂的武陵山脉腹地。峻岭深壑间，埋藏着丰富的朱砂矿石，储量和产量都曾居亚洲之首，世界第三，因此被誉为“丹砂王国”“中国汞都”。从1950年起，长达半个世纪之久，从这里开采提炼出的汞，占到全国产量的八成，有力地支持了国家的建设。

矿业的兴旺，让一座城市平地而起。最鼎盛的时候，万山矿区有职工约7000人，加上家属，连同维持矿山生产运作的各种机构人员，总数达到3万多人。矿区内有自己的商店、学校、医院等，是一个设施完备、功能齐全的小社会。当年这一带普遍贫穷闭塞，万山被人们羡慕地称为“小香港”。

时间的脚步迈进了新世纪。2001年，因为资源枯竭，矿井关闭，万山一下子陷入了萧条冷寂。像这样因矿而兴的地方，都是单一型经济业态，所有产业是依附于矿山的。矿山歇业了，皮之不存，毛将焉附？因此，这是一种整体的凋敝衰败。听当地人回忆，那时候矿区人口纷纷外流，天一黑，大街上就没有人影了，到处一片死寂。

这里的冬天湿冷，因为供暖不足，寒冽一直沁入到人们内心深处。就业无门，收入大幅度减少，甚至几个月拿不到工资，许多人家生活困窘。我看到了一些那时拍摄的照片，房屋灰暗破旧，人们脸上没有笑容，神情凝重呆滞。表情是内心情感的投射，他们心中有大面积的阴郁，就仿佛这里的黄昏时分，群山投下的辽阔、黯淡的影子。在矿区生活的人最担心的是矿井塌陷，而此刻，他们分明感觉到自己的生活也在一层层地坍塌。

好在这种状态并没有一直持续下去。天无绝人之路，峰回路转，他们眼前的光亮越来越明显，脚下坚实的感觉越来越清晰。

托举起他们的，是一系列顺应时代发展要求的举措。

人的智慧是无穷的，矿资源枯竭了，还有别的资源可以开发利用。当地政府积极探索转型发展的途径，确定因地制宜、结合自身的生态优势，走一条绿色发展之路，对废弃的采矿区进行功能转化，成功地上演了一出“化腐朽为神奇”的大戏。

在当年矿区行政中心所在地的朱砂古镇，我们就看到了这种转变的多重呈现，仿佛人群中的一幅幅生动面孔。

朱砂古镇的另一个名字，是“万山国家矿山公园”。在方圆 6 平方公里的区域内，打造全国第一个矿山休闲怀旧小镇，吸引游客来此体验慢生活，在度假休闲中领略工业遗存的文化内涵和魅力是建设者的初衷。围绕这一构想，他们按照 5A 级景区标准，与临近的夜郎谷风景区整体连片开发，建造了一个特色浓郁、独具魅力的所在。

进入古镇，脚步首先踏上的便是“那个年代”一条街。一种时光倒流的感觉，瞬间便充溢于全部感官。这条街建于 20 世纪五六十年代，即矿区的黄金时期，迄今保存完好，街两旁的房屋一律是青砖青瓦，门窗样式一如当初。墙壁上“抓革命促生产”的标语，科学采矿的宣传画，大喇叭里播放的“五星红旗迎风飘扬”等歌曲，都原汁原味地再现了那个年代的氛围情调，生动逼真。在一座浅色木板搭成的棚子下面，站立着一帮十几岁的女孩子，打扮成那个年代的学生模样，上着白色长袖衬衣，下着绿色长裤，环绕着一位正在拉手风琴的老师。孩子们清纯的嗓音，伴以手风琴高亢的音色，给街道暗淡的底色增添了一抹明亮灵动。

街道两旁，每隔一段距离，就矗立着一尊人物雕像，共有近百个。每座雕像上面都有简短介绍，有从枪林弹雨中走来的老革命，有新中国成立之初自海外归来的知识分子，有工人劳动模范，都是几十年间对矿区建设做出突出贡献的人物，无不形神毕肖，栩栩如生。

并非只是让人感觉穿越回过去，小街上同样也洋溢着当下生活的鲜活气息。榨油坊、竹编店、豆腐工坊、“梦里香”酒坊等，一间间出售当地传统土特产的店铺，吸引了不少游人。店铺门脸前，又有许多小吃摊一字排开，我认出了凉粉、山药煎、绿豆粉、魔芋豆腐、虾米豆腐……令人垂涎，还有很多叫不出名字的。游人本来就多，又赶上小雨天，都撑起了伞，愈发挨挨挤挤，透着一种热闹兴旺。

离开老街，前行不远，就来到了过去的采矿区，钻进一条当年的巷道——它被开辟成为旅游项目，有个时髦的名字“时光隧道”。万山的丹砂矿是按上中下 3 层进行开采的，废弃的矿洞层层叠叠，纵横交错，迷宫一样，总长度达到 900 多公里，被开发出来的只有很少的一段。巷道弯弯曲曲，时而狭窄，时而宽阔，被五颜六色的灯光照射，迷离恍惚，有一种梦幻般的效果。

眼前的景象，让我忆起多年前去波兰南部古城克拉科夫时，在附近维利奇卡盐矿的矿井深处看到的一幕幕情景。维利奇卡盐矿的开采历史长达1000多年，盐矿中有房间、礼拜堂、盐雕和盐壁画、地下湖泊等，宛如一座地下城市，被列入世界文化遗产，游客众多。这里虽然没有那样悠久的历史，但也不乏进一步开发利用的广阔空间。现在仅仅是开始，就已经吸引了不少游人，未来发展更是可期。

从矿洞走出，又走上了长达千米的悬崖栈道。栈道借助矿山独特的喀斯特地貌而建，一边是陡立的崖壁，另一边，栏杆外面，就是一百多米的深谷，直上直下，望之眩晕。其中有一段，是完全悬挂在半空中的玻璃栈道。这也是贵州省的首条玻璃栈道。脚步踩着的玻璃下面，就是望不见底的一大片虚空。阴雨天，加上黄昏时雾气浓重，几步之外就看不分明，明显地减少了那种恐惧感，但即使如此，仍然有人紧张得双腿哆嗦，声音发颤，紧闭双眼，身体贴着里侧的崖壁慢慢挪动脚步。

栈道走到头，眼前是一片山顶平地。首先映入眼帘的，是一大一小两个游泳池，尽管有雾气飘来荡去，但蔚蓝色的波光仍然十分鲜亮。目光向旁边挪移，宾馆酒店，停车场，半个足球场大的草坪绿地，错落有致。这一带当年是矿区的生活区，如今被改造成为一个配套齐全的综合性旅游服务区域。工人集体宿舍楼群变身为悬崖宾馆，附近原来的办公大楼成了“汞矿工业遗产博物馆”，苏联专家楼挂上了“俄罗斯餐厅”的招牌。

这些工业文化的遗产，如今都被有效地开发和利用，可谓得其所哉。游客来此，显然能够获得一份独特的、在别处寻不到的体验。

…………

这是一个创意的时代。朱砂古镇的打造，便堪称一个出色的创意。络绎不绝的游客，为当地带来了就业机会，很多人不用再出门打工，就近就能找到合适的工作岗位，生活水平迅速提高。

入夜后，雨歇雾散，灯火通明，被雨水清洗过的树木草地，愈发绿意葱茏。街上行走的人们，眉眼之间，步态之中，那一种轻松惬意，真实确凿。我想，这也是今天的万山的表情。凤凰涅槃，浴火重生，在这里得到了生动的诠释。是人的智慧和力量，让生活摆脱黯淡困窘，重新走向明亮和美好。

当然，变化的不仅仅是朱砂古镇。步履匆匆所及的万山的每一个地方，都闪动着这样的表情。

万山九丰农业博物园——这个项目是从“蔬菜之乡”山东寿光引进的，集蔬菜种植和采摘、育苗研发、食品加工、旅游休闲、生态养老等为一体，打通了不同产业边界，融合发展中创造了一种新的业态。智能观光大棚里，一百多种蔬菜瓜果，分布于不同的区域，到处青翠葳蕤，气息清新馥郁。蛇瓜累累垂垂地吊在瓜架上，长达两米多；一个硕大的南瓜，据说重达七百斤，像一个金黄色的大鼓，引来参观者纷纷拍照合影。

万山电商生态城——同样是依照借助外地资源促进本地发展的思路，从浙江高薪引进电子商务领军人才及专业团队，利用互联网无远弗届而又便捷快速的巨大优势，将本地无污染、高品质的农特产品，向全国各地介绍推销。在展示大厅里，我看到了莲子、豆豉、干米粉、珍珠花生、生态鸡蛋等多种物品，旁边，工作人员正在忙着打包，待寄的货物堆了一地。

…………

在电商生态城的门口，几位姑娘手中端着盘子，笑语盈盈，请参观者品尝本地盛产的白心香柚。我拿起一块，放进嘴里，一种甘甜的味道，立即自舌尖弥漫开来，口腔鼻端，都盈满了芬芳的气息。

这样的滋味，分明是今天的生活的一个隐喻。

哈尼梯田

眼前展开了一个奇迹。

一个令人不由自主地屏气凝神的奇迹。在它面前，语言顿时黯然失色了，一切描绘都显得贫乏无力。

在云南高原的腹地，在哀牢山的南麓，在比遥远更遥远的地方，在高山之上的高山里，奇迹在尽情地袒露自己，仿佛一望无际的野花在淋漓恣肆地绽放。也许是因为它的僻远闭塞，才得以保留了这份本色和完整。它们美得如诗，如画，如梦，如幻，最出色的想象力，也只能勉强抵达它的边缘。

这是云南红河哈尼族彝族自治州元阳县的梯田。

短短的两天中，在多依树、老虎嘴和坝达景区，我们一行远方来客，一再感受着那种难言之美带来的撞击和撼动。请想象你站在某个高处，视野所及，四面八方、远远近近的山坡上，尽是一望无际、层层叠叠的梯田。它们如同一排排海浪汹涌而来，然后瞬间静止、凝固，成为如今的模样。它们一层层地由低处升到高处，由谷底爬到峰顶，充满在天地之间，将目光变作一道道往返收放的活动标尺，在俯瞰和仰视间丈量它的巨大和辽阔。往往一座山坡上，就有成千上万亩梯田。梯田随山势地形而变化，坡缓地大则开垦大田，最大的足有数亩；坡陡地小则开垦小田，甚至沟边、坎下、石隙间也开田，最小的仅有簸箕那么大。梯田大小不等，形状各异，千姿百态，变幻莫测。梯田上面，有漫漫云海的覆盖，梯田旁边，是茫茫森林的掩映，端的是神奇瑰丽，莫可名状，让人惊叹。

哈尼梯田，是天地造化的鬼斧神工与数十代哈尼人的智慧和勤劳通力合作的结果。这里位于哀牢山南部，山高谷深，沟壑纵横；属亚热带季风气候，降水丰沛，来自高山森林的山泉，源源不断地流淌。在漫长的岁月中，哈尼人垦殖了成千上万块梯田，同时将山上大大小小沟箐中流淌不断的水，分渠引入田中进行灌溉。山中水四季长流，梯田中可长年盈满，保证了稻谷的发育、生长和丰收。

哈尼人开垦梯田，固然是为了种植，但他们的做法也表明，他们坚决不肯为了眼前的利益而罔顾久远，贪婪攫取。他们的每一个行动，都考虑到了子孙后人的福祉，体现了对自然的敬畏和呵护。这个民族信奉的是自然神，房前的一簇茂竹，屋后的一棵大树，在他们眼里都是有着灵性的；人的幸福，离不开神灵的佑护。所以他们在开垦梯田时，处处显示了虔敬和细心，照顾了山的走势、水的流向，为树木的伸展留出了空间，为鸟兽的进出安排了路径，也因而达成了人和自然万物的高度和谐。本来无生命的物体，当人以虔诚的爱心对待它们时，就会把情感注入进去，从而使得它们也仿佛具有了灵性。就像过去时代中有时被当作信物的手工艺品，一幅蜀锦或一块苏绣，被女主人怀着深情厚意，一针一线织就，爱如针脚般细密，才使得它们坚固而美丽，荡漾着无尽的韵致。

也是因为如此，展现在人们面前的哈尼梯田，才这般仪态万方、楚楚动人。

日出时分的多依树，日落时分的老虎嘴，据说代表了哈尼梯田美的极致。因为住处遥远，我们错过了这两个时间，但即便如此，眼前所见也足以让人叹为观止了。观赏梯田最佳的季节就是冬天，庄稼已经收获，视野里袒露无遗，可以充分凸显梯田的婀娜曲折的轮廓。我们有幸在这个时节来到这里，目睹了她最动人的神韵。一级级蓄满了水的梯田，在阳光下熠熠闪烁，反射着银光，仿佛镶嵌在大地上的成千上万面镜子。

有道是，“既得陇，复望蜀”，虽然已经被盈满视野的大美深深迷醉，但潜意识中仍然有一些不满足。哈尼梯田的动人，在于丰富和变化。阴晴变幻，晦明更替，寒暑嬗变，梯田形相无穷，胜景无限。风景是若干元素的排列组合，季节、天气、植物，任何一项的变动，都会带来截然不同的整体形貌。一年四季，梯田皆有其独特的美。夏天，秧苗青葱是一种风采；秋日，稻谷金黄又是一种韵致。遗憾的是，无缘目睹其他几个季节的迷人风景，只能在想象中加以描绘了。其实，不必说四季，即便是一天中，也有朝晖夕阴的变幻。在老虎嘴、多依树两个景点，尽管各自只停留了一个来小时，但我们已经充分体验到了这一点。明镜一样的水田，倒映着蓝天白云，明亮澄澈，但有时一大团云朵飘过，在地面某处投下了阴影，那里梯田的水面便变成了银灰色，如未曾打磨过的铜镜。陪同游览的当地友人一脸陶醉地介绍说，清晨，梯田是玫瑰红色的，夕阳落山的时候，又是镀了金一般。正听着，忽然起风了，原本平整如砥的水面，顿时泛起无数涟漪，仿佛一幅幅揉皱了的丝绸。

有韵律，有节奏，有色彩，哈尼梯田具备了音乐、图画和雕塑的基本元素。色彩是直观的，而节奏和韵律，则体现在万千梯级的递进和迂曲之间，体现在彼此的唱和与应答之中。要在你静默的凝视中，才会慢慢地浮现出来，升腾起来，应和着连绵的松涛声，或者近处村寨里的一声鸡鸣。哈尼梯田的质感是真切生动的，所以才有“大地雕塑”的美誉。这是真正的大地艺术，而哈尼族人民便是伟大的大地艺术家。

我们一行，自四面八方来到西南重重叠叠大山中的这一隅。以世界之大，人生之倥偬，这种机缘只怕是难以重复，此后飞鸿雪泥，彼此睽违，只能在回忆里再度晤面了。为了使回忆能够美好和丰满，此刻，且细细地观看，深度地沉醉吧！恍惚中，物我相融，让自己变成田埂上的一棵树，一簇竹，化身为万千梯田中的某一级。那盈盈水田的明媚闪光，便是发自内心深处的一声赞叹。

普洱的一瞥

清晨在鸟鸣声中醒来，意识到已经置身于一个陌生的地方：普洱。因为幽静，宾馆院子里清洁工扫地的沙沙声，院外街道上行人的招呼声，洒水车经过时的铃声，都显得柔和而清晰。如果声音也有形状，它们该是各自独立的，有着可以看得见的边界，不像我生活的大都市，每天一睁眼，各种嘈杂声音交织成一个混沌莫辨的巨型团块，扑面而来。

而一种久违了的清新润泽，也不由得惹得鼻翼翕动。不用说，那一缕淡淡的香气，应该是来自植物。拉开窗帘，果然，窗外伸手可及的地方，是一棵挺拔的棕榈树，旁边还有一株绽放着艳丽的紫红色花朵的藤萝，枝干虬曲，被熹微的晨光照亮。

一同被照亮的，还有我的记忆。

整整30年前，我到过这里。那时它有着另一个名字：思茅。

那时刚参加工作不久，到向往已久的西双版纳出差。与同事一行三人，从北京坐了三天两夜火车到昆明，然后要到思茅，当时必经的中转之地。当年主要交通工具是长途汽车，要翻越横断山脉，行程整整 3 天。山高坡陡，弯路奇多，让担心晕车的我们望而生畏，便决定放弃，在昆明停留整整一周，等待一张昆明飞思茅的机票。记得那时云南航空公司只有一架老式的安–24 客机，座位也只有 40 多个，因此要提前很多天订票。近一个小时的飞行后，飞机在一个简陋的机场着陆，经过一番辗转打听，找到当时唯一一家对外营业的政府招待所，住了一夜。当时的思茅是个县城，记忆中却像内地一个落后的小镇，茂盛的亚热带植物杂乱地生长着，掩映着街道两旁茅草屋顶的竹楼与砖瓦房屋，楼房不多，最高也只有三四层。坑洼不平的街道上，有成群的耕牛在悠然漫步。

没有想到，此次重返故地，映入眼帘的第一幅画面，就彻底颠覆了在脑海中存留已久的印象。

是在昨天傍晚，自昆明飞来的航班向思茅机场缓缓降落，我从波音 737 的舷窗里，俯瞰这一片暌违了 30 年的土地。渐次变得浓重的暮色，并没有能够遮掩住这座城市整体的轮廓。随着飞机下降，那林立的楼房、纵横的街道、公园、体育场，都被越来越明亮的灯光映照得清晰生动，不断变换着角度姿态，仿佛要迎面扑来。那样一种气派，分明是一座现代化的中等城市，完全无法与我记忆中那个破旧单调的小县城联系起来。

如果说昨晚从天空感知了它的躯体，那么此刻，在白昼明亮的天光下，我便是在近距离地触摸它的肌肤。在早餐之后、会议开始前的短暂时间里，我走出宾馆，踅向门口的那条街道。街不算宽，但整齐清洁。饭馆、茶铺、水果店、旅行社、家具店、美容店一应俱全，鳞次栉比。是个周末，买菜的、散步的、吃早点的，很多人的神情中都有一种散淡、悠然的气息。

抬头时，从街道两旁平行排列的两行高大棕榈树之间的缝隙里，望到了蔚蓝的天空。天蓝得澄澈，透明，与千姿百态、轻柔舒卷的大朵白云相映衬，分明是在提醒外来的客人，他此刻置身的地方，有着一个充满诗意的美丽别称：彩云之南。这倒完全是记忆中的当年的天色。30 年前第一次看到它时，就是现在的模样。

只是，除了这些之外，尽管睁大双眼，却再也无法觅到记忆中一缕其他的痕迹。

会议结束，用过午饭，便是紧凑密集的参观。热心的主人希望在有限的时间内，让来自全国各地的客人看到更多的东西。他们热情而谦逊，但语调中有一种掩饰不住的自豪，显见是源自对故乡土地的爱。半天的时间内，下车，上车，行走，观看，皆是行色匆匆。这样的节奏，注定了不可能细致地欣赏，而适宜剪取一帧帧印象派风格的画面。

晚上回到住处，品尝着清香浓郁的普洱生茶，梳理半日的行程时，脑海中浮现的，是如下的一幕幕场景。

一段精心收藏的历史——在普洱市博物馆，五个展厅，上万件藏品，无声地诉说着当地十几个世居少数民族的历史、风俗、文化，诉说着普洱茶与茶马古道的起源与发展。

一缕馥郁浓重的醇香——普洱盛产高品质的小粒咖啡，出口到多个国家。在云南国际咖啡交易中心现代化的大厅里，一杯杯咖啡送到我们的手上，香气飘荡，宽阔的电子大屏幕上跳动着最新的交易行情。

一派汪洋恣肆的绿色——茂密幽深的太阳河国家森林公园，古树峥嵘，青藤缠绕，大自然以野性的姿态热烈地袒露着自身，到处都是生命力的喷涌和呐喊。

一座苍郁丰饶的茶山——营盘山普洱茶博览园里的万亩茶园，分布在舒缓圆润的山坡上，一望无际，温润而沉静，时常可见到上百年树龄的老茶树，最为感性地阐释着普洱“世界茶园”美誉的由来。

…………

每一项都有看头，有味道，但又觉得不过瘾。让我诚实地说出原因吧，依然是那两个字：一瞥。

仅仅一瞥显然不够，除非它有后续，有跟进。胃口给吊起来了，接下来大快朵颐才合适。如果这样的一瞥，只是一部精彩长篇小说的楔子，动人心魄的故事情节将在后面的阅读中渐次展开，那就不遗憾了。这些参观项目，显然是包含或者通向这样的一些主题：绿色发展、特色经济、文化传承、民族团结、国际合作……每一个题目都是一篇大文章，都有着巨大的体量，厚重的内涵。

对来自全国各地的上百家报社副刊同行来说，事实正是如此。接下来的几天，他们将兵分两路，深入到普洱市辖属的几个县里：西盟、澜沧、孟连、墨江、景谷、宁洱……这些遥远而神秘的地名，将向远方客人敞开真实的怀抱。那里有最浓郁的泥土气息，最鲜活的民族风情，最质朴的百姓生活。今天的匆促一瞥，会演化成为持久专注的凝视。那里的高山和深壑，古镇和乡村，梯田和茶园，将随着他们脚步的迈动，充分展示自身的价值和美，历史的图景和未来的画卷。而我因为一项很早前就定好的活动，明天一早就要离开这里，无法给这一幅匆促中形成的印象派写意画，补充更为精致细腻的笔画。

我尽管羡慕同行们，却也并没有感到明显的失落。

18 世纪的英国著名诗人威廉 · 布莱克，写下过广为传诵的名句：“一粒沙中看世界。”那么，我的半日行程，尽管对这个地方的整体来说，只是一个个局部，却是能够反映整体属性的局部。更何况，有着 30 年前的记忆作为铺垫，就在上述的空间维度之外，添加了时间的维度，为今昔的对比，提供了鲜明的色差，产生了强烈的张力，添加了一种评判衡量的尺度。

只要目光客观理性，就不会质疑这一把尺子衡量出的结果。

普洱的旧貌换新颜，尤其是近年来的巨变，折射出的是整个国家的面貌。它虽然地处僻远的边疆，却是巨人躯体上的一个组成部分，和许多通衢大邑、经济发达地区共有一个心脏、一套神经。国家实力的增强，有力地支持和带动了像普洱这样曾经贫穷落后的地区的发展，而这里社会经济各项事业的骄人成绩和更为令人鼓舞的明天，也一定会为共和国的荣耀增添色彩绚丽的一笔。

当然，也还是期待着将来的某一天，能够有一次从容的凝眸。在彩云之下，在绿树旁侧，在洋溢的茶香里，在飘荡的歌声中，我要把它的美好，细细端详。

囊谦的初见

一

从北京飞抵西宁已是深夜。出了机场，赶往40公里外的酒店住下，第二天一大早又匆匆返回机场，转飞玉树。空中距离800多公里，落地后还有将近200公里的路途，要翻越数座高山，才能到达目的地囊谦。云山阻隔——这个成语正是对这一行程最为合适的注释。

高处不胜寒。季节的脚步在这里向前跨越了至少一个半月，从北京出发时尚穿短衫薄裤，到这里后一夜之间添加了好几层衣物，以抵御来自青藏高原的寒意。

当然，高处也不胜美，尤其是对于像我这样第一次来到藏区的人。自玉树机场驶上通向目的地的公路，天地之间，一股浩荡剽悍的气势，瞬间将我的周身攫取。仿佛不是我在看风景，而是风景径直地地闯进我的眼帘，分明感到目光受到了一种撞击和撕扯。

伴随车轮的驰驱，眼前的世界变幻着容貌。不久，巴塘草原迎面而来，开阔无垠，坦荡如砥，仿佛是天神敞开的巨大的怀抱，车窗之外，左右两边，在目光的尽头，那两道连绵逶迤的远山屏障，是他的两条臂膀。这是一个多云的日子，浓重的灰白色云团布满天幕，阳光稀薄，将一份秋日的肃穆感渲染得分外酣畅。

接下来，天空凝重依旧，大地的表情却在急遽地变化。山峦从远处奔涌挤压过来，来势突兀，道路前方的视野在收缩，时宽时窄。山势也伴随峰回路转而变化着形态，时而浑厚柔和，时而陡峭险峻，让目光因难以适应大幅度的转换而变得缭乱。

大半的旅途中，道路与河流相伴行，不离不弃。自冰峰雪山融化流淌出的溪流，成为黄河、长江和澜沧江的源头，因此玉树州被称为三江源，“中华水塔”“母亲河的母亲”。水量丰沛，随物而赋形。山高壑深之处，受到收束的湍急水流，漩涡时见，浪花从岩石间跌落时訇然有声。到了平坦开阔的低缓地带，河床骤然变宽了许多，流水也舒缓温顺，盘旋迂曲的形状，仿佛巨幅画卷上的飘逸线条。

如果这一路的风景是一首乐曲，那么途中翻越的三座高山，无疑就是其中最为高亢的乐句，有着裂帛一般的力度。习惯了以水平面上的间隔来衡量距离，但在这里，距离也在另一种维度上发生，虽然不容易为目光所感知——高度上升到海拔 4000 米左右。其中一座山口，尕拉尕山垭口，路边的标牌上显示的数字是4493米。旁侧，巨大的五彩经幡，在强劲的天风中猎猎飘动，仿佛千百面旗帜。由此向下，又是长达4公里的连续下坡。自峰巅到谷底，仿佛一个短暂而跌宕的梦境。

在某个时辰你或许会感到一缕困惑：谁才是这片土地的主人。很少见到人，但不论是平缓的坡地还是陡峭的崖壁，随处可以望见一片片一群群黑色的牦牛，星星点点散布着，彼此之间若即若离，在草地的映衬下，仿佛是一颗颗缓缓挪动的蘑菇。

而另一种感受，无疑更为新奇和鲜明。

宗教的气息，到处在强烈地弥漫。虽然事先有所了解，但眼前所见还是大大超出意料，感官受到了强有力的撞击。一路上，在山峰、河谷、桥畔、垭口、屋顶、寺庙旁，到处可以看见五彩经幡随风飘扬，大多以一根立柱为中心，从顶部向四周地面牵引出众多条绳索，一面面彩色布条缠系在上面，层层环绕，像一顶顶缩微了的帐篷。我没有想到的是，它们分布得那么多，那么密集。不时会看到一簇簇的玛尼石堆，或者单独，或者伴随着经幡出现。此外，还有镌刻在山崖岩石上的佛像以及六字真言，它们无不色彩艳丽，和周边岩石粗粝黯淡的形态和颜色，形成极为强烈的对比。在更远处，时常还会闪现出一座孤零零的白色佛塔，在绿色草地或铁青色崖壁的映衬下，十分醒目。

自然和人文，两重的大美风光，不间断地闯入眼帘。

自玉树机场到囊谦，两个半小时行程，仿佛一道帷幕的开启。随着前方一座顶部有着“囊谦人民欢迎您”字样的高大的迎宾门进入视野，我知道，一道更为丰盛的感官大宴，正在前面迎候。

二

囊谦是玉树州也是青海省的南大门，再过去就是西藏了。

从地理上讲，我的脚踏在藏地的边缘。然而从历史和传说中，从文化特色和氛围上，从许多方面看，这里却实实在在又是最为地道的藏区。

尕尔寺，是外地来客必去的一个地方。距县城所在地香达镇 70 多公里的这一座寺庙，将上述种种特色表达得充分酣畅。

自县城出发，沿着 214 国道行驶一段路程，经过棋牌形状的白扎盐场，车便转入了一条长长的峡谷。路本身并不险峻，夹在两边的山峰之间，没有那种让人时刻把心提到嗓子眼里的直上直下的深谷，但两侧山崖不乏斧劈刀削一般的峭壁。山的顶部，不曾被林木遮掩的地方，山石嶙峋，颜色黑黢黢的，又有片片绺绺的赭红与褐黄，仿佛被一场洪荒时代的大火长时间地炙烧过一样。

这里是原始森林，因此大部分的山体被松柏等树种覆盖，郁郁苍苍。山路依傍着一条名叫巴曲的河流，河水丰沛，流速湍急，水色清澈。有好几处，河水上方陡直的黑色岩壁上，绘着彩色的菩萨像或佛塔像，旁边还有红底黄字或红底白字的六字真言。在根系深扎在岩壁缝隙中的几棵相邻的树木之间，绳索相连，经幡招展。

车在一个地方停下，司机指给我们看，迎面的峭壁上接近山顶处，有一个高悬的岩洞，据说藏族传奇英雄格萨尔王曾经在里面藏身。有不少研究者认为确有其人，而并非仅仅是史诗《格萨尔王》中的传说。在囊谦，格萨尔王的名字妇孺皆知。这片土地上至今存有不少与他有关的城堡、宫殿、墓葬等历史遗址。著名的达那寺，据说是他的家寺，保存有他戴过的毡帽和用过的盾牌。寺旁的高山上，完整地保留着他和手下 30 名将军的灵塔。他的母亲郭萨拉姆的娘家，就在娘拉乡的多伦多村。在囊谦流行的格萨尔藏戏及法舞，则是人们以文艺的形式对这位英雄的缅怀和纪念。

同时，这里也是唐蕃古道的重要中转驿站，自此南行不远，即西藏的昌都市。1000 多年前文成公主入藏，就曾经从囊谦的土地上走过。这些都是被史书言之凿凿地记载着的。我们此行的目的地尕尔寺，就是因为供奉了文成公主进藏时用过的转经筒而远近闻名。

随着车轮驰向深山更深处，有一段路途，特别是接近尕尔寺一带，很像是新疆伊犁境内，距赛里木湖不远的果子沟的风光。悬崖陡峭，峰峦壑谷落差极大，山坡舒缓处绿草如茵，成片的塔松用更为深重的绿意，为风景增添了色泽层次。视线从树木上方拂过，一直抵达白皑皑的山顶处。现在是 9 月中旬，一个多月后，这些峰巅就会被越积越厚的冰雪牢牢地禁锢封存起来，直到第二年融雪之时。

抬头望去，尕尔寺悬空镶嵌在陡峭的崖壁中，和地面几乎构成直角。这座寺庙有着 800 多年历史，是噶举教派的名刹，常年香火炽盛，信众络绎，神情虔诚。但我还知道的是，在这一片土地上，藏传佛教的 4 大派系，宁玛派、噶举派、格鲁派、萨迦派，彼此都是和谐相处，在各自的寺庙中虔敬地修炼身心，传播佛法智慧。

囊谦辽阔。1.27 万平方公里的面积，相当于内地不少省份一个地市级行政区域的疆域，但只有 13 万人口。藏族所占的比例，是一个精确的数字：97.5%。这里是全民信奉藏传佛教的地方，有 100 多座寺庙、100 多位活佛、100 多名堪布、近 1 万名入寺僧尼，占到总人口的十分之一。不难想象，宗教是如何深刻地影响了这里的生活。

就在 3 天前，寺里一位活佛圆寂，远近村镇的不少信徒闻讯赶来，排成长队，安静地等待着与活佛作最后的告别，表情肃穆庄重。虽然今天寺庙里的人比平时多，但身着紫红色袈裟的喇嘛们脸上安详淡定的神情，依然让人真切地感受到那种深山古刹超凡绝尘的气息。

同行的友人是一位青藏高原的钟情者，多年中数次深入青海和西藏的不少地区，包括自驾到过一些人迹罕至的地方。他对于这片广袤土地的大自然和文化的痴迷与识见，无疑让他的观点具有分量。他一再感叹，说到藏文化特色的浓郁鲜明，囊谦甚至胜过他到过的许多西藏地方。他显然清楚来这里最应该看什么，当我在寺庙门外的断崖边俯瞰峡谷风光，晕眩不已也惊叹不已时，他跟随着善男信女们进入了寺庙大殿。过了一段时辰，他重新回到我们身边时，说起他在一间偏殿中，看到了成百上千件酥油花艺术品，每一件都对应着藏传佛教的某一位神祇，色彩之斑斓，造型之奇谲，都胜过他在许多别处寺庙中见到的同类物品。他栩栩如生地描述着，目光中闪耀着发现的激动。

三

的确，这里是一片人神杂处的土地，一个被称作藏域秘境的地方。真实和虚幻，历史和传奇，交织杂糅在一起，有什么奇特的说法都不会让人感到意外。

如果说，尕尔寺毕竟还是一个专门的宗教场所，有着指向的明确性，那么第二天的行程，则让我看到了在囊谦的日常生活中，在寻常的时间和空间里，神性是怎样以一种弥漫的状态存在着。

在囊谦的版图上，有五条河流，扎曲、吉曲、巴曲、孜曲、热曲，自西北向东南，呈平行状态地流淌。它们都是澜沧江的上游。丰富的水资源，让囊谦的人均拥有水量是全国平均数的24倍之多。

我们的时间有限，只能够选择一条河流来亲近。

汽车驶出县城，向南行进。依然是214国道，与一条河流相平行，通向遥远。扎曲，是这条河流的名字。五六公里后，经过一个叫作多昌村的地方，望见一座铁索桥横跨在河面上。陪同的人介绍说，此处曾经是一个渡口，相传文成公主进藏经过此地，小憩片刻，将释迦牟尼12岁等身像请下坐辇，搭建法座。这里因此被称作"格待至"，藏语意为"佛像憩息的地方"。因遥远而显得缥缈虚幻的历史，忽然间变得真切生动，具有质感。

又行驶一段后，汽车踅入一条通往河边的路。旁边的大片区域，是收割了的青稞地，金黄色的根茬平展地向远方延伸，看上去有一种温暖的感觉。一些青稞秸秆的草垛，这儿那儿零星地分布着。囊谦是半农半牧、农牧综合交错地区，也是玉树州唯一的农业区，素有"玉树粮仓"的美称。

这里的河床甚为宽阔，河滩上野草生长得高大茂盛。牦牛和羊群，悠然地在草丛中游荡。在一处伸向河中间的狭长沙洲上，还有好几匹埋头吃草的马，毛色分别为白色、黑色和棕色等。河水恣肆地流淌着，水面泛着细碎的波浪。与去往尕尔寺时一路伴行的清澈的巴曲不同，扎曲的河水显得颇为浑黄。有一处河段，辽阔的水面被大小不一的许多个沙洲分隔成了数条河汊，目测至少在 5 条以上。沙洲上覆盖蒙络着碧绿的野草，远远望去毛茸茸的，映衬着旁边浑浊的河水，色彩对比十分鲜明。

天气晴朗，湛蓝的天空上白云簇簇团团，缓慢地涌动和舒卷。阳光从云缝里投射下来的瞬间，草色鲜亮清新，水面波光粼粼。置身旷野之中，感受着阳光的倾泻和风的撕扯，强烈地感觉到天地的阔大，时间的浩荡。我知道，我眼前的这一幕风景，已经持续了许多个世纪。千百年来，在这片土地上，一切都是周而复始。青黄相间的河滩草场，草丛中星星点点的黑色牦牛，远处高山峰巅上白皑皑的积雪，大自然的表情丰富而生动。而一代代人生，也是在这样的背景下，缓慢地展开。在这种氛围里，想到世界的成住坏空，人间的兴衰沉浮，会觉得极其自然，仿佛一阵风的来去，仿佛阳光与阴影的交替。宗教意识的产生和蔓延，也就更容易理解了。

沿着扎曲继续前行，在它和另一条河流强曲交汇的地方，乃加玛神山出现在眼前。这是康巴地区的著名神山，在藏语中的意思是“百座神山之首”。这是一整块巨大的山岩，形状像是一只巨龟，但昂起的头部又像是一条蟒蛇。传说中它是蛇妖的化身，魔力超凡，常年祸害人间。印度高僧、藏传佛家的主要奠基者，集智慧、慈悲和伏恶的力量于一身的莲花生大师来到此地，将蛇妖收服点化，使其化作了神山，并成为神山之主，也成为藏传佛教的护法神山。传说每过 60 年，乃加玛山神要召集藏区一百位大山神来此聚会一次，因此信徒们都相信拜转这座神山一周的功德，相当于转了一百座神山。

乃加玛神山背向河水一面的半山腰处，有莲花生大师的彩色塑像。塑像下面是一座巨大的玛尼石堆。不知是被多少只手，在多少年的时间里，一块块一颗颗地添加，才形成了这样的体量。被漆成鲜红色和浓咖啡色的石块上面，刻着白色或黄色的六字真言或吉祥图案。那种夺目的颜色，让人想到渴望的炽热。前世，今生，来世，轮回……是确信，使虚幻成为真切，让此地连接彼岸。

我看到了一位老年妇女，在河滩上的一片草地里，面朝神山的方向，跪在地上，双手高扬，她在祈祷什么？

我看见 3 位磕等身长头的中年男人，他们是结伴的朝圣者。前面几十米外，一辆简陋的三轮车慢慢地开着，上面该是装着他们的行囊。前路漫漫，他们把自己交付给了信仰。

所有这些，都让你鲜明地意识到这一片土地上强烈的精神属性。它不是被存放供奉在一处具体的地点，如某一座寺庙，某一处圣迹。它分明是充溢流布在天和地之间，在道路和河流之上，在山峦和草原之中。

大自然的雄浑壮阔，精神文化的深邃厚重，彼此交融，难以分别，仿佛眼前的河水流淌到视野的尽头，与天空融为一体，水天一色。

四

然而，这里首先还是一片现实的土地，是真切鲜活的现世人生，眉目清晰，音容生动，血肉丰满。

几天的行程中，一些人的表情姿态，一些地方的场景画面，被记忆收藏。几十天后的今天，当思绪转向那片土地时，它们重新浮现出来，栩栩如生。

譬如，那个名叫白玛群加的中年黑陶匠人。从他位于城郊的房子里，能够望到不远处巨大的金色阿育王佛塔。他是国家级非物质文化遗产项目藏族黑陶烧制技艺的传承人。工作室里靠墙的陈列架上，摆放着他获得国家级和省级奖励的作品。旁边的屋子，俨然是一个小型博物馆，堆满了从民间征集来的多种黑陶器皿，岁月给它们涂上了斑驳古旧的色泽。他发愿要使祖先的精湛技艺流传下去，传播开来。他招收徒弟时，优先考虑残疾青年和贫困子弟。他经常用挣到的钱，帮助白内障患者做手术。佛教教义中的乐善好施，在他的生活中获得了真实的践行。

又譬如，那个名叫杰加的年轻的草编艺人。他的作坊被称作“咗玛编织工艺”，采用当地盛产的一种牲畜不吃的野草，编织成各种器皿，盛放糌粑和肉类，很长时间都不会腐坏。他的妻子和读小学放假在家的女儿坐在里屋的地上，神情专注，金黄色的长长草秆在手中腾跃。小院整齐清洁，屋檐下一排齐胸高的草花茂盛绽放，仿佛正在这一家人面前展开的美好生活。

我来到了白扎乡巴麦村小学，一所由我所在的单位捐助支援的学校。单位的几位同事专程来到这里，又一次从遥远的京城带来了美好的祝福。不大的校园中，孩子们三五成群，黝黑而红润的脸上，表情羞涩又活泼。他们得到了图书和文具，一些贫困家庭的孩子还得到了捐款。这里离尕尔寺不远，抬头能够望见山上寺庙金碧辉煌的建筑。风声有时会将寺庙里的诵经声传递过来，其中表达的祝福和祈祷，也许这些幼小的孩子还不能听懂，但翻看着手里的赠品，对赠予者们的善意，他们一定能够心领神会。

在另一个场合，我看到了这种情感的回馈。单位一位挂职干部，结束了两年的任期，第二天就要返回北京。送别的晚餐就在县委招待所的餐厅中。饭后，是一个朴素的送别仪式，多位囊谦县的干部，挂职期间的同事，挨个走上前来，献上哈达，拥抱和祝福。情到深处，语言无多，因为并不需要。眼眶中的湿润，目光里的情意，彼此铭记于心。

因为连日奔波，也因为大意，我不幸被高原反应撂倒，实在坚持不住了，只好到县医院打点滴，以消除肺部的炎症。在输液室，那个陪护亲人的羞涩的藏族姑娘，见我咳得厉害，主动走过来递上一杯热水。因为来得匆忙钱没有带够，一名探望患病亲戚的喇嘛，主动替我垫付上费用。事后他还几次发来微信，询问是否恢复健康，直到我已经回到北京之后。

在这样的人、这样的场面、这样的经历面前，初来乍到时内心深处曾经泛起的那种异地之感，那种属于语言、文化和宗教的隔膜，被一种相互融通的情感驱除了，消逝得无影无踪。

几天的时间，对于这样一片广袤的土地，对于它所承载的厚重的历史、多彩的文化而言，显然是过于短暂和匆忙了，相当于两个陌生人初遇时的匆匆一瞥。我所获得的，只是一些局部和片段。

但我可以肯定，这些局部之中蕴含了整体和普遍。它们像岩石一样真切确凿。要了解一些事物，尤其是要走近一些人，并不需要很多的时间。譬如这些天接触到的陌生的人们，将来不会再有交集，但那些被高原阳光照亮的清澈目光，那些毫无造作伪饰的坦诚笑容，那些自然流露出的友好和善良，会在你心中留下一缕温暖的记忆。显然，相对于自己生活的地方，这里是异乡和别处，但究其实并没有本质的区别。愿望和牵挂，欢欣和忧虑，幸福和苦难，这些最重要的东西，彼此之间都是可以交流诉说的，并不存在任何障碍。

这样一种感觉让人安稳和惬意。我想到了苏轼的一句词：此心安处是吾乡。

住宿在县委招待所，夜间四围清寂，听得到窗外风掠过树梢的声响。迟迟难以入眠，便打开随身携带的 Kindle[①] 翻看电子书。特定的环境氛围中，选择什么书目也仿佛具有了某种指向性。我看到了六世达赖仓央嘉措的诗集，点了开来，随意浏览。其中一首只有两行的短诗，让我的目光长久驻留。

对情僧仓央嘉措来说，绝大多数诗篇与爱情有关。这两句无疑也是如此，描述的应该是某一次恋爱的感受，文辞简约而情意深沉，具体的对象是谁，发生在什么时间、什么地点，肯定都无从稽考了。

但是这些并不重要。让人印象深刻的是，这短短的两行诗句，它的阐释却可以是开放的，有着超越具体的两性之爱的情感指涉。譬如此刻，在囊谦，在海拔 4000 米的青藏高原的一隅，在距我生活的北京将近 3000 公里之遥的地方，吟诵起这两句诗，在我心中召唤出的，在我眼前浮现出的，是高远浩渺的天空和大地，是逶迤绵延的峰峦和江河。它描绘了我此时的感受，也预见了我将来的回忆——

在看得见的地方，我的眼睛和你在一起；
在看不见的地方，我的心和你在一起。

① 由亚马逊设计和销售的电子阅读器。

第三辑　心的方向

漂泊的屋顶

每个人都会有同生活贴近的特别的道路，借此他得以进入它的广阔和幽深。我们无时不在生活，但多数情形下，这种所谓的生活让人想到那种雾蒙蒙的天气，肉体和灵魂都感到疲倦、滞重，缺少清爽，某种暧昧乏味的东西像灰尘一样在心里累积起来，不知不觉间遮蔽了感知和梦想，隔断了诗与思。然而也总有一些时刻，他会获得拯救。一些事物进入他的感受，内心深处某种鲜活、轻盈、强健的东西于瞬间复苏，于是他眼中的一切仿佛被擦亮，露出纯金般的光泽，并映照出自己的深邃和无限。这是神的安排，为了人的健全和完整，尽管人对此可能懵懂不觉。

它们是什么？它们来自何处？

它们更多的应该是个人化的，而且往往是神秘的。经由它们，他发现并显露了自己，也同他人区别开来。不知道对于别人它是什么，对于我，它经常是一种声音。

已经记不清有多少个深夜，当手里的工作告一段落，平静挟带着一丝落寞和茫然降临时，我会听到一种声音，在昏暗的墙壁和柔和的灯光间若有若无地飘动。我侧耳谛听，却发觉它原来就在胸间，越来越清晰，渐渐能听出那是车轮撞击铁轨的哐当声，中间是一阵长鸣的汽笛：呜——

于是，那晚的梦境里，常常会有一列火车擦身而过。

那列长长的火车后面是一个更长的梦境。梦境遥远的那一头连着二十几年前，冀东南平原上的一间乡村土炕头的屋子。

一个孩子，当他的感觉正发育得十分敏锐时，如果每天是在野草和树丛、苇荡和坑塘间度过的，那么即使日子贫困，也总会有许多幸福的时刻。那些树木、庄稼、飞的及跑的动物带来的欢乐，不是今天城市里的孩子能领会的。但当夜晚、阴雨天，或者大人不允许出去的日子，一颗童心也会无聊烦闷，这时候，要是有一个老奶奶讲故事，或者一张彩色画片可看，那就完全不一样了。我比别的乡村孩子幸运，有一个当小学教师的妈妈、在县城工作的爸爸。印象中爸爸好多天才回一趟家，每次都给我带来一两本新的小人书。

这些连环画册成了点燃最初的想象力的火花。那些画面让我知道还有和村子里的日子不同的、别的样子的生活，它们在遥远神秘的地方，不可企及而充满吸引力。那些书早已记不清了，但有一本当时我最喜爱的书，至今还略有印象，写的是一个名叫阿福的越南小英雄如何机智勇敢地炸毁美国鬼子兵营的故事。最吸引我的还不是故事情节，而是画面上的椰子树、仙人掌、大海和沙滩，它们给我一种隐约的激动，一种莫名的向往。我朦朦胧胧地知道，它们是在一个叫作“南方”的地方……

可是，这些同火车又有什么关系呢？

我在一个阴天发现了它们之间的联系。那天我和邻居家的孩子正在村边的一片洼地里玩，阴天里声音传得更远，更清晰，我听到很长一声低沉的、颤动的声音，像老牛吼，但要有力得多。我好奇地问小伙伴这是什么，他显出很不屑的样子，说连火车叫都不知道？他告诉我，东边十多里路外有铁路，一直通向南方。于是，仿佛是在一瞬间，那个从画册上看到过的遥远的世界，在我心里立刻变得可以触及了。我激动不已，像获得一个重大发现：原来在自己身边，也有一样东西，能够和那遥远、陌生而奇妙的地方的生活联系在一起，它就是火车。到这时，我还没有见过火车，只从大人的话中听到过几次，像听到其他我不理解的词一样毫无反应，但那个阴天，在那声汽笛声中，这个词第一次具有了意义，我发觉自己对这个不知模样的东西竟产生了强烈的向往。

那以后，我便经常能听到火车汽笛声。夜深人静时，听得尤其清楚。有好几次，我强撑着不睡，只为了等待那个沉闷的声音。出于儿童不好解释的心理，我固执地不肯说明缘由，惹得奶奶直唠叨“这孩子魔怔了”。终于有一天，在我软磨硬泡下，父母答应我跟着一个亲戚去火车站，这在他们看来显然是奇怪的念头。那次看见的是一列货车，当那个长长的黑色的庞然大物呼啸着疾驶而过时，坐在自行车后座上的我，是怎样被那巨大的声音惊得目瞪口呆，又怎样兴奋得忘乎所以啊！

在我身上，这种情绪在那一年里一定持续了好长时间。常常怀着一种奇特的、类似柔情的心情，想起那个越南小英雄，盼望有一天去见他，而每当这时，眼前总会浮现出铁路和火车的影子。那时还不知道，那条铁路是津浦路，我只是一厢情愿地做梦罢了。夜里睡觉，也确实梦见过小阿福，而且不止一次。一个异常清晰的印象，是我常常梦见炎热和阳光。这点被牢牢记得，是因为那正是个很冷的冬天，我醒来时仍常常觉得被窝冰凉。这些知识从哪里来的？并不曾有人教给我。那么仅仅是想象，为什么又会那样逼真？那个到处弹片横飞的地方，却奇怪地成了我想象中的乐园。多年后，当我第一次站在南国土地上，在炽热的阳光下眯起眼睛端详阔大的芭蕉叶时，首先袭来的竟是一种重返童年的感觉。我隐约听到了一声汽笛。

又过了几年，差不多要读完小学了，我才有机会第一次坐火车。

记得是麦收放农忙假的时候，我跟着在乡镇中学当教师的小姨去衡水二舅家。那是我第一次出远门。我们先乘汽车到几十里外一个叫作龙华的小镇，再从那里坐石德线上的火车。破旧的客车在乡间简陋失修的公路上颠簸着，天气又热，很不舒服，我却始终处于一种十分兴奋的状态中，觉得美妙无比。想想吧，过一会儿不但能看到火车，还能坐上它，而且是到一个那么远的地方去！

车站到了，候车室刷成墨绿色的墙壁，售票处圆形的小窗口，背靠背摆放的好多栅条已经折断的破旧长椅，都让我感到新奇，喜爱。我还没有看够呢，小姨拉起我的手，从入站口来到月台上，不一会儿，一列也是墨绿色的客车从远处驶过来，当它停下时，车身下喷出浓雾般的白色蒸汽……

那是一辆逢站必停的区间车，开得很慢，总共一百多里路程，仿佛走了很长时间。这正合我意，我直担心太快到达呢。车厢内长得好像望不到头的一排排座位，晃荡的感觉，那种独特的气味，陌生的人们，车窗外闪过的景物，所有一切都使我着迷。可惜，有一件事分散了我的注意力：挨着小姨坐的一个男人头倚着靠背睡着了，每当车厢晃动得厉害时，他的头都要朝这边歪过来，我直担心他会砸着小姨，但好在每次都没事。

火车终于进入城区了，那是地区首府，当时还未设市，但已是我眼中的大城市了。它的楼房，工厂屋顶上冒出的浓烟，空气中某种呛人的气味，铁路两旁一片片污黑的积水，都让我感到新鲜。与我的小县城相比，这些东西里面有一种杂乱的难以捉摸的东西，紧紧抓住了我。车停住了。我跟着小姨，随着拥挤的人流出站。在站前广场上等人来接时，旁边站着两个女孩，比我大不了几岁，都很好看，但都黑黝黝的，好奇地看着我，又嘻嘻地笑，搞得我很紧张。但同时，我体验到一种莫名的前所未有的崭新的情感，有些甜蜜又有些痛苦，强烈地闪烁了一下。在多年后的青春岁月里，多次侵扰我的那些情绪，都有这样的一个开头。

在纸上，时间可以被轻易地调遣。又过了几年，去北京读大学，4个寒暑假期，是一道铁轨连接了故乡和校园。今天，那些失散的日子已深埋在记忆底层，只有偶尔才浮现几处断片。有关火车的回忆，便是一束温暖的光波。寻索过去的时光，每每最先看到它的闪亮。

最清晰的记忆是一年级暑假返家那次。

那次期末考试得了较好的分数，心情愉快。没有直接回家，先到天津中转一下，在南开大学一个老乡陪同下逛了街，玩了水上公园，住了一晚，第二天坐上天津到德州的一列慢车，家乡就在靠近终点的一个小城。车开时已经将近中午了。

7月的炎热烧炙着车厢。阳光透过大开的车窗，投射在座位和过道上，明晃晃地刺眼。光线中有无数尘埃飘浮、旋转，时时被脚步搅乱成另一种形状。到处充满了简陋的短途车厢特有的气味。把头伸出车窗，热风扑面而来，挟带着焦干的尘土呛人的气息，耳朵里即刻灌满呼呼的风声。与铁路平行的公路上，汽车看上去开得很慢，玻璃时或发出几下闪光；远处，深绿色的田野却让人觉得萎靡不振……车逢站必停，上下车的多是沿线的乡下人，穿着破旧，说着家乡话，串亲戚或者做些小买卖。其中一个来旁边找座位的人很小心地递给我一支烟……车厢的女乘务员 35 岁上下，个头高高的，表情生动，两只显得过大的眼睛总给人一种喜欢大惊小怪的感觉。她一刻不闲，时而和同伴高声谈论什么，时而脚步急急地走来走去。有一次她向我借笔用，我说没有。她眉毛一挑，很夸张地指着我的校徽，对同伴说："大学生还没有笔……"然后是一串响亮的笑声……

这些都充满难言的魅力，使我迷醉。我意识到自己的感觉出奇地敏锐、清晰，几乎是怀着一种贪婪的热情，看着、听着、嗅着，想把一切印象都吸收进来，储存在心中。四五个小时的旅程，一直沉浸在难言的快乐中，但其中几乎没有即将回到家的成分。相反，倒是想到这点反而有些不安，只盼望这个过程无限拖延下去。

这一切，其实更多是后来才感受到的。它们在记忆里沉淀，发酵，很久以后才散发出它的醉人的香味。多年后我常常没有来由地忆起这次旅行，那种心情我以后再没有过。甚至不只限于旅行，在一直到今天的全部生活中，即使最快乐惬意的时刻，都不能比拟它的纯粹、圆满、深沉和无穷无尽感。如果勉为其难让我命名，迟疑到最后，我拈出的会是"幸福"二字。

为什么是这样？它有着什么意义？这种强烈的幸福感受，

同青春的欢乐明媚心境，对于自己的信心和对生活的憧憬是怎样的关系？也许这一切同火车并无关系，只是由于它恰好负载了幸福，本身便也成为幸福的一部分了。这是一种存在于事物之间的神秘联系。

江河、池塘、田野、农舍、森林、丘陵……在疾驰的车窗外它们飞快闪过或缓缓旋转，仿佛记忆中的某些不同的日子。你会在某个时辰惊讶于它们让你联想起生命流逝的形式，但你说不清楚。

高峰体验无法重复，以后的多次旅行，再不曾达到那样的沉醉，但仍有许多可圈可点的瞬间。一次是大学三年级暑假前夕，全班去湖南作方言实习，一昼夜的颠簸后，当南方在晨光熹微中第一次闯进眼帘，看到飘散淡灰色雾气的稻田，水塘和水牛，满山鲜嫩的绿，吸着明显变得湿润的空气，那因睡眠不足的疲惫一瞬间踪影全无。另一次是在贵昆铁路，辗转卧铺上，快天明时才勉强入睡，梦境中遣散不去的是刚刚辞别的山城贵阳的阴雨和晦暗，和夜行车在荒蛮的贵州高原上被一轮月亮照耀的悲凉。被旅伴推醒时，看到他脸上挂满兴奋。诧异中朝窗外一瞥，即刻愣怔全无：原来已到中午，车已进入昆明郊区。天蓝得不真实，大朵大朵的云彩白得耀眼，沉静地悬挂着，低得仿佛伸手可触。大气中充满一种响亮、欢快、生气勃勃的东西，一下子把心底照得透明。也好像在突兀中，过去不知从哪儿看到过的对这块土地的诗意的称呼——“云之南”这几个字眼跳上脑海，美丽得揪心……

与这些闪耀的时刻相比，其他大量的时光该是渗透和浸入大地了。目光随着列车的行驶浏览大地，进入它的无限。从整体到每个细节，从声音到色彩，大地全面敞开。你感到阳光的照耀、风的吹拂，看到万物生长的姿态。你的目光抚摸它们时，心也被它们抚摸。这时你能切肤般地体验到做一个漫游者的幸福。许多年后，我读到海子的一首写给叶赛宁的诗《浪子旅程》，开头几句是这样的：

我是浪子
我戴着水浪的帽子
我戴着漂泊的屋顶

漂泊的屋顶，多么好！我感到被词语的闪光照亮了。移动的车厢，正是每个旅人的屋顶，而自行进中的列车窗口向外望，在缓缓转动的大地之上，天空是一个更大的屋顶。诞生，劳作，歌唱，恋爱，受苦，死亡，生活和生命的一切，都在它的下面展开。在这第一个屋顶下面，我们更能够具备一副开阔、穿透的目光，更容易感觉到和读出那些无穷和深邃，那些大地上的秘密。

期待着一次跨越北中国的旅行，到新疆，或者内蒙古。应该在冬天，至少深秋。在这两个季节，才能最好地体会这一片大地的精神。凛冽的空气，最能匹配那坚硬的土地，它的沉郁、静穆和悲哀。我觉得，我的心境越来越走近它。

青春岁月，每次旅行心中都揣着一个隐秘的念头，希望能邂逅一位美丽的少女。那时，对她们的爱，差不多是诗情的唯一源泉。飘扬的秀发，目光的顾盼，姣好的容貌，织成了一道迷人的风景，其中藏着生活的全部幸福和痛苦。

我多少次从远处羞涩地凝视过她们，那些同一车厢的陌生的姑娘。她们出现在眼前，没有背景，足以让我想象得完美无缺。她们端庄矜持，在我看来，每个人都是一个不可轻侮的公主。那时我还不能够想象，一个美丽的姑娘怎么能不同时是一个天使。当因疲惫困倦而稍稍忽略了留意举止时，她们神态中那人间的朴素真实，又让我感到姐妹般的亲切。每当一个这样的姑娘结束她的旅行从我的视线中消失，我都会有一丝惘然。仿佛火车驶过不留痕迹，我的默默的爱情曾经怎样地飘散？

许多爱情源于旅行，或者把伏笔埋在火车上。罗曼·罗兰的《约翰·克利斯朵夫》曾经是我们那一辈人的精神圣经。在那部宏大嘹亮的交响乐中，最令我怦然心动的却是一个柔美的乐句。克利斯朵夫搭乘晚班火车回家，车停在一个中间站上，旁边刚好停下一列从相反方向开来的车。短暂的时间里，他望见一个曾陪他看过歌剧的不知姓名的羞怯的法国少女，她也看见了他。彼此的车厢里都没有人，他们把脸贴在车窗上，透过周围沉沉的黑夜，静静地对望着。她原本极度胆怯，这时却大胆地直视着他。他正要招呼她，车开了，她慢慢地远去了，消失在夜色里。他感到自己心里被那道陌生的目光挖了一个窟窿。他不明白为什么，可是明明有个窟窿。几年后，在巴黎，在人生的战场上，他结识了挚友奥里维，才知道那个女子正是他的姐姐安多纳德，他的守护神，而此刻她已经因为过多的操劳损害了健康，死去了。从她秘不示人的日记，和死前打着寒战写下的无法投寄的信中，他们知道了她对克利斯朵夫的隐秘而热烈的爱情……我曾经梦想有这样的爱情。

今天，我依然时常将目光投向她们，那些当年的少女，今天的少妇们，但已不复往日的情怀。岁月在冲刷掉什么的同时也添加了什么，并不是只有听滥了的韶华将逝的感慨。如果说，昔日的清丽因缺少阅历显得单薄些，今日，岁月已把经历和磨蚀、智性和情韵调作底色。这使她们更多地具有可亲的、母性的、丰厚的气息。女性的美这时才真正到达一个顶点。即使在最幸福自得的脸庞上，我也一再发现神态里隐隐的疲倦、无奈和隐忍，尽管她可能浑然不觉。这是造物主的神秘安排。它无处不在，但在疾驰的火车上，因了一种神秘的关联，使人更容易发现这点……带了一丝怜惜的微痛，我对她们的爱情不减丝毫。

人们到处在生活……

没有哪儿比在火车上更能使人感受这句平淡的话里的神秘的内涵了。它让人想到一种弥漫无边而又深不可测的东西。旅行中常常会遭遇某些新奇的逸出常规的事情，让人兴奋或骇然。但我想说的不是这些。一列满载旅客的火车，本身便已经是意味无穷了。

从进入车厢起，熟悉的生活便暂告隐遁了。每个因为偶然坐在面前的人，都能够让你驰骋一次想象力。他或她是什么人？自哪里来？去往何处？这些不可知和不确定中自有一股含混的魅力，一丝隐约的撩拨，让人欲罢不能。每个人都有一个目的地。有人是同家人团圆，有人却是去奔丧，作生与死的最后告别。也许是奔赴又一个梦想，也许某个策划已久的阴谋正付诸实施。这个空间比任何别的场所都更能容纳生活的神秘和暧昧。

相比之下，有些要明朗清浅些，不易遮掩。有秘书奔走前后的人，即使偶尔走下软卧到站台上散散步，也总是那样矜持庄肃；那位躺了几十个小时不食不语的年轻女人，不免使人猜想她可能正陷溺于一场情感的泥淖；那些经商暴富的人们仿佛是一个模子铸成的，穿着、言谈、炫耀财富的方式，总是那么单调贫乏；那些初次外出打工的农家姑娘，怯怯地挤在一起，目光里交替着憧憬和茫然，等待每人的会是一份怎样的命运？……在列车上，你才强烈真切地意识到置身于生活中间，它的声音、色彩和气味鲜明可感。谁有一颗民间的心，谁怀抱体验的热望，就必定会对这种情形感到亲切。也有过多次飞机旅行的经历，但我少有这样的感受。那毕竟只是少数人的事情，是相对易于概括的生活形态。而火车则让你想到人群和大地，想到生活本身，它的丰富与纷乱，它的朝着无穷的敞开。

帕斯捷尔纳克的《日瓦戈医生》中，有一段很长的篇幅写到火车。为躲避饥馑和混乱，医生全家离开莫斯科，前往遥远的西伯利亚。旅程漫长而多难。铁路、田野、森林和村舍无边无际，肆虐的暴风雪时常埋没铁轨。牲畜栏一样的货车车厢内肮脏，拥挤，嘈杂，挤满各种身份的人：经纪人、商贩、修道士、红军战士、苦役犯、精神病人等等。旅途屡遭变故，匪帮拦阻，铲雪清路，检查行李证件，使列车频繁地停在旷野。恐惧和担忧压得每个人透不过气来，命运如同迷漫的风雪一样无从知晓……但即使这样，也还有稠李花的淡淡的气息，有不可思议的爱情。生活展开它的两极，苦难和期望，罪孽和美好，悲哀和欢乐，都是那样使人战栗。

直到今天，我最乐意做的事情之一，便是送人或接站。当看到来自远方的火车缓缓靠近站台，车窗玻璃映满无数张望的脸，或者目送开出的列车消失在天际，一缕烟雾渐渐飘散，我仍然会激动不已。什么在结束，又有什么即将开始。但不论开始还是结束，都会让人想到某种永无停息的运动，它是属于一个更为巨大的实体。开进开出的火车强烈地传递出生活的气息，就像海风的咸味使人想到大海。

要是不记叙一番夜行车的体验，这篇文章肯定不完整。

列车行驶在沉沉夜色中，窗外黑黝黝的，深不可测。空间感消失了，只能从灯火的密集或稀疏分辨城镇和乡村，从身下的平稳或颠簸分辨平原和山地，从声音的空洞或沉闷分辨桥梁和隧道。此外便是沉重单调的黑暗，仿佛永远也走不出。失去明朗确定的形体，思绪便也变得飘忽、随意，一些念头升起，追赶着前面的影子，但很快自己又被新涌来的挤压、驱逐。你有意去思念一个人，去追怀一件事，最后你发现，你捉到的只是碎片，仿佛影子的影子，皂泡上的一点儿霓彩。它甚至不如梦中来得真实和清晰。这又是因为什么？

有过好几次午夜梦回，在顶层卧铺上。眼睛睁开的当儿，意识尚未从懵懂里醒转，漆黑一团，不知身在何处，从哪里来，到哪里去，充塞脑海的只有身下车轮的咣当声。在最初瞬间的情感空白后，心被一种遭遗弃的、无依无靠的、孤独和悲哀的感觉强烈地攫住，如醉如痴。终于，意识一点点恢复，听到邻铺的鼾声，母亲哄孩子的声音，有人轻轻走过的脚步声。于是心里便不由得感到一丝暖意，一丝熨帖，对这些萍水相逢的人们油然生出同类间的、相依为命般的感情。伴随它的来临，黑夜也变成庇护了，一种温暖而湿润的母性的遮盖。

这时，往往能听到汽笛被拉响了。

它被拉响的瞬间，总是显得很匆促、突兀、尖锐而嘶哑，仿佛一把钝锥子在捅人的耳膜。但很快，声音变得散漫，向着四面八方逃逸，听上去迟疑、游移而无力，终于消失在夜色和大气之中。一切复归于沉寂。短暂停顿后，第二声又响起，重复如初。听着，听着，你会感到情感、想象还有思索，你意识中残存的所有东西，也都被这声音带走了，消融于无际夜色中，像一缕晨雾被风扯散，一段往事被时光湮没。渐渐的，心里充满了茫然、深沉的平静，仿佛在母亲的怀抱里沉沉睡去。

头脑中的旅行

对一个当代人来讲，旅行是一件平淡无奇的事情，已经成了日常生活的一部分。虽然因为时间、财力、爱好程度、健康状况等条件的差异，不同的人，有走得近或远、次数多或少的区别。但在古代，甚至只是在一个世纪以前，旅行还远远没有这样的普及和便利。那时候，技术落后，交通不便，旅行经常是和冒险联系在一起的，另外还要有相当的经济实力来作为后盾，因此有条件旅行的只是极少数人。

所以，那时候的一些人，尤其是文人，愿望难以满足，只好经常借助于幻想，在头脑中旅行，或者换成一个人们更熟悉的说法：卧游。文人大多是贫穷而兼病弱的，却拥有丰富敏锐的感受力和想象力，现实生活中的阻碍反而进一步激发起他们的热情。一幅图画，一些纪念品，别人的只言片语，书里一段并不起眼的描绘，都能够成为点燃他们的灵感的火种，最终蔓延成一片熊熊烈焰。借助想象力，他们能够生动地描绘出一个地方的景色氛围，读来有身临其境之感，仿佛作者一直就是在那里生活的。

被尊为现代派诗歌鼻祖的法国象征派诗人波德莱尔，就突出地体现了这样一种才华。他的不少篇章，都表达了对于远方的向往。远方，始终是一个具有魅力和诱惑的巨大泉眼，汩汩涌流出诗意和美。他的情妇是一位混血儿，有着一半非洲血统，据说正是她周身所散发出的异域气息令他痴迷，她的一颦一笑，都让他恍惚感受到了遥远的另外一个大陆的奇异魅力。他有一首散文诗叫《头发中的半球》，这样描绘自己把脸埋在情人的头发里，长久地嗅着她的发香：

你的头发蕴藏着一个完整的梦，梦里满是船帆和桅杆；它包容着大海，海上的季风把我带到那些气候迷人的地方，那里的天空更加蔚蓝，更加高远，那里的大气充满了果实、树叶和人类肌肤的芳香。

在你头发的海洋里，我隐约看到一个海港，那里充满了哀伤的歌声，拥挤着各民族的壮汉，在那永远笼罩在暑气里的天空下，停泊着许多船只，显示着精致而复杂的构造。

…………

在你头发的炽热的火炉里，我呼吸着掺有鸦片和糖的烟草气味；在你头发的黑夜里，我看到热带的蓝天无边无际，亮光闪闪；在你头发长满细草的岸边，我沉醉在柏油、麝香和可可混合而成的气味之中。（胡小跃译）

从这些文字中，你能强烈地感觉到诗人感受力的灵敏和丰盈，视觉、听觉、嗅觉，都全方位地酣畅地敞开着，借助于一些要素，生动地描绘出遥远地方的风光气氛，生动逼真，栩栩如生。而这一幅幅巨大的声色流溢的画面，最终是靠着强大的想象力来加以拼接、连缀和黏合的。

终其一生，波德莱尔都被港口、轮船、铁路、火车，以及酒店客房所吸引，因为这些都连接着远方，通向另外的生活。那是和巴黎的阁楼、集市、咖啡馆迥然不同的生活，丰富、神秘而幽深，笑容和哭泣，德行和罪孽，都具有一副独特的表情。他经常为到不同地方去的选择而顾虑重重，拿不定主意，因为这些地方都有吸引力，鱼与熊掌，他都想得到。

其实，目的地是哪里，并不十分重要，真正的愿望是离开现在的地方。“对我而言，我总是希望自己在一个我目前所居住地以外的地方，因而到另一地方去永远是我满心欢喜的事情。”所以他才这样写道，“任何地方！任何地方！只要它在我现在的世界之外！”他看重的，既是远方的真实的风景环境，同时也是旅行这桩行为所承载的摆脱当前生活的象征意味，他认为这是一种标志，代表了高贵灵魂的求索。这样，对旅行的渴望，实质是对获得新的生活体验的向往，是对“生活在别处”的一种认同和表达。经由旅行，世界为旅行者打开了一扇扇的窗口。

因为很难真正具备出行的条件，波德莱尔更多的是从想象中获得满足。甚至在某些时候，由于想象力产生的效果是如此不凡，他都觉得真正的旅行是不必要的了。也是在散文诗集《巴黎的忧郁》中，有一篇《计划》，写的是主人公“他”黄昏散步时的一些遐思。“他”在公园里漫步时，在版画店里欣赏一张描绘热带风景的版画时，看到一家整洁干净的旅馆时，都分别产生过到那里旅行、居住的幻想，并在脑海里描绘出种种舒适惬意的情景。等他独自回到家中，想法却改变了：

> 今天，在梦想之中，我有了三个住处，在每处，我都觉得同样快乐。既然我的灵魂如此轻松地漫游，我为什么要强迫我的身体换换地方？既然计划本身就有足够的乐趣，何必要把计划付诸实施呢？（钱春绮译）

这个不无怪异的意念，也可以从法国作家于斯曼的小说《逆流》中获得印证。小说主人公名叫德埃桑迪斯，是一个贵族，喜欢读狄更斯的小说，并因此引发了对英国人生活情形的种种想象，热切地希望到伦敦旅行一次，以便亲身体验小说中描写的环境和生活。他准备停当，来到巴黎，马上就要踏上去英国的火车了，却在最后时刻决定放弃。因为离开车还有一些时间，他便买了一本《伦敦旅行指南》，到附近一家英国餐馆就餐。餐馆中，柜台桌椅的样式，菜肴和酒水，都是地道英国式的，有几位健硕的英国女人正在就餐，身材、容貌和气质，都和巴黎女人很不同。此时，他忽然感到疲乏和厌倦起来："既然一个人能坐在椅子上优哉游哉地捧书漫游，又何苦要真的出行？难道他不已置身于伦敦了吗？伦敦的气味、天气、市民、食物，甚至伦敦餐馆里的刀叉餐具不都已在自己的周遭吗？"于是他返回了自己在巴黎郊外的别墅，此后再未有过去国外旅行的打算。他满足于待在自己的房间中，身边是各种搜罗来的国外的物品，诸如酒店和博物馆的图片、帆船和海员的模型等等，借助它们，他想象自己已经游历了那些国度。这样，他能体验到远行的乐趣，却又免去了旅途中可能出现的任何不适。对自己的这种做法，他解释起来还颇为振振有词："想象力能使我们平凡的现实生活变得远比其本身丰富多彩。"

德埃桑迪斯毕竟要算是一个"另类"。不论如何，绝大多数人并非这样想，而是知行合一的，至少是追求这一点。如果缺乏机会，或者条件不具备，而未能成行，他们通常感受到的还是遗憾，而且总是在努力寻找补偿的机会。第一位获得诺贝尔文学奖的俄罗斯作家蒲宁，也是一位善于运用想象力的大师。在那部为其奠定了不朽声誉的自传体长篇小说《阿尔谢尼耶夫的一生》中，他回忆了自己在俄罗斯腹地的一个庄园里度过的童年时代。在漫长寒冷的冬夜，《鲁滨孙漂流记》等书里的插图，让他想象遥远的热带。狭窄的独木船，拿着弓箭和长矛的光身子的人，椰子树林，宽阔的树叶及其覆盖下的原始茅屋，都让他感到甜蜜和陶醉，产生了一种身临其境的幻觉：“上帝啊，我不但看到，而且以自己的整个身子感觉到了那么多干燥的炎热，那么多阳光！”以至于当多年后他有机会来到那些地方时，心中浮现的第一感觉就是：对，对，所有这一切正如我30年前首次“看到”的那样！

拥有这样一种强大的想象能力，堪称生命中获得的宝贵奖赏。它打通了一条连接诗和美的道路。

以上种种，包括德埃桑迪斯那种匪夷所思的做法，都在表明，一个善感的灵魂，可以创造出怎样的奇迹。这是一些具有异秉的人，能够通过一棵树木想象一片森林，借助一片贝壳想象一片大海；一些零散寒碜的线头布片，到了他们手中，竟能拼接出一幅色彩斑斓的织锦。读这样的作品，与其说是观赏作者借助于想象而描绘出的风景，不如说是欣赏灵魂的奇观。这样的灵魂正是艺术的摇篮和息壤。

当然，我们都是凡夫俗子，不具备那样卓越的才华。不过，严格推究起来，他们的某些叶公好龙式的做法却无法让人认同。像那位法国贵族的举止，除了懒惰和怪癖，就想不出别的更有说服力的解释了，尽管他自己有一套说辞，但经不起诘问。实际上，小说开头已经交代，主人公是个厌世、待人刻薄的贵族，那么，他有些什么乖戾的举止也就不奇怪了。即便有超常的想象力，实地踏访难道会有什么坏处吗？不正是可以使其异秉得到确切的验证，并在真实的情境中转化为充分的感受力吗？只要有可能，还是应该身临其境，用感官去触摸。比如热带雨林，那种腐殖层的浓郁气息，蚊蝇叮咬的瘙痒，潮湿闷热带来的窒息感，是坐在屋子里读多少本文学作品也想象不出来的。仿佛绘画，临摹品再惟妙惟肖，和原作毕竟不是一回事。又仿佛一位美人，从画报上甚至从电视荧屏上来欣赏，总是不若面对面，眼波流转，吐气如兰，这些动人的韵致，必须在场才能够深切地体会。

但话说回来，从他们的这种嗜好中，还是可以解读出一些有益的东西的。虽然经济和技术的发展惠及众生，如今旅行成本大大降低，可以让人更容易地实现梦想。但一个人的时间、精力、财力等，永远是处于一种短缺的状态。相对去过的地方而言，更多的地方是去不成的。但人性又是不知餍足的，总是希望多多益善。这样，就不妨退而求其次，借助想象的力量，来作为一种弥补。

在这个意义上，倡导学习那些杰出作家们的想象力，努力使自己变得细腻善感，便具有一种必要了。虽然这在相当程度上是一种天赋，但只要产生了这样的意愿并努力加以培育，应该会逐渐有所进步的。看到一泓碧蓝的山涧溪水的图片，应该让他感觉到丝丝的寒凉；看到一间江南小城临水的茶楼，也许会使他隐约嗅到一缕明前龙井的清香。对于气氛、情调的细腻感知和把握，才堪称旅游最重要的收获。如果不在这方面用心，即便真的成行了，赶集般地穿梭在各个所谓景点之间，忙不迭地拍照，却顾不上仔细体会，过后寻味起来，除了那一大堆照片尚可以向没有去过的亲友同事们炫耀一番外，脑海里实在只有一些模糊零碎的印象。这和旅行的真正精神是相隔膜的。

好在，如今技术的快速进步，为这种想象的旅行提供了极好的帮助，令“卧游”嗜好者们得以大快朵颐。波德莱尔时代的文人们，常常只是依据少量印制粗糙、画面模糊的图片，来想象一个陌生遥远的所在，而今天，数码相机拍摄的图片，清晰、逼真、富有层次感，尤其是借助无远弗届的互联网传播出去，从供给的数量到获取的速度和便捷程度，都让人惊叹。众多无名作者的图片发布，让个人的劳动成果变成了公共资源，成为取之不尽用之不竭的欣赏宝库。想到这一点，心里总要泛上一缕感激。

有位朋友不久前去新疆参加全国书市，捎带到北疆一游，回来后描绘喀纳斯湖的美景，说得眉飞色舞，唾沫四溅。多年前我曾有过新疆之旅，也曾拟前往，但因时间的缘故，未能成行，备感遗憾。这次听他讲述，不禁勾起旧梦，就在“百度”的图片搜索中键入“喀纳斯湖”，立刻就有数十个页面唰唰地铺展开来。随着鼠标的点击，几百幅图片，多角度多侧面地展现了那里迷人的四时风景，山和湖，森林和雾岚，帐篷和木屋，看得眼花缭乱，让我有了一个十分沉醉的夜晚。心寂神凝，目光在图片上游走，似乎嗅到了金黄的白杨树叶苦涩的气味，浓雾自面前拂过时的片刻窒息感，而湖水的寒冽，恍惚中也感到沁入了脚底，一寸寸地扩展开来。

这是一种无限开放的方式。世界的每个角落，都在你的眼前，在一尺开外的电脑屏幕中。鼠标轻轻一点，你可以从挪威的陡峭峡湾，到巴西广阔的亚马孙河河口；从白雪皑皑的北极冰原，到花木葳蕤的热带海岛；从德国小镇整洁的别墅，到印度村庄破旧的茅屋……地球任我来去，都在转瞬之间。瞩目于这些图片，充分调动想象力，把感受的旋钮调到最高档，庶几可以获得几分真切的、如同身临其境般的体验。余光中写过一篇关于摄影的散文，名字叫作《谁能叫世界停留三秒》，这些画面都是在瞬间之中，驻留了永恒之美，让目光从容地长久地停留浸润，面临干涸板结的心田被美的清泉浇灌，重新变得丰腴润泽。

当然，对于我这种自遣方式，这种替代的旅行，你尽可以不以为然，理由涉及真与伪的命题，涉及价值判断的范畴，而且你的理由一定是难以反驳的。但我只需要用一句话，来为自己辩护：人生奄忽，步履真正踏及的地方，能有几处？

且认他乡作故乡

那一年去阳朔旅游，走累了，便踅摸进老城西街的一家酒吧歇脚。柜台后站着的是一位三十开外的金发男人，用汉语大声招呼着客人，脸上挂着孩子般的笑容。简单交谈几句，得知他是法国人，故乡在巴黎附近，5 年前来中国旅游，喜欢上了这儿，留了下来，并娶了当地的一位姑娘，如今儿子两岁了。免不了有好奇者问东问西，洋女婿开朗俏皮，绕口令般地回答："我喜欢，我习惯，这儿就是我的家！"

塞纳河畔长大的老外，自己肯定也不会想到，遥远的中国南方一条叫作漓江的河流边的一座小城，成了他的归宿。当时，大学者陈寅恪的一句诗，蓦然跳入我的脑海："且认他乡作故乡。"陈诗写于抗战末期避难西南之时，虽然好不容易取得胜利，但山河破碎，返乡之途阻隔重重，只好将此地当作故乡，字句间是聊以自慰的无奈，而面前这位外国年轻人的选择，则分明是主动而愉快的。

对于大多数人来说，生于斯长于斯的故乡，联结了他的生命的深刻记忆，对其产生依恋再自然不过。"胡马依北风，越鸟巢南枝”，动物尚且如此，何况情感丰富的人类。柳宗元被贬柳州，思念长安，下笔何其郁结：“海畔尖山似剑铓，秋来处处割愁肠。若为化得身千亿，散上峰头望故乡。”乡愁会贯穿终生，因此倘若叶落不能归根，那样的哀伤当会沦肌浃髓。于右任临终前的绝笔《国殇》，写出了那种锥心之痛：“葬我于高山之上兮，望我大陆。大陆不可见兮，只有痛哭！”怀乡病发作起来，不分畛域。谢晋执导的电影《最后的贵族》中，流亡威尼斯的老年白俄小提琴手，向潘虹饰演的同样沦落天涯的女主角喃喃倾诉：“圣彼得堡的雪都是温暖的……”

故土之感最为丰沛酣畅的时候，当属已然消逝的农业时代。生活封闭自足，人们安土重迁，悲喜歌哭、生老病死于同一个地方，是人生的普遍样式。除了科举及第等极少数情形外，背井离乡多与战乱、动荡、灾祸等种种不祥之事相连。这种背景下酿造出的故乡情感，既是审美的，同时不知不觉中也被赋予了某种伦理的意义。

不过这里我想说的，却是另外一点。

也许由于乡情乡思太过普遍而达到了覆盖性的程度，使得人们往往忽略了一点，或者是有意地避而不谈——实际上，也有不少人，是从生身的故乡之外的陌生地方，获得了灵魂的慰藉。那里的风景、气候、饮食、习俗，那里的环境和氛围，种种能够说清和难以说清的东西，黏合在一起，产生了特异的魅力，让他迷恋，产生一种置身故乡般的感觉。

这样说是有底气的，因为我自己就有深切的体验。读大学时，差不多有两年的时间，从故乡华北平原考入京城的我，却对从未到过的江南，怀着隐秘而炽热的向往。我借助唐诗宋词，20 世纪初作家们的游记，以及当时并不多见的有关照片和画作，一遍遍地想象和勾勒我心中的梦境：白墙黛瓦，春雨杏花，小桥下桨声欸乃，逼仄、幽深而弯曲的小巷中，青石砌就的路面被脚步叩响。正值浪漫的年龄，梦境的最深处，每每会有一个袅娜而模糊的身影。等到毕业数年后终于有机会踏上苏州的地面，我感觉眼前的一切是那么熟稔。

若干年后，广袤的新疆，无论哪个方面都与江南构成鲜明对照的地方，成为我新的向往。我怀着和当年一样的痴迷，在抵达之前热烈地渴望，在返回之后长久地回忆：一望无际灿烂绽放的向日葵，雪峰下蜿蜒迤逦的云杉和塔松，梦幻一般蔚蓝的湖水，果子的甘甜和烤肉的香味，歌声和舞蹈，异族的面容和幽深眸子里的动人之美……

随着年龄和阅历的增加，在我内心的画卷中，故乡的地盘也在渐渐地扩展。在家乡碧绿茂密的青纱帐之外，我添加上了巴蜀的山川和雾岚，八闽的荔枝树和甘蔗林，彩云之南的阳光和鲜花，等等。我觉得，在这里任何一个地方长住直至终老，都会是无悔的选择。

生身之地的故乡，在这个过程中，从中间位置渐渐地挪移开来。对它依然怀着深情，但不再是唯一。常见有人把某地称为“第二故乡”，恋念之情溢于言表。这让我越来越意识到，所谓故乡，实质上不过是感情深度投注之地。和一个地方朝夕与共，耳鬓厮磨，自然会产生感情，未必拘囿于出生之地。过去一个人很难去到家乡之外的地方，因此对故土的萦系中，多少会有些被动的成分。今天，技术的便利、生活的流动性，让人们行走的半径大幅度增加，倘若某一处地方让我们喜爱，乐意生活于斯，岂非十分自然的事情？

“生活在别处”，这句被米兰·昆德拉用作小说书名的话，曾经广为流传。它说出了人们向往陌生地方的一种隐秘的动机，这是一种自己也未必清楚的天性。于是，“且认他乡作故乡”，也便有了切实的心理依据。这不好说是移情别恋，因为这通常并不会取代对家乡的情感，毋宁说是乡情的扩大更贴近一些。

这种意义上的故乡的疆域，是随着一个人经历、眼界、胸怀的扩大，随着他对人性的理解，对文化的包容和对理想生活的向往，而渐渐拓展的。这种家园之感有时甚至会跨越了国界。19 世纪奥地利诗人里尔克，在游历了俄罗斯之后，为粗犷辽阔的大自然所震撼，写下这样的话：

> 在伏尔加河上，在这平静地翻滚着的大海上，有白昼，有黑夜，许多白昼，许多黑夜。……我现在知道了：土地广大，水域宽阔，尤其是苍穹更大。我迄今所见的只

不过是土地、河流世界的图像罢了。而我在这里看到的则是这一切的本身。我觉得我好像目击了创造……

与托尔斯泰、列宾等文艺巨匠的会面，则让他受到精神文化上的深深吸引，在给女友的信中写道，“我赖以生活的那些伟大和神秘的保证之一就是：俄国是我的故乡。”

其实也不必从远处取譬，身边就有现成的例子。一位同学的父母，年逾古稀，推掉了儿子带他们去美国、加拿大旅游的安排，执意要趁着尚能走动，去一趟俄罗斯。他们的青春岁月，是听着《莫斯科郊外的晚上》《红莓花儿开》等苏联歌曲度过的，那片土地成为他们心灵中一个牢固的情结。作为曾经的灵魂的栖息之地，那里显然具有一种精神家园的意义。也许现实会破坏心中的那个美好梦境，我也的确听到过有人归来后诉说幻灭感，但那是另一个问题。

心灵所萦系的地方，无疑便是故乡了。

爱故乡，同时把这种爱，扩展到更为广大的地方。这是幸福的一个源泉，汩汩涌流。

心的方向

一

此刻，在明亮蔚蓝的天空下，热带10月的炽烈阳光瀑布一样倾泻。目光所及的广阔区域里，不同科属的众多植物茁壮茂盛，一派浓郁恣肆的碧绿，喷吐着生命的活力。叶片阔大肥厚，藤蔓纷披葳蕤，我仿佛听到枝干中汁液汩汩流淌的声音。千姿百态的花朵，奇异艳丽，呼喊一样地绽放。眯着眼睛，逆着强烈的光线望去，在被阳光镶嵌上一圈暗边的巨大云朵下面，几十米高的椰子树的羽状枝叶，向四面八方伸展开来，仿佛一幅充满质感的剪影。

这里是兴隆热带植物园，位于海南万宁。

眼前这些树木花卉，让我的思绪飞向整整30年前，我到过的中国科学院西双版纳热带植物园。它位于一个被江水环绕的小岛上，因此记忆中水光潋滟。我清楚地记得那条江叫作罗梭江，我曾经一步步试探着走进它的温暖而湍急的水流。那是澜沧江的一条支流，澜沧江流出国境后进入东南亚的几个国家，在那片土地上被称作湄公河。因为童年时读过越南军民抗击美军的战斗故事，这条河流曾经强烈地激发了一个孩子对异域的向往和想象。

两个植物园中的植物大多无异，但相互之间的直线距离就有 2000 多公里。在它们分别所属的华南和西南的广大区域中，海陆阻隔，江河纵横，山脉连绵。

然而想象能够消弭阻隔，就像我此刻的体验。在意识的调遣下，距离不复存在，方向随意掌控。佛经中有一句话：一刹那间为一念。意念起动时，即使远在天涯，也可以迅疾地化为近在咫尺。

对于身边的日常生活来说，远方往往意味着魅力和诱惑，所以才会有“生活在别处”之说，而一句短语“远方和诗”更是广为流传——远方天然地蕴含了丰沛的诗意。

这种诱惑对一个少年而言尤其强烈。在一望无际的华北平原上长大的我，十几岁时因为看到了一本画册而入迷着魔，从此把小桥流水的江南，当成心目中最初的远方。我曾经骑车去十几公里之外大运河边上的一个小镇，只是为了看一眼从那里经过的火车。那是当时的津浦线，沿着铁路一直向南，就能到达我的梦想之地。看着一列绿皮火车从视野中消失，我想象它到达的地方，那里的天空和土地，城市和乡村，河流和植物，那里的人们和他们的生活，心中有一种模糊的激动。差不多10年后，当我初次踏上那里的土地时，却分明有一种旧地重游的感觉——脑海中无数次的描画勾勒，已经让想象无限接近于真实。

更晚一些时候，陕北高原成为我新的向往。质朴苍茫的黄土地，曲折蜿蜒的沟壑梁峁，高亢悠扬的信天游的曲调，在我的眼前耳畔，一遍遍地闪现和回荡。当我终于来到陕北，在黄河边上的一次乡间宴席上，酒酣忘情之时，即兴哼唱起了《兰花花》《赶牲灵》《走西口》和《三十里铺》。淳朴的主人惊诧于我对民歌的熟悉，猜测我莫非是在这里长大后走出去的陕北娃，让我不禁有一种小小的得意。

随着年龄和经历的增加，曾经的虚幻变作真实，陌生成为熟悉，然而向往也会同步扩展，没有停歇。远方永远存在，远方在远方之外，在东西南北的各个方向。目光尽头的地平线，不过是一个新的起点。一个声音呼唤你出发，行行复行行，把灵魂朝着天空敞开，把脚步印在永远向前方伸延的大地上。

有许多年了，我最喜欢做的一件事情，是在某个清静的时辰，展开一本中国地图册，选取其中的一页，再确定其上的一个或几个地点，放飞思绪。

这其实通常是一种场景回放。意念抵达之处，多是我曾经留下足迹的地方。不需要闭上眼睛，神凝气定之时，眼前的物件不复存在，我分明看到，一幕幕画面穿越时光和距离，翩然闪现。

那是长白山下延吉州二道白河小镇外的原始森林，脚步踩在厚重松软的腐殖土上，松脂的清香、铃兰花的馥郁伴着鸟儿的鸣叫扑面而来；是被称为“贵州屋脊”的毕节赫章县的韭菜坪，山顶上一望无际的大朵紫色野韭菜花，在呼啸的天风里飘荡摇曳，远眺连绵的群峰仿佛巨兽青黛色的背脊；是浙东南永嘉群峰环抱中的楠溪江，用千百条清澈澄碧的溪水，用奇岩、飞瀑、深潭、古村和老街，打造出了三百里山水画廊；是新疆伊犁霍城的万亩薰衣草，深紫色花朵波浪般层叠起伏，一直延伸向远处的白杨林带，映照着天地接壤处山峰上的皑皑积雪。

有时候，借助资料和图片，我也会把目光投向某个向往已久而尚未遂愿的地方。我想象青海三江源头的浩瀚壮丽，西藏纳木错湖边飘扬的经幡；想象大凉山漫山遍野的金黄色苦荞麦，大兴安岭深处以驯鹿和猎狗为伴的鄂伦春人家。甚至仅仅是想象，就能够带来一种惬意的慰藉。

这些已经去过和或将去到的地方，被造化赋予了各自的美。壮丽，秀美，辽阔，幽深，雄奇，朴拙……美的形态千变万化，繁复多姿。但对于我来说，它们其实是一样的，或者说最主要的地方是一致的：初次遭逢时，都是一种感动，一种震颤，一道划过灵魂的闪电，而过后，则是一遍遍地回想，在回想中沉醉，在沉醉中升起新的梦想。

二

让我记述一次这样的闪电和震颤，它的强度让我此生难忘。

是 20 多年前，一次在新疆大地上的行旅。在天山北麓，汽车穿越连绵交错的农田和林带，即将驶入浩瀚无垠的千里戈壁。就在它的边缘，神话一样，眼前突然闪现出一望无际的向日葵，至少有几十万株吧，茎秆高大粗壮，花盘饱满圆润，花瓣金黄耀眼。它们齐齐地绽放，一片灿烂，仿佛色彩的爆炸和燃烧。在片刻的惊骇后，我觉察到眼眶中盈满了泪水。

这样的一幕几天后再次上演，在伊犁河谷地的某一处草原上。因为暴雨冲垮道路，车行受阻，等候的时候不觉睡着了。醒来时已经入夜，在懵懂昏沉中走下车，抬眼一望，就像被一瓢冰水迎面泼浇过来一样，刹那间头脑变得清醒无比。四野漆黑一片，只有满天的星斗熠熠闪烁，仿佛被冰山雪水擦拭过一样，清亮晶莹。轻盈飘荡的星光交织弥漫，仿佛发光的白雾，清澈透明，笼天罩地，如梦如幻。从来不曾遇见过这样的情景，一瞬间眼泪夺眶而出，欢快流淌。

不用感到难为情吧。眼泪是一种验证，是灵魂和情感尚且丰盈饱满的体现，而此时此地，它是在强烈地证明着风景的大美。

不像天池、魔鬼城和赛里木湖等北疆名胜，这些让我镂心刻骨的地方，其实在当地都是最普通的风景，普通到无人关注，更不会被写入旅游指南。不过这又有什么关系呢？因为平凡而普遍，它们更能够反映此地的自然之美的本质，也更能够和孕育于风土之中的普遍精神建立起一种关联。

这样的风景，也在云南普洱千年的古茶树林中，在宁夏河套平原黄河水缓慢的流淌中，在呼伦贝尔草原夏日浓烈的青草气息中，在漠河北极村冬日被白雪包裹的深深寂静中，在闽南荔枝和芭蕉树叶油亮的闪光中，在西双版纳月光下的凤尾竹轻柔的摇曳中……

只要倾心相与，你就能够听到每一处大自然的心跳声，捕捉到它丰富而微妙的表情变化。每一个地方，它们的天气和地貌，植被和物候，天地之间诸种元素的组合，构成了各自独特的声息色彩。而所有这些地方连接和伸展开去，便是一片大地的整体。这是一个巨大的整体，站立在亚洲大陆的东方。

久久凝视那一幅雄鸡形状的版图，那些你亲近过的地方，一种情感会在心中诞生和积聚。那是一种与这片土地血肉关联、休戚与共的情感，当它们生发激荡时，有着砭骨入髓一般的尖锐和确凿。

在你的凝视下，大地敞开了丰富而深沉的美。你正是从这里，从一草一木、一峰一壑，建立起对于一片国土的感情。家国之爱是最为具象的情感，自然风物是最为直接和具体的体现，这样就会明白，我们的前人何以会用桑梓来指代故乡，而“故国乔木”也成了一种广泛的表达。

“胡马依北风，越鸟巢南枝”，因为那个方向，分别是它们的家园所在。动物尚且如此，何况是万物灵长的人类。每个人的家园之感，都诞生于某一片具体的土地，而家国同构，无数家园的连接，便垒砌起了整个国度的根基。这种对于土地的感情，真实而有力，远胜过一些抽象浮泛的口号和理论。所以这样的歌词才能够被传唱几十年：“长江／长城／黄山／黄河／在我心中重千斤。”

甚至一种最为深切的哀痛和悲愤，也可以经由风光和自然来获得寄托。在敌寇铁蹄践踏、国土沦丧、百姓流离的黯淡日子里，诗人戴望舒这样写道：

我用残损的手掌
摸索这广大的土地：
这一角已变成灰烬，
那一角只是血和泥；
这一片湖该是我的家乡，
（春天，堤上繁花如锦幛，
嫩柳枝折断有奇异的芬芳，）
我触到荇藻和水的微凉；
这长白山的雪峰冷到彻骨，

这黄河的水夹泥沙在指间滑出；

…………

在山川大地之间，祖国的理念清晰而坚实。

三

我是一名大自然的滥情者，无法将自己的心安放于某一个具体的风景对象。那么多的美在向我招手呼唤，让我迷醉和焦灼，跃跃欲试。

此刻正值溽暑，炙烤般的闷热让我渴望将躯体投入一片清凉。大自然中的水体而不是室内游泳馆，才能够提供一份真正的夏日惬意。我的思绪以故乡冀东南平原上那一条无名的小河为原点，向外延伸。少年时代的好几个漫长夏季，它都是我和小伙伴们不可替代的乐园。我想到故乡县城 10 公里外的京杭大运河，想到 80 公里外的华北最大湿地衡水湖，想到 200 公里外的白洋淀，想到 400 公里外的北戴河海滨……水的意念将它们串联起来。

那么，我是不是还应该想到桂林甲秀天下的山水，碧玉簪般的峰峦在青罗带般的碧波中，投下淡墨般的倒影；想到自神农架原始森林里流淌下来的香溪，青黛色的水面曾经映照过王昭君的美丽；想到 7 月的青海湖畔，金黄的油菜花和碧绿的牧草伸向天边，映照着一望无际的万顷碧波；想到云南高原上抚仙湖的幽深，它的蓄水量相当于十几个滇池，古人用“万顷琉璃”来比喻它的晶莹清澈——这些都是我步履所至之处，目光曾经被它们的清澈洗濯过，手足曾经浸入它们的温暖或者清凉。

这样的名字可以无限地排列下去。它们在地图上只是游丝般的细线和芥子般的微点，甚至大多数不够资格得到标示，但只要一想到它们，我眼前即刻就会一片波光潋滟。

这还只是水系。而山地呢？草原呢？森林呢？大漠呢？任何一个，都可以无穷无尽地展开。而在这所有一切之中奔跑的兽类，鸣啭的鸟儿呢？绽放的花儿，静默的树木呢？这样的推问让我眩晕。美是汪洋无际，是浩瀚无边。它让我欢悦，也让我痛苦。我将遭遇那么丰富的美，我将难以穷尽那么丰富的美。

30 年前听到一个故事，从此铭记在心。当时来中国的日本游客很多，一个旅行团来到内蒙古大草原，篝火晚会就在蒙古包旁边的草地上举行。皓月当空，奶茶飘香，歌声悦耳，舞姿动人，一位老年游客突然放声大哭，老泪纵横。面对惶恐不安以为出了什么纰漏的导游和接待方，老人哽咽着说：多么羡慕你们，有这么辽阔的国土！

是的，这是一种幸福。960 万平方公里的广阔疆域，提供了太多的美好和富足。还有什么幸福能和它相比？想到这一点，激动便如同潮水一样涌上心头。

在这一片寥廓的土地上，一个人去过的地方也许很多，但没有去过的地方总是更多。在他的步履和视野之外，无限的美存在于无限的空间中，默默无语或者喧哗恣肆。

一些看似不同的事物维度之间，却有着神秘的连接管道。譬如时空是不同的范畴，但时间也最能够描绘空间。夏天晚上十点半钟，我在南疆喀什的街头小馆与当地友人品茶，一边欣赏着落日在西天渲染出一抹红晕，而此刻北京的家人已经准备就寝。同一片天空下，白昼和黑夜分割开各自的统治区域。我也曾在 1 月份，从冰城哈尔滨直飞海南三亚，登机时身着羽绒服尚觉寒风凛冽，落地时换成短袖，快走几步居然汗湿。六个小时的航程中，我跨越了几个季节。

面对这样广大至极的美好风景，我不止一次地想过，如果不让自己成为一名漫游者，哪怕只是在生命的某个时期，那么实在是一种浪费，甚至是一种罪过，总有一天悔恨会来啃噬。

漫游，让脚步跟随着目光，让诗意陪伴着向往。如果我爱慕的目光在抵达某个具体目标时仍然游移不定，那是因为我有一种对整体的忠诚，需要到更广阔的时空中践行。行走中，远方化为眼前，异乡变成家乡，“无端更渡桑乾水，却望并州是故乡”。脚步每当踏上一个新的地方，都是把家园的界限向外扩展。而所有的家乡，它们的名字的组合，就形象地描画出了一个国家的名字，成为对它的标注和阐释。在被这个名字覆盖和庇护的一大片土地上，我们诞生和成长，爱恋和死亡。

曾经看过一部美国电影《心的方向》。退休后的老人无所事事，空虚迷茫，在妻子去世后，他通过反省领悟到过去生活的荒谬，并驾车穿越大半个美国去女儿家，为了阻止一桩在他看来会毁了女儿的幸福的婚姻。在这个行动中，他重新获得了生命的充实之感。这是一个虽然平淡却颇为蕴藉的故事。

但我这里想说的，是电影名字给了我启发。它有一种新鲜而生动的表现力。我的心的方向，也就是目光的方向，脚步的方向。它们指向的，是祖国大地上的江河湖海，高山平原，一种无边无际的美丽。

我的心的方向，朝着四面八方，无穷无尽。

第四辑　京城日影

燕园的半日

距上次大半年后，我又一次回到了母校，徘徊在校园里。6月初的天气，夏天的表情已经酝酿到了八九分，但尚未到炎热难忍的程度。校园里草木蓊郁，绿意深浓，营造出一种气派、舒坦的感觉，让心情也变得少有的闲适惬意，一种游子返家的心境。

在京城，燕园的风景丝毫不逊色于别处的形胜，即便是与名震四海的颐和园、圆明园相比。如果后者仿若频频出镜的明星，它便是养在深闺的女儿，轻易不将如花容颜示人。但一旦谁有缘步入这处当年清朝皇族的私家园林，目睹它的姿容，定会叹若天人，惊诧不已。当年在此四载就读的自豪感，除了最高学府的名声，还有一部分是要分给树木、湖水、山丘的。记得毕业前夕，最后一次全班活动，大家沿着湖边漫步，面对朝夕晤对4年之久的湖光塔影，都有些恋恋不舍——但也只是“有些”而已。谁都不会怀疑，将来自己会常常回到这里来，让它的柳丝风片轻拂过自己的脸颊。因此，“相会未名湖边”成了告别时屡屡被提及的一句话。

然而走出之后，这种愿望却渐行渐远，渐告陌生。在生存的疆场上打拼，不是一个你是否乐意的问题。仿佛一段树枝、一截木板，被抛进了湍急的漩涡，只能随着水流载沉载浮。这中间会有多少变形和损耗？首先的影响，便是心情变得粗糙麻木，多少浪漫的诗情随风而去，与时俱逝。这样，不知不觉中，这个想法也淡漠了甚至遗忘了。刚开始是没有时间，后来有时间了，却又丧失了兴致。曾经有几次，留京同学聚会，曾随口问过坐在身边的好几位，最近是否回过校园，回答一概是好久不曾去过了。听那口气，没有人觉得有什么遗憾。想想也是，又有什么可遗憾的呢？相反，谁要念念不忘于这样的想法，倒是该被别人认为奇怪了。对于受现实法则操纵的人生，这种情绪毕竟更像是奢侈品，不但并非是不可或缺的，有时甚至是需要提防的。古人慨叹“难得糊涂”，适度的糊涂确实是智慧的另一种形式。因此，虽然这么多年来，回校也不下十几次了，但功利性都很明确，开会，采访，约稿，来去匆匆如同过客。

可是你为什么又来了呢？

诱因首先是外在的。春节后不久，即被单位派到颐和园北面的一所干部学校，接受一次为期不短的培训。从紧张琐碎的工作中抽身出来，上课，读书，生活一下子变得单纯了，就其形态而言更接近了当年的校园生活，某些蛰伏已久的念头于是重新抬头了。距离又为这个念头的实现提供了条件。于是在这个没有课程的下午，又打点不起读书的心情时，第一次，在并无明确目的的情形下，脚步迈进了校园。

我从供机动车出入的西校门进校，右行经过留学生居住的勺园，楼前的网球场上，仍然有人顶着下午两点钟的炽热阳光挥舞球拍，脸上、裸露的臂上、腿上，到处汗津津地闪光。再往南几百米走到顶头，从两幢学生宿舍楼狭窄的连接处穿过，向东一折就看到了西南校门。4 年中，我走得最多的就是这一道校门了，不论是到海淀镇的新华书店买书，还是坐 332 路进城，它都是必经之处。如今校门依旧那样窄小朴素，将一份亲切熟悉的感觉牢牢地框住。继续东行，北折，走过 29 号楼和 30 号楼之间的柏油路，从当年栖身的 32 号楼门前经过，一直向东走到贯穿南北的主道。这是我喜欢走的一条路线，却说不出什么原因。几年履迹不至，32 号楼门前原属北大出版社的平房院落，和西侧被铁丝网围起的晒衣场，已经变成了高楼，映衬得周围原来的楼房愈加老旧低矮。

校园明显地比当年热闹喧哗了。

时常有轿车从身边驶过，过路时要小心提防，而当年，只需留意自行车。那些拥有自行车的北京同学，曾经让大家羡慕不已。如今招生规模扩大了，学生人数多了，各种会议也多了，走在主路上不长的时间里，就有两人向我打听，去某某教学楼参加某会议该怎样走。在这个越来越开放的校园里，不会有人想到“笑问客从何处来”的。每个学生都知道，走在身边的人，很可能只是一个访客，一个来听免费讲座的外校学子，甚至可能只是一个慕名而来的游客。从海报上，看到剧院在上演某出话剧，面向社会售票。但更突出的变化，还是随处可见的新建筑。最引人注目的，是三角地的东北面，当年的学三食堂和大饭堂，已经被两年前落成的“北大百年纪念讲堂”取代。隔着马路，东边，当年杂草丛生的一大片空地，更早一些时候，就矗立起了几幢智能化的建筑。这些样式、质材都颇具现代风格的建筑物，诉说着百年老校新的生长。

难得有这样的闲情，在三角地东侧，教工宿舍楼背后，我找了一排被树荫遮挡的长椅坐下。长椅仍然被漆成墨绿色，我最熟悉的颜色。当年，在图书馆前，未名湖边，环湖的小山坡上，许多排这种颜色的长椅曾负载过埋头苦读的我。搁放在旁边的书，有时会从长椅的缝隙间漏下去。随着年级不同，书的内容也变换不止。显然，经历这么多年的日晒雨淋，我此刻落座的这排椅子，该是和别处的一样，已经换过好几次了。头上，树叶筛落几片阳光，在脚边活泼地抖动。

这个地方，果真曾经属于过我吗？风景与当年殊异。那时，凡是参加人数众多的大型活动，多是安排在如今已经不复存在的大饭堂里，像新影片的放映，每年的新生入学迎新会，每个节假日的学生会餐，请第一次夺冠的中国男排来校做报告，等等。它可是名副其实的多功能厅，虽然当时还没有这个词汇。大饭堂南面，学三食堂东侧，曾经有一片开阔的方方正正的柿树林，根据两点之间直线最短的原理，中间被踩出了几条西南东北方向的斜道，学生们在树下往返穿行，络绎不绝。柿子成熟时，经常有果实坠落，摔碎，摊开一片金黄滑腻。每年毕业离校前，这里也成了毕业生处理旧书的摊点。如今树林已经荡然无存，成为这一片密不透风的建筑群的一部分。如果不是过来人，不曾千百次用脚步丈量过，不会知道这一小块地方的变迁史。俱往矣，但此刻我不能肯定，我的记忆是否准确还原了当年的面貌，是否有某种程度的走样。

一个低年级模样的学生走过来，迟疑了一下，问，请问我能坐这儿吗？我向旁边挪动了一下，给他腾出地方。此刻，旁边的几排长椅正裸露在已经开始西斜的阳光下，无遮无掩。他抱着厚厚一本牛津版英文词典，很快进入角色，口中念念有词。一张多么年轻的脸，嘴边一圈黑乎乎的柔软的短髭，额头上还不曾爬上一丝皱纹。

离开校园将近17年了。有时想到这点，自己都感到恍惚疑惑：会有这么久了？这可不是个小数。生命如行旅，折合成距离的话，这段时间至少占全程的三分之一了。且不论还可能遭遇种种不测，从而造成路面塌陷、中断，行人中途退场。那样的话，它所占的比重还会加大。

好在这不是一个需要求证的话题。17年，月份牌也有17本了，摞在一起的话会是厚厚一沓。如果一页页扯下来铺在地上的话，长度怕该以公里计了。即使再冥顽不化，想到这一点，也难以心如止水波澜不惊。即拿此刻来讲，一种游离感或者说是错位感，摇曳着从心头升了起来。有那么一点儿不对劲，仿佛擅自闯入了一处陌生人的私宅。

这里是校园的中心地带。正是下午的上课时间，成群的学生们从身边匆匆走过，脸上写满开朗的、阳光般的、朝气蓬勃的表情。青春的美，青春的骄傲，在6月的背景中，一点也不遮拦地绽放着，不，应该说喷发更恰当。一份这样的神情，就好像一滴洇在宣纸上的墨汁，很容易就晕染出一片，何况有那么多张年轻的面孔?

当年这样的神情一定也曾经写在自己的脸上。这是青春最可信赖的标志，100年前和100年后不会有什么区别。即使这片校园的布局、建筑、风景将来可能变得面目全非，只要充满这样的神情，校园依然是校园。“啊，青春，青春，你什么都不在乎，你仿佛拥有宇宙间的一切宝藏，连忧愁也给你安慰，连悲哀也对你有帮助，你自信而大胆，你说：‘瞧吧，只有我才活着。’”此刻，在自己接近40岁的年龄，忽然想起了屠格涅夫中篇小说《初恋》结尾处的那一大段话，胸间不由得升起一股强烈的羡慕，带着一缕秋风拂面的悲凉。

时间的流逝不可能没有痕迹。根据某种自然界中的交换原则，它在剥夺的同时，也回赠了一些什么。一种过来人的感受，执拗地逼迫我把思绪投向将来，为眼前的姑娘小伙子们。

此刻，他们拥有同样的亮丽青春，仿佛同一片苗圃里整齐的幼株，但10年后，20年后，谁的命运会胜过别人？谁比谁活得更长？如果有一面魔镜，每个人都能从中看到未来自己的情形，我相信会响起一片嘈杂的喊叫叹息之声——有欢喜、自豪、扬扬得意的，但恐怕也有相当多的会是惶惑、沮丧、黯然神伤。那个迎面走来的漂亮女生，脖颈挺直，脚步轻盈，每个细微的动作中都流露出高傲矜持，将来也许只是个慵懒的主妇，每日相夫教子，精心呵护富足而平庸的家庭幸福。那个被簇拥着的学生干部模样的小伙子，看他滔滔不绝的样子，心中一定对前程胜券在握，要让他相信将来他或许只是一个默默无闻的小人物，怕会被当作敌意的侮辱。而旁边的听众之一，某个平时从不惹人多看一眼的角色，因机缘凑巧，说不定反而会鹤飞冲天一鸣惊人。每个人都只是一块其形混沌的泥巴，最后会成为什么样子，固然要看各人的意愿，还要看时间雕塑师如何出手。常常，画龙点睛的那一笔，恰恰出自后者。

经历会使一个愚钝的人变得聪明些。我并不是故弄玄虚，这么多年来的闻见，让我敢于这样概括言说。悟性当然重要，但悟性也是被时间之水浇灌培育出来的。

回到当下，最想说的一句话是：真羡慕他们拥有大量的时间。此刻，无穷感在他们心中，一定和惶惑感在我心中一样充塞涨满。拥有这点，他们便拥有了挥霍的资本。不但可以把梦做得极尽妖娆，还可以适时地调整修订，如同用橡皮擦去一处笔误。富足的时间允许他们犯错误，走弯路，重新起步。对于人生的许多玄机来说，时间都是最隐蔽然而也最可信的原因，是归结和谜底。我们雄心勃勃或是万念俱灰，可以有许多理由，但最根本的一点，往往就在于从当时所站立的位置望出去，在被暮色吞没之前，那条浅白色的时间之路还有多长多远。

然而在这点上也存在着一个悖论：在这个绮思缤纷的年龄，只有极少数人才真正明白时间之手翻云覆雨的本领。等到他们领悟到这点时，时间偏偏已经变得不多了——这样的处境，只能说是上帝的安排，为了某种我们至今不能明了的目的。

我忽然间为他们着急。我知道他们中的许多人将和我一样，基于毫无理由的乐观，把光阴当成无休无止的资源，满不在乎地轻抛虚掷，到将来的某一天再懊悔不已。但我无法提醒他们。即使我说出来，也没有人理解和在意。因为有些事情，只能依凭自己的体验，切实地走上一遭才行，像童话里那只尝遍苦头才吸取教训的小羊羔——它终于明白，大灰狼不管甜言蜜语还是凶神恶煞，都是为了吃掉它。

如果一切从头开始，你会怎么样？

对重返旧地的游人而言，我相信这会是一个具有普遍性的想法。当一个人最重要的一段生命是在它的怀抱中展开的，这个地方尤其能够成为一处启示之所。我们对于生命的觉悟总是滞后一个节拍，每每在无可挽回的日后，才意识到当初应该如何行动。告别童年，才会意识到孩提时的无忧无虑多么美好；步入中年，才懂得珍惜青春的梦想，脚步的轻快，为虚掷的光阴懊恼不已；跨过老年的门槛，则追想中年的游刃有余左右逢源；最后，辗转病榻弥留在际，才能对整个人生有醒豁的认识。我们总是用无数次的错谬揭示一个生存的悖论。然而生命是单行道，一切不可逆转，已经发生的无法收回和修正，就像射出的箭，即便发现方向错了，也只能眼睁睁地任它呼啸而去。

谁能说得清，我们生命中有过多少次这样的偏离，如果不是更为糟糕，完全错失了方向的话?

于是便有了一个词“假若”，围绕它衍生出一场场白日梦想。它是一副廉价的安慰剂，一种无须兑现的允诺。我的读小学三年级的女儿，曾把臂章上表示小组长职务的一条杠涂改成三条，过一下当大队长的瘾——我的想象其实是同一种伎俩。它的效力仅仅存在于想象的当时。谁都知道这是愚蠢虚妄的，然而很少有人有足够的明智，能够完全避开它的诱惑。在想象中，我就曾许多次修正我的大学生活：4 年中，我应该学会如何读书，应该多读那些值得读的好书，应该把外语学好，应该有一次刻骨铭心的恋爱，毕业前应该考研究生，那样有可能留在校园里当教师，人生可能是另一种更合乎本性气质的、因而更为我喜欢的方式。应该……应该做许多因为当年未做而今天备感遗憾的事情。就像陀思妥耶夫斯基的《白夜》中沉湎于幻想的男主角一样，在某个瞬间，我甚至被自己的想象打动了。

然而，再进一步推想，如果这些目标果真达到，是不是就没有遗憾了呢？

不会的，顶多是用别一种遗憾取代此一种遗憾罢了。生命有千万种可能性，人只能遭遇其中的一种，最多几种。围城之喻每每被用于描摹婚姻，其实适用于整个人生。任何一个达到了，都会向往别一种陌生形态的生存。“既得陇，复望蜀”也好，“早知如此，何必当初”也罢，都是对此种心态的不同侧面的描写而已。

不知不觉中，阳光从树冠边缘照射过来，我眯起眼睛。很短的一会儿，日头已经沿着自己的轨道西移下滑了若干距离。我站起身，把刻苦攻读的小师弟独自留在那儿，走到西边三角地，浏览起告示牌上的内容。这里历来是校园里的信息发布站和集散地。电影海报，讲座信息，戏剧节的演出剧照，优秀论文奖获奖者名单，学生暑假远足队征招队员的启事，五花八门。尤其是个人张贴的小广告，和当年比，从数量到品种，都丰富了许多。自荐当家教，图书转让，寻找合租者，征求某一学术话题的对话伙伴……我随意而兴致盎然地读着，一些触动我类似的记忆，另一些则让我了解到今天的师弟师妹们色彩缤纷的新生活，不由得升起一缕羡慕。一页很不起眼的信纸触动了我，上面用签字用的粗笔画水笔写了几行字：“都说踏进燕园的是天之骄子，可为什么每天我都被莫名的烦恼缠绕？盼您伸出援助之手，帮我解开心中的死结。”典型的青春式表达，真诚和夸饰并行。可能是因为还有些犹豫不定，他并没有写明自己是谁，住在哪座宿舍，而是希望对方留下自己的房间号。

如今，“成长的烦恼”是一个经常被提及的说法，这显然说明人们更加关注生命本身了。报刊电视，都开设相关栏目，试图为情感的困惑指点迷津。各种心理励志类的图书，更是铺天盖地，占据了书店不少的柜架以及热销排行榜的显要位置。

回想起自己栖身燕园的那 4 年，17 到 21 岁，正是灵魂的地震活跃期。那种滋味，相信每个过来人都不会陌生的，只不过因为环境不同，引发的事件不同，特别是因为各人气质、性格差异，感受的程度不一样罢了。我自觉属于那种敏感内向型的，遇事难以释然。阅历简单，情感懵懂，思索能力也很薄弱，再加上耽于幻想，因此心灵所受的激荡更持久，成熟的步伐比别人要慢上一个节拍。灵魂深处常常充斥着纠结、冲撞、起伏，本来微不足道的小事，却可以烦恼上好几天。振奋、喜悦也和消沉、沮丧一样，间歇发作，毫无道理。既有真实的憧憬，也有幻象的诱惑，来路和去处同样模糊难辨。天性本来就羞于向人倾诉，在一两次敞开心扉却受到轻慢的对待后，就更加自我封闭，试图向书中寻求解脱之途。但那时没有这样的指导读物。稍微沾上点边儿的，也是一些言不由衷的豪言壮语，什么都能和英雄壮举、社稷命运联系在一起，不过是意识形态语言的变体而已。

一次夭折的恋情与这种心态有关。在不短的一段时间里，没有来由地对自己轻视甚至厌恶，就像青春发育期的中学生讨厌脸上的痤疮。那么，这应该是一种自卑了，但为什么对周围一些老师、同学公认的佼佼者，也时常用挑剔的、不信任的眼光打量看待，觉得不过尔尔？是不是看多了名人传记而导致不切实的自我期许，从而处处加以对照，而这种行为只能带来自我挫败？记得读雪莱、拜伦、莱蒙托夫，想到他们都是在二十几岁时就告别人世，留下那么多至今传诵的杰作，而自己离这个年龄也不远了，却一无所有两手空空，顿时感到一种刺骨锥心的茫然和绝望。总之，在梦想浪漫爱情的年龄，当某一束闪烁的光试探着打过来时，我却叶公好龙般张皇地退却了。我当时还以为这是积蓄力量，以为对于一种最美丽的感情，只有完整和完美的自我意识和形象才能相称。但直觉还有后来的认识告诉我，那实际上是一种怯懦，一种朝向幻想的逃避。

许多年后，有一次和妻子聊起大学时的感受。她当年就读于旁边一所名牌大学，家又在北京，生活条件比较优越，而且性格远比我开朗。但她也说，那时经常感到压抑，不顺心，但也想不出明显的原因。同学间的摩擦磕碰，得意失意的小小悲喜，都不过是些过眼烟云，不足以解释那种持续的心理波动。

这进一步证明了我的判断：这是一种成长的烦恼症候。告别备受呵护、一切被安排妥当的少年时期，需要面对生活独自发言，但说什么，如何言说，尚有许多云里雾里的茫然。那一种暧昧的尴尬，仿佛冬末春初，乍暖还寒。

然而再进一步思考，烦恼又何止于青年，何止于成长期？它是贯穿于整个生命之中的。只不过随年龄不同，呈现不同的面貌而已。那时，大家的理想都是成名成家，很有几分气干青云的豪情。如今聚会，如果交谈稍稍深入展开一些，更多的却是收入、职称、孩子、房子之类，而这些恰恰是我们当年所不屑的。同样，今天回顾当年的烦恼，想到曾经为某个不足挂齿的事情而心境起伏寝食不宁，如某门考试成绩不佳，某次发言失态担心被耻笑，也不免觉得好笑。再如，因为不能转到本系里另一个我更为喜爱的专业，我在很长的时间内深感郁闷。如今回想，这算什么呀？把它们置放在时间的坐标上看，简直不值一提。想下去，将来有一天，回想起今天苦恼、陷溺、耿耿于怀不能摆脱的种种，会不会也作如是观呢？我仿佛看见时间幽灵在遥远处点头。

然而，对于此时此地的陷溺者，超脱却是困难的。只有“跳出三界外”，才可能“不在五行中”，而我们却不得不在场。也许这正是造物的安排：如果消除了矛盾、苦恼，我们该如何处置自己的生命？一个简单的例子：我们抱怨一天到头忙碌不堪，但倘若真闲下来，不用太久，我们又不知该怎样面对寂寞的挤压了。造物怜悯人，怜悯这种自相矛盾、慧根短浅的被造物，所以要给每个阶段安排下特定的烦恼——也便是为生存安排了目标。这般想来，我们倒是要心存感恩了。佛家称“众生皆苦”，但正是苦，才能为生命作证，恰如疼痛可以证明知觉功能的正常。

与烦恼的对象千变万化相比，也许，可以确定的一点是，烦恼的感受该是相通的，血压、心跳、肾上腺素的分泌变化，是它们共同的表达方式。我们可以嘲弄一个人忧虑的内容，但应该尊重他真实的心情。楼下卖体育彩票，我们买了几注，互相逗趣，倘若中了 500 万元大奖该怎么办。上小学三年级的女儿出语惊人——她要买一大堆书包！对于她，成人的买豪宅购名车的梦想同样是隔膜的。

图书馆的东侧，当年宽阔的草坪大半已荡然无存，被扩建的新馆舍吞噬，只剩下很袖珍的一片，仿佛特意留给当年的学子追怀凭吊。4 年中的许多个夏日傍晚，我仰卧在散发出温暖苦涩气息的草地上，望天空的云彩，怎样变幻着颜色和形状，偶尔飞掠过几只燕子，吱吱的叫声清亮细碎，像枯枝擦划过玻璃。一些缥缈的梦想也和云朵一样，飘来又逝去，了无踪影。

不久前清理旧书时，翻出大学毕业时的纪念册。起皱的封皮，泛黄的内页，翻动时有一股霉味。它们如今已然成为生命的过去时态的物证，当年恐怕谁也想不到它有这种功效的。

第一页是全班同学的合影，就在图书馆东面草地上。大家列成三排，站在摆放好的长凳上，背景是草坪上的塔松，后面是物理楼的飞檐，更远处，未名湖的水塔占据了照片的右上角。我站在后排，过长的头发衬得脸庞愈加瘦削，颧骨突出，两颊凹陷，一副不健康的样子。谈恋爱时，妻子看到照片，连说可怜，说让她想到了吃不饱饭的苦孩子。而现在，我却在为肚皮减下不去而发愁。

到底是学中文的，纪念册上每个人的留言都诗意盎然。如今看来，不乏虚夸矫饰之词，有些话连写下的人当时都未必十分清楚其意蕴，但谁也不能怀疑他下笔时的真诚，对自己和未来生活的信心。“直挂云帆济沧海”，这样的话，只有青春做伴，梦想撑腰，才有勇气说出口。我写的是“生活万岁”4个字，后面跟着一个大大的惊叹号。那时的心情，不但向往种种美好际遇，还渴望拥有苦难的经历。已经明白了生命将会是美与丑、善与恶、圣洁与龌龊等种种截然对立的品性的混合，因此，路途中的不可测知，尤其是坎坷颠踬，反而具有一种奇异的“恶之花”般的吸引力。

但不久后就明白，这毕竟有些矫情了。不存在去寻找苦难的问题，它总是蹲伏在某个地方等待你，根本无法避开。不久前，班上年龄最大的湖南籍同学，刚刚送别了他的女儿，一个聪明漂亮的13岁小姑娘。她不幸患上一种罕见的据说十几万人中才有一例的骨肿瘤，在辗转两年病榻之后，终于不治。这样的事情，在那时是无法想象的，但它真实地发生了，这就是人生。

人生如果是一块构图复杂、花色繁多的地毯，时光便是将其缓缓展开的那一双手，在每一个时间，都有不同的图案被显示。我们并不能预知下一分钟将会看到什么。

这当然是极端的例子。快乐的飘飞和痛苦的坠落都是少数，大多数人会被判缓刑，过着喜忧参半的总体上说来是平静的日子，它们构成了生活的常态。可是，谁的心中没有伤口，谁能够总是睡得香甜，谁没有不愿却必须要硬起头皮面对的困窘？如果我们细想一番，就会惊讶地发现，和年龄一同增添齐头并进的，最真实的便是生命中的种种伤痛了：失望，冷漠，幻灭，破碎的感情，遭受轻侮的热诚……好在接踵而来的一个个日子摞上去，挟带着劳作、义务、责任、习惯、遗忘，让我们无暇去细细辨识和品尝这些忧伤，在日晷的移动间它们不知不觉地减弱了。但减弱并非消失，只是变成隐痛而已，它们还会随着某个提示而发作，仿佛受伤的骨节在阴雨天隐隐作痛，仿佛遗忘的旧梦被催眠术唤醒。虽然它们单个地看都是可以承受的，但一年年的累积，层层叠叠的重量，也足以让心灵难以负荷了。

如果今天拿同样的问题——什么是你生命的愿望——重新问照片上的每一个人，我想答案应该大不同于往昔。“平平淡淡才是真”，我明白为什么这句歌词被广为传唱了。这是最容易得到的，最谦卑的，但最可信赖的幸福。这是凡人的福分，是家常的青菜萝卜，是虽然不那么斑斓亮丽却十分受用的慰藉。一个人在开头时多半不以为然甚至嗤之以鼻，视之为庸常之人的狭隘乐趣，直到有一天，在寻寻觅觅走了一大圈后，发现自己其实也是这个人群中的一员，而且，倘若不用心呵护的话，早晚还可能面临被逐出局的危险——平淡的幸福往往有着这样的遭遇。

依循着某种内在的逻辑关联，另一幕沉睡多年的场景此时浮现在眼前。记得有一年的校庆日，我坐在照片中那棵塔松下阅读，不知从何时起，旁边聚拢起了20来人，大半已霜雪满头。好像相互间都有几十年不见了，因为每个新来的人走近，总会引起一阵子的骚动——握手，寒暄，常常是迟疑的辨认，以及确认后的大呼小叫。他们应该是20世纪50年代初某一年级化学系的毕业生，因为屡屡听到当年的课程名称，高分子、有机化学，以及“30年了”的感慨。看来此处是他们集合的地点，不明白为什么选在这里，而不是像通常那样，选在各系的办公楼中。我坐的地方距他们只有数米远，两三个钟头中，听他们谈论彼此的情景，这么多年的遭际，某几位受迫害而早夭的同学的不幸，嘘唏不已。从这些不连贯的谈话中，我仿佛看见了一连串的开头或者结尾，一幕幕浓缩的人生图景。

我怜悯他们的不幸，同时有一种自私的庆幸——这一切将不会降临在自己这一辈人身上。不会有政治的戕害了，那个噩梦的岁月已经过去。我那时尚不明白，噩运是一个神出鬼没的女巫。当她攫取同学女儿蓓蕾般的生命时，显现的是另外一副面孔。

绕过图书馆正门西行，经过被铁丝网围起的第二体育馆的篮球场折向北面，走一百多米，就来到中文系办公室所在地五院了。对于我来讲，它的庭院是一具盛放回忆的容器，储存着生命最早的开放、憧憬的感觉，一种最温柔的羽毛轻拂掌心的体验，一种轻轻的痒。哦，我感到心跳了。乡路带我回到童年，有首美国乡村歌谣这样唱。此刻，往事倒带，曾刻录在这条路上的青春的声音，被我的脚步踩响。

一定有不少人读到过这则逸事：有人问爱因斯坦，他的相对论说的是什么。大科学家幽默地比方：把一个人放在火苗上烤一分钟，他会感觉漫长得仿佛十天；和心爱的姑娘在一起，十天只好像一分钟。我们感觉的长短、疏密、深浅等，取决于成为我们意识内容的性质，取决于它给我们造成的影响。时间并非固体，而是可以膨胀或收缩，流动或汽化，上演自己的变形记。有一些瞬间可以有无限的长度，像一颗饱满的种子，发芽，抽枝，开放一树记忆。

五院，对我来说就是一个这样的地方。

最葳蕤的一丛记忆，笼罩着20世纪80年代第一个中秋夜的月光。第一次联欢会是在入校十几天后举办的，班里同学相互间还不熟悉，加上环境生疏，乡愁侵袭，开始时表现得局促、不自然，女生更是忸忸怩怩。但随着节目的展开，青春的热情和欢乐被点燃了，开心的笑容挂上每张稚气未脱的脸庞。节目中间，老师关灯片刻，让大家赏月。一轮满月高高镶嵌在碧蓝的夜空，银色的光辉洒满下面的庭院，漂浮在对面墙壁爬山虎密密麻麻的枝叶上。这时，录音机里也流淌出了如水的乐声，记不得是《彩云追月》还是《春江花月夜》，一个来自洛阳的同学高声朗诵辛弃疾的词："可怜今夕月，向何处，去悠悠？是别有人间，那边才见，光影东头？"月光，音乐，水果的芳香，尚未褪去的踏入最高学府的自豪感，正在增长的对未来模糊的憧憬和确凿的信心，所有这一切，融合成一种全然新鲜、奇妙的感受，一种欣喜、轻盈、如诗如梦的感觉。

对我来讲，那个晚上成为生命中最珍贵的一个阶段的标志。日子潮水般涌来又退去，这个晚上仿佛突出在海面上的礁石，礁石上的灯塔，在一片苍茫混沌中放射出朦胧的光。当转动记忆的旋钮搜寻青春的频道时，首先映现的就是这一幕。它又像是一道闸门，每次提起来，就会放出一股回忆的水流，以小院为中心，向四面流淌荡漾开去：五院西面，当年是一大片苹果园，春天开花时，多像覆盖了一层雪花；一个夏天，正和一个清华的老乡走在门外，倾盆大雨骤然而至，躲避不及，被浇得浑身精湿，心里却那么畅快……围绕它的所有记忆都诗意盎然。也有因汉语音韵学不及格来这里补考的沮丧经历，但它们极少被想起。记忆这时又变成了淘金工人使用的筛子，只留住那一点点的金屑。

百年校庆日那天，我毕业十几年后第一次回到五院。许多同学如约从天南海北返回，在甬道两边的草地上照相，同当年的老师攀谈，亲密无间。庭院依然，小径依然，爬山虎郁郁葱葱依然。只是在岁月风雨剥蚀之下，青砖墙壁更加黯淡老旧一些。在那个秋日的下午，遥想当年的中秋之夜，我又一次感觉到了满腔的温情，微微的眩晕。

也有仿佛没有任何变化的。

行行复行行，走过俄文楼，从两排修剪齐整的没膝高的冬青树丛间穿过，左手十几米外，临湖轩躲藏在一簇簇蓊郁浓密的竹丛后面，即便在这个阳光明亮的夏日午后，仍然绿沉沉黑黢黢的，幽深而神秘，透着一股凉意。从它门口的缓坡向东，逐级而下，一泓小巧的湖水映入眼帘。据我所知，它没有名字。如果未名湖是一幅画卷，它就是其中安闲野逸的一角；如果未名湖是一阕交响乐，它就是作为前奏的几个音符。风景完全是当年的翻版，一样的岩石砌就的参差湖岸，一样的青苔般碧绿凝滞的湖水，一样的连成一排的巨人似的银杏树在水中投下浓重的倒影。看过这里，只消再前行几步，未名湖的粼粼波光便迎面扑来，洗亮你的双眼。

脚步不知不觉中变得舒缓，呼吸也放得轻柔，是怕惊扰此刻夏日的静谧？连静谧也带着多年前的气味。

环湖一带，时间仿佛被打上了封条。岸边垂柳拂地，湖中波光粼粼，水塔缥缈的倒影，石舫柔和的弧线，完全是入学时购买的校园风景照书签上的模样。我跨过南岸的石桥，汉白玉的栏杆在掌心的摩挲间，依然留存着当年的温润粗糙。经过花神庙淡红色的山门，仰望一眼被绿树遮掩的博雅塔，绕过第一体育馆大楼旁侧的罗锅桥，来到北岸，再一直走到湖心岛上。这是一条做梦都不会走偏的路。大学一年级的下学期，也是这个季节，好多个下午，就在湖心岛上西南角的那棵大树下，在风拂树叶的窸窣声中，读完了四卷本《约翰·克利斯朵夫》，以及卢梭的《忏悔录》上下两册。当年这里要更安静，没有什么游人，学生也寥寥。只有风声，送来松脂的清香，偶尔溅落一两声鸟儿清亮的啼叫声。

此刻，耳边又拂来淡淡的风，是否仍是原来的那一股，在吹拂过许多地方之后，又重新回来？只是在这里，我才强烈地感受到什么叫作永恒，好像仅仅离开几天，身后的十几年根本就不曾存在过。我现在正在呼吸的树木和湖水的气息，当年和今后，也会同样地递送到某个人的鼻息中。时间循环往复，人生代代相继，所有的运动都围绕着一个古老的内核而展开。

然而，古希腊哲学家赫拉克利特说过，人不能两次踏进同一条河流。转瞬之间，水流已经不再是原来的那一股，自然河流也不复是同一条。这样想来，岛上的种种当然也是变化的。

那些树木，年轮该会增加了十几圈，树底下的野草，肯定有一些死去，一些新长出。土壤岩石的成分也许会有某种改变。空气的变化会更明显，由于机动车的明显增多，化学的成分应该会比原来更浓重。

但这些并不重要。即便外界丝毫未变，我们终究还是变了——最有意义的还是这点。轻快敏捷为迟钝冗赘替代，光滑的额头已经遍布犁沟，然而同心境的蜕变相比，躯体相貌的变化仍然只具有粗陋的意义。此刻，我忽然想到，在岛上用功攻读名著的岁月，我曾经对卢梭在书中自我标榜的真诚坚信不已，并为此和持不同看法的同学争辩得面红耳赤。当然，在对人性的深谷幽壑有更多的了解的今天，我不那样看了。一缕自嘲的笑浮上我此时的嘴角，祭奠当年自己的幼稚盲信。

然而，换一个角度看，眼下这种心情，波澜不惊，无可无不可，又何尝不是一种生机衰退的标志？须知一切的执着、迷醉、虔信，都是建筑在生命力旺盛的前提下的。歌德 70 多岁还迷恋上一位少女，陷入癫狂之中难以自拔。告别青年期尚不算很久的我们，现在已经在嘲笑他秋行春令了，等到了他那样的一把年龄，肯定会心如古井，可以对一切诱惑说“不”了——但这与其说是在心中培植起了定力，不如说灵魂中感受的琴弦早已锈死，不复能弹奏动人的乐曲。对于老年歌德，不竭的生命激情操纵他的一举一动——正是这点区分了天纵之才和凡夫庸子。和天才的不知疲倦永远燃烧相对照，我们走着这样的路子：血液的热度在渐渐减弱，降到一个公众共同拥有的平均数，降到和创造的冲动远远分隔开的刻度。目光不再憧憬，心灵不再悸动，我们却安慰自己说这是成熟。

湖心岛阅尽沧桑，缄默无语。对于每个从燕园走出的人，它都仿佛一个容量巨大的硬盘，存储着我们曾经的激情和梦想——写到这里我想起了当年一位校园诗人的一首诗。那时诗歌热席卷校园，大量的诗作都把湖心岛比喻为一个港湾，石舫当然是船，未名湖不用说便是一片蔚蓝色的海洋了，梦想从这里起锚驶向远方。这个比喻实在是过于滥俗了。这位诗人也未能尽脱窠臼，但其诗作中表露出的反向思考，倒是给人一些新鲜清爽的感觉。诗人名字我忘记了，却依稀记得几句诗。末尾一段好像是这样写的：

湖心岛不老 他在等待
等待某一天 儿子们倦游归来
垂杨系缆 湖水为镜
照一照 是否神采依然

是否神采依然？今天，敢于肯定地回答的人是幸福的。

未名湖是一处浪漫之地，空气里都传递着柔情蜜意的电荷。湖边的长椅上、岩石上，年轻的恋人成双成对，卿卿我我，姑娘头依偎在小伙子怀里，或者枕在腿上，姿态亲昵无忌，与我们那时候相比，完全是殊异的风景。当年，恋爱还是躲躲闪闪的事情，当事人更多地依从着浪漫古典的行为规范。拉一下手就够回味几天了，接吻则几乎具有最后的仪式般的意义。住在同一层楼的另一个班级的一位男生，性情坦率可爱，每天在宿舍里发布他的恋爱进展，有一天吹嘘他已经把她变成他的人了，言谈间故意使人产生某种联想，但我们后来才知道，他不过是强行索吻而已，且并未得逞，一时成为小小的笑谈。比我们高一年级有对恋人，情浓之际偷吃了禁果，差点儿被双双开除，虽然终于勉强保留了学籍，但后两年中一直抬不起头来。如今，听说有些学生恋人已经公开地在校园旁租房同居，俨然小夫妻一般。其行动的大胆无忌，使得一向以观念开放自视的我们，都每每失语，不知该如何评说。

然而谁能够肯定地说，这种更容易获得的性体验，同时也意味着情爱享受的强烈酣畅？

任何一种存在形态，都带来相关的观念意识。社会生活越来越走向开放，这当然是好事，但也遗落了某些值得珍视的价值，就像历史进程中产生出诸多悖论一样。当年对于欲望的有效的约束，反而更进一步强化了肉体的魅力，让每个人寻求另一半的冲动更为强烈和执着。同时，也更能够为性能量的升华寻找到新的渠道，那便是艺术和美。但丁式的精神之爱，柏拉图的灵魂的神秘契合，在如今这代人看来像一个难以理解的神话，而对于我们，却并不感到特别隔膜。目光的递送顾盼之间触电般的晕眩感受，刻骨铭心。那种憧憬和梦想，正是爱的助燃剂，让开始时的一点火花变成一簇熊熊的火苗。如今，性信息泛滥，两性间的神秘感已经荡然无存，如一片毫无遮蔽的空旷地带，爱又如何显露自己的魅力，增进自己的热力？

也许这些无关个体认识能力，而是取决于一个时代的强大风气。我们从这样的爱情宣言中嗅出一丝可疑的气味——“不求天长地久，只求曾经拥有”，少男少女们激动地宣称着，仿佛发现了天大的真理。其实这不过是匮乏耐心和爱的能力的遁词罢了。在时代的哲学面前，所有个人的洞察力都显得无关紧要，仿佛一种个人的情趣爱好，疗治救助的对象只限于他自己。智慧能说明什么呢？《好了歌》的旋律中，大多数人还不是赴汤蹈火一样地求名逐利？

当然，也有另外一种可能性：任何想法、观念，都不过是年龄的派生物而已。日见疲惫的身体依据某种生物学的定律，很自然地选择一种更与当下处境相称的理论。就像乐观主义的青年，悲观主义的老年，或者纵欲的青年，禁欲的老年，就像曾经发生在托尔斯泰身上的一样。我们的意识，是一个幽深暗昧的沟壑，我们很难说有多少了解。倘若真是这样的话，我们所做的一切，就变成了试图证实一个个假说了。这种虚无的底蕴，让人不寒而栗。

大街上，把头发染得红一缕黄一缕的青年人越来越多。每次看到，都感到不舒服，产生一种非我族类的拒斥心理。直到有一天，我忽然想到，当年自己在这个或者略大一些的年龄，也曾感受过类似的拒斥的目光，有不少老人对刚刚在我们中间流行开的跳迪斯科不以为然甚至义愤填膺，就像更早一些时候，一些受人尊重的老教授联名要求禁播邓丽君的歌一样。那么，我也衰老了吗？

举目四顾，不变的唯有变化。曾几何时，当年备受诟病的迪斯科变成了“白发舞团”的保留节目，曾经挥斥方遒的“愤青”也转身成为中产阶级生活的狂热追逐者，哪有什么是永久的？莎翁剧作中有句话：那火炉旁打盹儿的婆子，当年曾是舞台上如花的少女。只是因为过程十分缓慢，其结果被漫长的时间所分摊，那种突兀尖锐感往往体会不到。

几年前的一天，我下班回家后到旁边一家菜市场时，看到一对夫妇提着购物筐买菜。女的有些面熟，想了一下，正是当年“风化事件”的女主角，男的却是一张陌生面孔。几天后见到一位同学，提起这件事，他说女的单位就在旁边，她后来和别人结婚了。我后来还见过女的好几次，一副生活优裕、恬然自得的神态。我一时又陷入痴想：那桩沸沸扬扬的事件显然影响到了她当时的生活，但可能会波及以后吗？如果有，那又是一种什么样的影响？如果再用今天的眼光回望，发生那样的事情简直稀松平常，那么，是否意味着当初附着于这件事情上的种种“意义”也是不存在的，至少是不确定的？

我的好奇心的开关自动关闭了。我窥见了一道虚无的影子，这是我一直要躲避的。

时间的流逝会磨蚀最出色的记性，仿佛流沙湮没一座城堡。但只要事情的确发生过，在合适的时候，便可能被打捞，被唤醒，栩栩如生。这一点显示了造物主的仁慈。记忆的引爆物有很多，像普鲁斯特的小玛德莱娜点心和椴花茶，借助它们，似水年华在他的面前缓缓展开。

仅仅面前这一片湖水，就藏起了多少前尘梦影？刚才一路走来，许多冬眠的往事被脚步踩醒，像草丛中的小虫子一样纷纷跳起。走到临湖轩旁，我想到二年级时，全班曾在竹影摇曳的庭院中，和回国访问的著名语言学家、音乐家赵元任先生合影，陪同他的有王力先生、朱德熙先生，中国语言学界的两大泰斗。还有当时在社科院担任外联工作的王光美女士，举手投足间，流露出岁月和磨难都夺不走的优雅。作为语言学科的学子，我们当年都曾经怀揣着怎样的成名成家之梦啊！此时回首，恍如隔世。来到小石桥边，一位两鬓霜雪的老教授正蹒跚着走来，不由得想起当年，曾许多次看到朱光潜先生在这一带跑步，其实那不能叫跑步，是老人瘦小的身躯拖着两只脚在地上蹭。向来精神矍铄杰作迭出的季羡林老人，那时虽然也已年逾古稀，白发过半，但神态举止毫无老态，总是不落身的洗得泛白的蓝色中式上衣，串联起以后20年的岁月。再朝前走几步，花神庙背后小山坡上，埃德加·斯诺墓碑旁，我曾坐在条石上复习王力先生的大厚本的、淡黄色封皮的《古代汉语》。那是大学一年级的下学期，记忆中执拗地停泊着透过头顶的树枝洒落下来的阳光。山坡阳面，生物楼西侧的那片草地，坐下去双腿都被草叶淹没，我曾在那里读契诃夫的小说，背诵哲学或政治经济学的考试复习题。夏天是无疑的，但记不得是在几年级了。

走到通往东北校门的小路旁，我忽然想到临近毕业时，曾经在校门口迎接农业大学的一个老乡，同行的还有他班上的一个女同学，黝黑漂亮，尤其是具有一种十分罕见的来自田野的健康质朴的美。一瞬间，我甚至清晰地回忆起了她的模样。对，他们好像是来买北大编写的英语材料，她好像是班里的学习委员，来自云贵高原。我带他们绕未名湖转了一圈，请他们在学三食堂吃过晚饭——对了，是当时对我们来讲算是十分奢侈的小炒。在以后的好几天里，她的影子总在我眼前晃动，我鼓足勇气向老乡打探，虽然早已预料到，但结果仍让我备感沮丧：人家早已经名花有主了。

转到湖心岛的北面，是以“德才兼备”四字分别命名的一排四幢红色小楼，校刊编辑部当年就设在这里，好像是最东边的“备斋”。本系高一年级有位同学毕业后留在这里。毕业前夕，填报分配意愿时，我曾经和同宿舍的一位同学一起来这里拜访他，想听听他的意见。这位学兄很热情，言谈间有一种和其年龄不相符的成熟稳重，让我们深为佩服……所有这些记忆，这么多年中一直被封藏在幽暗的意识底层，从来不曾叩访我一次。如果不是今天的踏寻，想来也不会有再次浮现的理由，恐怕将永久湮灭，仿佛从来没有发生过一样吧？

恰恰正是这些众多的无关紧要的细节，构成了我们生命中最真实最确凿的部分，就好像一幅油画的底色。大多数人的大多数时间，或者说生命的常态，是被这些琐细普通的事情充塞的。它们的不同，基本规定了一个生命的面貌和走向。人们往往看重个人生命历程中的一些大事，婚嫁、生育、升迁、出国，得意或者失意的事情。但即便是它们，也是在日常生活的映衬和制约之下，才显示出意义的深浅轻重。如果说生命是一座用千万块砖砌成的房屋，这些得意之处就是门楣窗棂之上的雕饰——但也仅仅是雕饰，没有它们，房屋也是自足的。

跨过湖西南角的小桥——它小得可以一步跨越——在钟亭下的十字小路右拐，枝稠叶茂的无名小径，如今也立起了一块刻有“未名湖南路”字样的金属路牌。这未免显得过于正式了，与周边清幽野逸的环境不够和谐。走到尽头，朱红色的校办公楼一如既往地静候在那里，只是颜色比过去鲜亮了许多，显然是粉刷过。记忆中的一些碎片忽然间拼凑在一起，像铁屑纷纷奔向一块磁石：当年的五四文艺节，轰动一时的话剧《车站》和《绝对信号》的演出，曾经参加的学生学术社团“学海社”的成立活动……都是在这里举行的。忽然记起了当年在这里看过一部名为《泥之河》的日本电影，并且清晰地回忆起其中的一个画面。这是自那以后很多年间第一次想到。这么多年来，这里发生了什么事情？有过哪些演出，哪些活动，曾经沉醉或激励过哪些年轻的灵魂，就像当年发生在自己身上那样？我如果讲述当年自己的感动，他们是否理解？同样，我能否感同身受令他们欢呼雀跃或黯然神伤的种种？

绕到重楼飞檐的办公楼正面，视野变得豁然开朗了许多。自办公楼门前台阶发端的一条甬道，伸延到尽头，连接上了一座弧形小石桥，走过桥便是西校门，也即燕京大学的老校门。以甬道为轴线，两边是有着西方园林对称特色的草坪。两座据说是当年自被焚毁的圆明园废墟移来的华表，矗立在两侧，迎送着由西校门进出的人群。记忆闸门又一次被开启：当年日本前首相中曾根康弘来北大访问，就是从这里进来的。那是毕业前不久，作为任务，我们系有几个班级被指派列队迎接，看着车队从西门驶进，第一辆车上，一只手伸出车窗向人群挥动。联想的脚步由此又向前跳跃了几步。更早几年，是在我入学的第一个秋天，当时的意大利总统佩尔蒂尼也来北大参观，记得欢迎仪式是在图书馆东门厅内举行的，一位西语系的女生递上一束鲜花。从我毕业离校后，这十几年间多少外国政要造访过北大？拿近几年来说，反响最大的，该是美国总统克林顿的访问及演讲了，当时中央电视台向全国现场直播。一个留校当老师的同学参加了，讲得绘声绘色，我却听得无动于衷。原因很简单：因为我的生命不在现场。同样，我还可以肯定地推断出一点，将来若干年后，类似的事件一定还会发生，然而那又是什么样的观众呢？只有一点可以肯定，既不是我，也不会是眼前这些学生。

循此思路进一步推想下去，就会感到一丝微微寒意：尽管生活的流水浩浩荡荡无尽无休，但每个人只能掬起其中的一捧，因为在生命长河中，他微眇短暂的一生不过是一星水沫。我们的生活感悟，欢欣和悲哀，意义和价值，都来自这些有限的颇具主观色彩的生活经验，既然如此，又如何指望别人能够充分理解感同身受呢？

忽然又想起有一年，同宿舍毕业后分到外地的一位同学来京，我们留在北京的几个同学陪他回校，转遍了整个校园后，他提议，回到曾经住了 4 年的宿舍看看。敲开门，迎接我们的是几张年轻得让人羡慕的面孔。听说我们的来意，表示欢迎。由于故地重游，我们都很兴奋，不知不觉谈起了当年的趣事，如中国女排获得世界冠军的那个狂欢之夜，无法表达极度的激动，有人点燃了扫帚扔下楼，结果险些酿成火灾。几个小学弟有礼貌地微笑着，那神态却像是听一个遥远的故事。

想起了巴比塔的传说。上帝使建造者使用不同语言，相互间无法交流，因而不能齐心协力建造通天之塔。那么，每个人经历遭际的不同——通过时间和空间的排列组合千变万化——

莫非也是出于造物之手的有意安排，是为了保住他君临天地万物的权威，或者是因为从这种纷纭繁杂中他可以获得一种乐趣？

究其实，我们都是孤独的旅人。总有一些东西无法沟通，一些情感独自品尝，一些秘密在心底牢牢地封闭，直至霉变、湮灭，无声无息。孤独，是每个人的命运，并不因人口爆炸导致的摩肩接踵熙熙攘攘而消失，也不因日夕厮守朝夕晤对而减弱。仿佛两个人隔着玻璃窗说话，彼此尽管很近，却难以明白对方说的是什么。唯一不同的是：我在玻璃的哪一边？

但毕竟有一条看不见的纽带，把所有从这里走出的人联系在一起，那就是它特有的东西，它的精神血脉。对每个人来说，它确实参与了生命的构建。

说北大而不谈谈它的光荣，似乎说不过去，就好像商家推销某种商品时，不去介绍它曾获得的“国优”“部优”的荣誉一样不可理解。因为这涉及对传统与现实、整体与个人的关系的理解。一旦我们把话题转向这个方向，便总能够窥见一个叫作时间或者历史的幽灵。不用你去主动找寻，它就会迎着你的面走上来，把你笼罩在它巨大的阴影里。到处都可能是它藏身的处所，众多的古色古香的建筑，建筑间的一条小径，小径旁的半截残碑，图书馆内线装的书籍，泛黄的照片，等等。就说我此刻站立的地方方圆 200 米内，就有蔡元培塑像、国立西南联合大学纪念碑、“三一八”遇难烈士纪念碑等，都曾经和近现代史上的若干惊天动地的事件构成了某种或显或隐的关系，再确凿不过地证实着这片校园作为精神圣地的身份。这些被镌刻下的光荣，也带给后来的学子们一种优越感，一种胜券在握的自信——既然身为家族的嫡传子弟，秉承了纯正高贵的血统，彪炳千秋的功业舍我其谁？这是一种可以理解的想法，但事实是否如此？我按照老校长胡适之先生的理论，“大胆假设”，若依照世俗的成功标准，进行计量学意义上的统计的话，大概和别的重点高校的门生没有十分明显的区别。然而，另外一种区别应该是切实存在的。常见到一些文章中提及，从这里走出的人们，每每具有特立独行的气质和追求。这并不奇怪。同样的植物，在不同的小环境中，因阳光、水分、土质营养的不同，尚且生长得不同甚至是大异，大学生活正值一个人精神气质的最重要的发育期，在一个以自由、民主、科学作为自己的价值核心和追求目标的地方熏染 4 年，不难蓄养某种超拔的风度。

但接下来的问题是，他在多长时间内能够保持这点呢？

这是一个让人感到踌躇和困难的发问。毕竟，同泥沙俱存的现实生活相比，未名湖的一泓碧波还是清浅局促了些。它并不具备强大的无可更改的规定性。在矢志不移和随波逐流之间，在现实利益和神圣价值发生冲突时，选择的天平最终将偏向哪一端？这是一个随时随地都在发生的问题，但对于精神籍贯隶属于这片校园的人们来讲，因为内外反差更大，灵魂受到撞击的程度也更为剧烈一些。这么多年来的耳闻目睹，我清楚地明白这是怎样的一种残酷真实。几番拼搏沉浮后，多少人仍然珍爱这一泓碧波呢？时间改写人生。“沧浪之水清兮，可以濯吾缨；沧浪之水浊兮，可以濯吾足。”多数人可能会唱起这首歌，效屈原笔下的渔父鼓棹而去。然而，也总有一些人不会被改变，将拒绝和抵御世俗尘埃，一生固守“皓皓之白”。不论成败，他们都将和校园共享光荣，互相映照。因为和事功相比，精神有独特的评判尺度和流布的渠道。

但这毕竟更像是另外一个话题了。校园的散漫气氛容易让人的思想脱缰，我还是赶紧打住。

办公楼西面没有更高的建筑，因此我能够望见西斜的太阳，正在贴上西校门上的一角飞檐。光线不知不觉中变得更加柔和了，而房屋树木的阴影，却比刚才扩大了和加重了好多倍。

一切皆流变不居。

只有校园不变。身后的未名湖，面前的办公楼，更远些的校门，都将超越我们的生命而存在下去，在浩渺的时间之流中巍然屹立，笑看个体生命如芥子般微眇。泅渡于时光河流中，我们短暂的一生，也只好同不知春秋的蟪蛄相比吧？任我们生存的愿望再热烈，生命的意志再强悍，所能抓取的也只是九牛一毛。在欲望、野心和实际的获得之间，横亘着一条巨大的鸿沟。这其中，时间无疑是最主要的原因，如果不是唯一原因的话。这种想法怎能不让人心中掠过一丝寒战？

古希腊历史学家希罗多德记载，波斯王薛西斯发兵征讨埃及，在检阅大军时，忽然泪流满面，他想到，100年后，这些人都将不复存在。他是哲学家皇帝啊，他看穿了雄心和伟业的脆弱虚妄，认识到了天命。但相对这则记载中透露出的浓郁的绝望色调，我还是更喜欢中国古代诗人的表达方式：“人生到处知何似，应似飞鸿踏雪泥。泥上偶然留指爪，鸿飞那复计东西。”无奈，然而旷达。

好在，光阴的流逝在攫取身体热力的同时，也增进了我们的智慧，传授给我们化解的方法。既然“太阳底下无新事”，人们也总能够从时间的深处找出一帖相似的药方，来疗治自己内心的隐痛。在这个明亮的下午，忽然想到苏东坡的《前赤壁赋》来了。苏东坡先之以“哀吾生之须臾，羡长江之无穷”的慨叹，继之以“自其不变者而观之，则物与我皆无尽也”的感悟，终之以“而又何羡乎”的释然——江上清风，山间明月，我拥有了它的某一段，也就无异于拥有了它的整体。一不但是一，一还是无穷。同样，在这片校园中我感到对生命的热爱被放大被强化，我因自己不能够拥有更多的美丽而伤感，我因只能收藏它的吉光片羽而沮丧。我必须学会这样说服自己：尽管岁月匆促，走过的将是不同的人，但日升月落，春荣秋肃，未名湖的湖光塔影，图书馆的书声琅琅，不会有本质的变化。那么，何妨套用东坡的话："而又何羡乎？"这片校园宁静的适宜沉思默想的气氛，较之月光下的大江，更能够帮助人获得一个启悟。

一念既生，满心澄明，满目安详。就像此刻洒落在脸上、身上的阳光，这种思索具有一种硬朗的质感。

又走回西校门了，刚才进来的地方。走进与走出，脚步在同一个地方会合，重叠，完成了一个循环。一个小小的循环，这个概念中最基本、最具体、最直观的形式。

循环无所不在。门口进进出出的教工、学生，门外穿行往返的 332 路公交车，都是一幕不变的场景，周而复始，永无止息。而跨越了两个世纪的校门，拱形小石桥，草坪上耸立的华表，在默默地观察着这一切的同时，本身也成为循环发生的背景。

博尔赫斯写道，世界历史就是一个巨大的循环，相似的角色、事件、场景轮回显现，我们每个人都曾经是过去的某个角色，同时也将显现于未来的某个时辰。那么，我的此次校园之行，其实也不过是某个小小的循环中的一个更微小的细节了。这一点是确切无疑的：不但是现在，自这片校园存在以来的多少年里，在还将存在下去的以后多少年中，相似的一幕还将长期地上演——一个从这里走出的人，因为某种机缘回返，让脚步负载着他，重温他的过去，随着足迹的伸展，思绪也在缓缓地开放。只是，在万花筒般令人眼花缭乱的种种生活场景中，这一画面太微小，太不易为人觉察，观众只是演员自己。另外，每个人因性格气质、经历遭际的区别，思考、感受的内容也一定会有所不同。

他想什么呢？他又会想什么呢？还有他，在想什么？

人们一思考，上帝就发笑。

究其实，想了什么并不重要，也很少有人是带着解决什么问题的动机来的。况且，许多问题哪是那么容易想清的？一生都难以破解的大谜，不可能在几个时辰里寻出答案。为什么潜意识里似乎非要得出些什么才觉得不负此行呢？真实情形是，这里的气氛，适合做漫无际涯的玄思潜想，一些感受苏醒，一些念头萌生，在这片地方是很自然的事，不需要刻意追逐的，就像湖光塔影很自然地映入眼帘一样。不知不觉中，就做起了让上帝发笑的事，就像我此刻那样。不管结果如何，这种思考的姿态本身就是有价值的。似乎想到些什么，定睛一看，却又是影影绰绰，“草色遥看近却无”。但老子不是说过一句名言吗？“道可道，非常道。”那么，说不清楚倒也不必十分沮丧，也许它暗示我们的思索临近了某个深处，这一点联想让人感到很受用。

这种受用感还会推及开来，影响到以后的生活，虽然是以一种散漫的不确定的方式。某些混沌澄清了，某些纠结散开了，增减都在有无之间，但分明是发生过了。这里本来就是园林，但此刻我想使用它的一种转义，一个这些年来经常在文章中见到的“后花园”的比喻，来表达它所具备的精神功能——相比人声鼎沸的市集，后花园是让人沉思默想的地方，远离了喧嚣，思索便如同花木，葳蕤地生长开放。我还会来的，当内心感到某种需要的时候。

这样想着，我的一只脚迈出了校门，猛然涨大的市声，让我的耳膜感到短暂的不适。看一下表，已经 6 点钟了，我转过身，向后望去。此刻，黄昏正在大面积降临，夕阳给草坪周遭涂抹上一层橙黄色的、温暖波动的光，华表的顶端，更是熠熠闪光，仿佛燃烧一般。

周　围

依照通常情形，一个人对于周边环境的了解，大概以脚步所能抵达的距离为边界。从他工作或居住的地方出发，向东向西向南向北，各两公里左右，基本上便是他的活动区域的上限了。在此范围内，他常常会有故土般的熟稔，超出这个圈子，就可能感到陌生。有远足爱好的人对此或许不以为然，但这应该符合大多数人的情况。

这已经是一片不小的区域了。在辽阔的乡间不算什么，可能就是一大片农田，最多也无非是道路、村庄、池塘、树林、打谷场的组合，基本构成是简单明了的。但在城市，这十多平方公里的区域中，街巷纵横，院落错杂，数不清的单位、部门藏身其间，大小商场、酒店星罗棋布，数十万居民生息繁衍，日升月落的循环之中，歌哭悲喜的交替之间，有着怎样的丰富、浩瀚和神秘？仅仅是想一想，就会感到微微的晕眩。

一个人行走在这样一大片区域中，与周边物事日夕会面，目交神接，他会受到什么触动，会想些什么？探究起来，岂不也是一件很有兴味的事情？

我大学毕业分配到这家报社，20年了，一直没有变动，只是在内部换过几个部门。报社地盘不大，由4座建于不同时期的楼房围成一个长方形。站在院子里，感觉像置身于一个放大了的天井中。我在后楼6层一个朝南的房间住了5年，当年那一层都是集体宿舍。房间的窗口下面，正对着一条南北方向的小马路，两旁对称分布着几排4层高的居民楼，年头很久了，红砖墙面早已经褪色，灰黑色的脊形屋顶上，屋瓦黯淡斑驳，像盖了厚厚一层苔藓。

出报社后门，顺着这条马路步行几分钟，就到达一条东西方向的街道。街南边，是中央芭蕾舞团的院子。漫步在这一带街巷中，时常会看到面容姣好身材挺拔的女孩子，多数就是从这里走出来的。她们举手投足，言谈颦笑，都是一种特有的姿态和气质，让人想到春天里一株繁花照眼的小树。这一带多是普通市民住宅和小工厂小商铺，街巷胡同都很灰暗破败，因此她们的存在仿佛另类，透露出的是另外一个世界的气息。看到几个这样的女孩子迎面走来，优雅美丽，笑容灿烂，立刻觉得眼前都被照亮了，感觉到生活的美好可人，心中油然跃动一种欢欣鼓舞的情绪。

如今，这幕情景依然可以见到，视野中的女孩子们依然是那样明丽动人，但我清楚，练功房里，面对那一面巨大的镜子刻苦训练的婷婷身影，该已经换过很多拨了。20年前，10多年前，曾经在这些胡同走过的，引发过我的绮思的少女们，如今都在哪里，拥有怎样的一种人生？她们献身的是一种残酷的职业，典型的青春饭，淘汰率极高，没有几个人能够把红舞鞋长久地穿下去。时光洗涤下，什么可能都会发生。除了少数的幸运儿，大多数人可能会在各地的群艺馆、少年宫一类地方，担任教师或艺术指导。甚至可能完全脱离专业，到图书馆或资料室担任保管员，我就曾经数次在成排的书架、蒙尘的文件柜之间，看到过她们。烧得很热的暖气让人困乏倦怠，天花板上，荧光灯镇流器轻微的嗡嗡声放大了寂静。这种地方都很清闲，足以让她们细致地回忆往日如花的年华，在脑海中重温足尖上的梦想。某个外边单位的人来办事，可能会对她多看上两眼，产生一些好奇的猜测。这实在也是正常的。美本来就是稀缺的，再经过职业的训练，其印痕更是难以完全湮灭，如同一首曲子奏毕，余音仍旧袅袅。

因为某种机缘，她们多年后回到这个院子，或者仅仅是自旁边走过，从那些美丽的身影上望到自己的过去，那一刻她会想到什么？你会说无非是韶华易逝之类的感慨，陈旧得很。这是事实，然而对于当事人的感受而言，这样的口气未免过于轻率了。说到底，有关生命的一切，感触，思索，事件，遭遇，生老病死，又有什么不是屡屡重复的？人生不过是一代代的循环，无穷无尽，“日光底下无新事”。不过，对于每一个人，生命都是唯一，那个过程连同其中的滋味，都要从头经历和品尝，因此那些放在历史和人群的背景上看，会显得陈腐的所思所感，一旦落实到具体的个体身上，都生动、鲜活和强烈，具有真切的质感，像刀子划过玻璃，火焰炙痛手指。

再往南不远，就是有名的陶然亭公园了。在20世纪初文人们的笔下，这里是一个荒凉萧瑟的所在，贫寒的文士们在此把盏赏菊，努力为晦暗的生存涂抹一点儿诗意的亮色。那几年上夜班，白天睡醒后无事，常常拿本书走到里面，找一排临水的长椅坐下，消磨大半日。那时候游园的人要少得多，远不像如今这样，热闹得像一处集市。上班时分，更是清静落寞。目光掠过湖水一直望到对岸，心情也缥缈无依。湖水中间的小岛上，有高君宇石评梅墓，朴素的墓碑上镌刻着“生如春花之绚烂，死如秋叶之静美”。这是泰戈尔的诗句，用来比喻这对情侣短促而闪亮的生命正为贴切。在当时，我还只能够对前面一句感到亲近和共鸣。死亡，尚是一个陌生的和自己无关的话题，遥远如在天边。

出了公园大门，再向南边走一站地，就是车流密集的南二环路了。当年这条路还未修，所在之处只是护城河南边的一条土路，很狭窄，坑洼不平。印象里，当时河面比现在要宽不少，两边是很缓的土岸，透出舒展、坦荡、亲和，而不是像现在这样，被裁直取平，河堤用水泥砌成直上直下的，让人产生一种怪异之感。曾经在夏天的大雨后，看到河里的水汹涌地流淌，形成大大小小的漩涡。那时两岸有高大粗壮的树木，柳树枝斜伸进水里，形成一圈圈的涟漪。骑车走在下面，能够听到蝉声，时作时歇，充满天然的趣味。虽然是在城市，但总有几分郊野的感觉。如今回想起来，恍若隔世。南岸不远处，是永定门火车站和长途汽车站。那里的气氛，是城市和农村的混合。回河北老家，要来这里坐车。记得新婚不久回家探亲，回来时因为火车晚点，半夜才到，末班公交车已经收车了，那时也没有什么出租车，只好大包小包拎回单位，寒冷的冬夜，竟出了一身毛毛汗。

我要稍微跑点儿题，把骑车闲逛也算进来。那些日子，特别是夏天，在单位食堂吃过晚饭，距上夜班还有好长一段时间，天色明亮，在近处散步已经腻烦，有时便蹬上自行车，借助车轮把视野延伸到脚步不及的地方。这一带都是平民区，从街巷的名字上，就能够猜测到最初在此居住的人们的营生：白纸坊、枣林街、樱桃街、菜户营、玉泉营……不外乎种植、手艺、小生意、简单作坊，但透过岁月的阻隔来看，便散发出一种散淡的诗意，连接着一个属于农业时代的、平民的、安宁的生活的梦。有一次，经过半步桥监狱外的胡同，头顶上方就是高大坚实的围墙，铁丝网、岗楼和荷枪的士兵，里面是一种我的想象力抵达不了的生活。也曾多次走过牛街清真寺的大门，看到头戴白帽的人们从里面做完礼拜出来。我仔细辨识那些面孔，试图寻找出这一族群中因融合了不同民族血液而呈现出的些微痕迹，同时用当时了解到的一点儿相关知识，比如青海、甘肃、宁夏一带的“花儿”民歌，一星半点的伊斯兰教的常识，从小听到的家乡一带的抗日英雄马本斋的故事，填补脑海中关于这个族群的大块空白。那时节，在一切领域，正是空白才最能够吸引我。总之，那几年，心态仍然是大学读书时的延续，热切，好奇，憧憬，梦想着自己也不甚清楚的什么。

那时精力充沛，夜班结束时，总是在凌晨一两点钟了，仍然毫无倦意，总想找点儿什么事情做。记得有一天，和几个同样年轻的同事，骑车一口气赶到卢沟桥，为了欣赏所谓“燕京八景”之一的“卢沟晓月”。更多的时间，是随兴所至地读书，听听音乐，听任一些漫无际涯的想法升起又飘散。从宿舍的窗口向外望去，四边的楼群已经融入夜色，显现出黑黢黢的轮廓，只有零星的房间亮着灯。寂静中，能够听到永定门火车站沉闷的汽笛声。

窗外，旧楼房的屋顶斑驳残破。倘若是个雨夜，更显得寂寥凄清。那时，读到了波德莱尔的《巴黎的忧郁》。诗人曾将目光投向了一个个窗口：“在这黑暗的或是光亮的洞穴里，生命在延长，生命在梦想，生命在受苦。”读到这样的句子，觉得有无穷的意味，心底泛起隐约的激动。它让人想到生活的丰富复杂，想到某种真实存在却难以清晰描述、深不可测的玄奥，它们是和诱惑、秘密、甚至还有某种罪过缠绕在一起的。如今回想起来，这种感触中，有多少是出自对诗句的准确理解，又有多少实际上没有关系，更多地来源于“为赋新词强说愁”的青春综合征呢？但即便是后者，也是特定的年龄的产物，属于整个人生的奢侈阶段，当时浑然不觉，当有所意识时，往往已是事后。

那时，有两年的时间，我热衷于做一件事情，就是描绘对夏天的感受，记满了一个笔记本。这是四季中我最喜爱的一个季节。我记录下有关这个季节的许多，晴天和雨天各自的风景，清晨、正午、黄昏和深夜的种种画面。有许多地方，我的探测达到了工笔画般的精细，比如皮肤黏涩的触觉，风中树叶的闪光，比如响晴的日子和云彩淡薄的时辰，光与影呈现哪些变化，比如在烈日暴晒下，槐树和柳树的不同气味。我的感官耐心细致地触摸了季节的全部，从 6 月初到 8 月末，从少女的清新到少妇的丰润。

前不久整理旧物，发现笔记本还在，翻开来，恍如隔世。这是我做过的事情吗？当然。当年在我心中，这是一件那么重要的事情，我曾经为那些不能领受这些季节的魅力的人深感惋惜，他们没有意识到自己错失了多么宝贵的东西。说来也巧，重读时也是个夏日，备感亲切，甚至产生了重新体验一番的冲动，但想法刚刚浮现，马上想到下午还要带孩子上课。于是这个念头轻易地被打消了，丝毫不觉得遗憾。

这时我明白，我的精神离开当年已经有多么远了。

记忆里，南边，总是系连着青春的余韵。那些凉爽的清晨，寂静的午后，喧嚣的黄昏，回想起来总是闪动着愉快的光亮。造成幸福的一切条件都具备了：充裕的时间，悠闲的心境，没有琐事扰攘，爱情尚在憧憬中，没有成为现实后带来的失望感。确切地说，那是一种具体内容不详的惬意，由于模糊反而感到一种宽阔丰富的满足。幸福说到底不正是这样一种状态吗？可以条分缕析清晰描述的，往往只是短暂的、一过性的快乐。

尽管记忆可以打捞，但感受的程度，已经不复能够和当时的敏锐细腻相比了。像一颗存放过久干瘪了的水果，像一部被缩写成故事简介的长篇小说，像从远处遥望一片树林，虽然同样是连绵茂盛，但那种青翠欲滴的气息呢？缀在叶片上的亮晶晶的露珠呢？从树叶的缝隙间筛漏下来的阳光呢？枝头小鸟欢快的啼叫呢？

按顺时针方向，接下来该说说西边了。依然按照次序，由南往北。

从报社后门出去，走到南头丁字形路口，向西略偏南一点儿，便是一条叫作南横东街的老街，它向西一直通到回民聚居的牛街。这条街上第一个南北方向的胡同，叫作粉房琉璃街。多年中，它都是附近我最喜欢的一条胡同，住集体宿舍那几年，隔三岔五地从中穿行，成家后搬走了，也时常在工作日的中午休息时间，去走上一趟。胡同不宽，但颇长，两边各有一排老槐树，掩映着一个个门洞。初夏时，会垂下来许多俗称

“吊死鬼”的绿色小肉虫，在肉眼难辨的游丝上悬浮晃荡，常常是蹭着你的脸时才发现，冷不防被吓一跳。阳光好的时候，会透过繁茂的树冠，筛落一地细碎的影子。秋冬两季，落叶满地随风窸窣，屋顶残缺的瓦垄间，衰草摇曳。这里住的清一色都是普通百姓，砖墙木门，院落房屋破旧颓败，但那些围坐在门口边吃炸酱面边聊天的人们的脸上，自有一种惬意满足，让人不由得对俭朴生活的从容和温馨，生出一种羡慕。

走到胡同北口，对着的就是横贯东西的两广大街。街道拓宽前，两边都是店铺，兴旺热闹远过于如今。此地名字为骡马市，想必是当年进行牲畜交易的地方。往西边走一站地，就是名声很大的菜市口，清代刑部处决犯人的地方，谭嗣同等戊戌六君子就是在此慷慨就义。当年这里也是一个丁字路口，一座过街天桥连接起了四周，东北边是以黄金制品出名的、有“京城黄金第一家”之称的菜百商场，西北边是有着 400 年历史的老字号鹤年堂药店。路南，桥东侧是电影院，桥西侧是一家新华书店，在好几年时间内，我是这两家的常客。

每个城市都有自己的生态圈，古今同调，只是内容不同。据记载，清末民初，北京城内城南垣的几个城门中，宣武门一带进出的是学子，前门一带则多是官员。这和当今东三环 CBD 商务区多是公司白领，南三环一带服装商家云集一样，都是功能划分的结果。想象一番在那时的城楼门洞里走过的这两个群体的样子，也是很有趣味的事：一边是乘轿的官员，被搜刮来的百姓脂膏喂养得脑满肠肥，根据品级不同，衙役仆人的排场肯定也会不同；一边是徒步的学子，随身带着简单的行囊，家境好的，顶多也就雇一头驴子驮载书袋，多数恐怕都是形貌清瘦，但由于怀揣着一腔的热望，脚步有力，目光明亮。自明代永乐年间起，全国性的大考在北京举行，各地学子云集京城，食宿成了问题。一些在朝中做官的人，便邀请同籍的官员、富商、士绅等合力集资，设立了供同乡举子食宿的会馆。由于宣武门菜市口一带离科考场所贡院较近，就成了各省在京兴建会馆最为集中的地方。鲁迅先生寄寓数年的绍兴会馆就在这一带，林海音《城南旧事》中的故事，也是发生在福州会馆附近，作家在这里度过了童年。福州馆胡同犹在，当年天真活泼的小英子，已经老成慈祥的祖母，在海峡彼岸的岛上，在椰风蕉雨中。

这些会馆多数并不豪华，却坚实牢固，透着内在的庄重尊严。我从旁边走过，想象在几百年的漫长岁月中的一代代学子，怎样抱着对成就功名的憧憬，从四面八方赶赴京城，下赌注一样，把命运寄托在一次考试上。由此作为出发点，又衍生、牵连出了一个个故事。那些农业时代，从大历史的角度看，固然不乏动荡，但对被封闭在某个具体地方的个人来说，更多的体验恐怕还是沉闷、单调和凝滞，因此书生赶考及相关的一切，和芸芸众生最普遍的人生形式相比，便成为一个变数，一个充满可能性的领域，一个潜藏的命运转捩点，这些戏剧性因素，恰恰正是最适合戏曲小说的。于是我们看到了王宝钏18年苦守寒窑望夫还，看到了秦香莲哭诉绝情郎，包公怒斩陈世美。当然，也有可笑又复可怜的，像吴敬梓笔下的迂腐的酸儒群像。故事的最后，总是通往某种道德训诫。

暂且按下道德评判不谈，那是另外的题目了。就我而言，这一带使我觉得亲近、亲切，是因为一条贯穿了数百年之久的线索，让我有一种同声相应，同气相求的感触。作为一个外省的平民子弟，我也是一种名叫高考的“当代科举制度”的受惠者，在众多羡慕目光的护送下，从贫瘠闭塞的冀东南平原一隅来到京城，在高等学府书香浓郁的校园里接受良好教育，并因此得以拥有一份小康生活，成为众多同龄人中的幸运者。几百年间，许多是变化的，像考试内容，像服务的理念和目标，但以考试成绩为汰选依据的基本原则却不曾变化，除了在“文革”那样极端荒唐的短暂岁月。在一个门阀传统深厚的社会，这样一种一视同仁的机制堪称异数，却给了所有人，特别是那些家世贫寒卑微的子弟，一个难得的梦想成真的机会。

不过，如果将生活作为一个整体来打量，更能给人强烈印象的，毕竟还是变动，无处不在的变动。它们是兀自闯入眼帘的，躲避不开。如今，在写这篇文章时，我走过多少次的粉房琉璃街尚在，但胡同东边的房屋已经拆光，变成了一个名为“陶然北岸”的房地产项目的一部分，已经有几幢楼房拔地而起。胡同西边的那些平房，一副孤雁失侣茕茕孑立的样子，它们早晚也将变成对面的模样。这条胡同会留下来，成为楼群中间的一条道路，仿佛高耸的山峦之间的一道峡谷，但再不会是那条20年中印下我无数履痕的胡同了。这条胡同的韵味，会随着冬日眯缝着眼睛倚着墙根晒太阳的老人，随着北口卖烙饼的吆喝声和飘散的烙饼香味，一同消失，了无痕迹。

这只是一个缩影。周围方圆好几公里的一大片区域，都在经历这样的蜕变。几年前，两广大街扩建，打通菜市口南路，路南边许多会馆及名人遗址连同它们寄身其间的大片平房、胡同等，都被拆毁，如今只能追忆和凭吊了。路北边，同样是大变样。当年几十条弯曲狭窄的胡同有如迷宫，我骑车上下班时，隔三岔五选一条未走过的胡同穿行，体会山重水复柳暗花明的感受。如今，取而代之的是一片高楼林立的居民小区和购物中心，旁边一个更大型的商城也在建造中。规划更为雄心勃勃：一条南北方向的大街两边，将汇聚多家著名的国际大通讯社、报社、电台电视台，形成一条“国际传媒大道”。命名的热情，不过是这个时代的种种冲动中的一个微小的表现。目前这些尚是蓝图，但不需多久就会成为实体。在除旧布新方面，人们已经积累起丰富的经验，速度效率令人惊讶。

从胡同出来，就看见米黄色的报社大楼了。对面的前门饭店，建于20世纪50年代，曾经是京城屈指可数的高档宾馆，但和近年来众多新建宾馆相比，则未免逊色不少，仿佛迟暮的美人，面对众多青春靓丽的新面孔。我第一次到里面，是参加工作的第一个秋天，报社组织看根据路遥的同名中篇小说改编的电影《人生》。好多年头里，报社一年一度的迎新茶话会，都在这里举办。饭店西侧宽阔的人行道，20 世纪 90 年代中期的好几个年头里，成了热闹的摊贩市场，卖廉价服装。紧靠着饭店的外墙，有名的“小肠陈”曾经在露天里支摊，我有时和同事去吃卤煮火烧，看着旁边一口大锅里盛满了肺头、肥肠、炸豆腐和切成小块的面饼，在酱紫色的浓汤中上下翻滚，热气腾腾。对面是技术交流馆，最不名实相符，先后卖过百货、家具等，如今成了一家便利超市。

如果街市仿佛一条河流，作为其堤岸的建筑都在发生变化，那么河床中涌动的水流呢，也就是构成生活的具体内容，自然更是随时更新了。泛泛而谈未免不着边际，就说时尚的更迭，可以明确辨识的，在这么多年中，不知有过多少次，经历了几番轮回？再缩小范围，只说穿着，记得曾经时兴裙裤，裤筒宽松得像面粉口袋，单位里几个年轻女孩子，高矮胖瘦的一齐装扮好在门前走动，感觉颇怪异。还一度流行黄裙子，满街都是晃眼的明黄色，甚至还有一出话剧的名字就与此有关。仿佛是好久以前的事了，但其实不难掐算出具体的年头。马可 · 奥勒留，古罗马帝国的皇帝，著名的斯多葛派哲学家，曾经这样写道：“时间好像一条由发生的各种事件构成的河流，而且是一条湍急的河流，因为刚刚看见了一个事物，它就被带走了，而另一个事物又来代替它，而这个也将被带走。”

当然，所有这些，只能去记忆的深层探寻了。悄然流逝的时光是一层层淤泥，覆盖了曾经发生的一切，那一切也和此时在眼前闪动的事物一样，充满了鲜活的声息。想到这些，会有一种情绪在心底氤氲。人的本性中有着期望事物恒定不变的倾向，所以地老天荒、海枯石烂一类登峰造极的比喻，被用来赞美在感情序列中位居前列的两性情爱，这或许正是源自潜意识里对于韶华难再、生命易逝的忧惧？

随着城市改造步伐的加快，媒体上对于古都美学风貌行将消失的忧虑很多，但改变或消失的，何止审美韵味一种，而是涉及人生的诸多况味。存在决定意识。人心中一定有些东西，是和环境密切相关的，其面貌和质地都受到它们的制约，仿佛某些植物，只能生长在特定的水土中。对比两种不同的生活图景，是一件饶有兴味的事情。一种是在雨水敲打屋瓦的声音和鸟儿的鸣啭中醒来，院子里石榴树的影子映在新裱糊过的窗纸上，胡同里小贩叫卖的声调舒缓悠长，看茶杯里茉莉花片舒展出袅袅香气，时间的步伐迈动得太迟缓。另一种，是在闹铃声中努力睁开眼，被车潮人流裹挟着，赶赴钢筋水泥丛林中的某个小小的格子间，在此起彼伏的电话铃声中，在总也写不完的公文报表中，不知不觉中一天匆匆而过；更深夜阑，旁边电子游戏厅中枪炮的轰鸣声却通宵达旦。这种种不同的背景下衍生出的情感、想法、遭遇、故事，当然会有所不同。譬如爱情。在前一种情形下，萌发和生长都可能缓慢，羞怯，欲说还休，却自有一种入骨的深浓情味，有对抗时光的执拗和坚固。而在后者，也许会远为炽热迅疾，奔放明快，但由于浸润了时代的风习，却容易潜伏种种变数，痴迷和淡漠都在朝夕之间，如同街上飞快更替的外景。

每一代人的生活，用哲人的眼光看，从大处看，无非都是生老病死，基本内容都是一样的，但换成常人的目光，从细处看，更多的还是不同。仿佛同样的几个音符，同样的几种颜色，却可以创作出风格迥异的音乐美术作品。关键是看你在无休无止的时间大潮中，位于哪一道波浪上。

在我写这篇文章的日子，单位的各个部门都正在忙着收拾，准备告别这座使用了 39 年的办公楼，搬迁到几公里外的新址。今后，没有特别的情况，我不会再返回这里。于是，对于我来说，它就会变得仿佛不存在一样。“存在即是被感知。”这话曾经被贴上唯心主义的标签受到批驳，但想一想，何尝不是如此。如果不曾感觉过，我怎么能够肯定它存在过？或者换一种说法，即使它存在过，但因为和我没有关系，那么，和压根儿没有存在过又有什么本质的不同？我并不是在拗口令。

再瞥最后一眼吧，今后这座建筑中几百个房间里的生活，回忆和梦想，欢乐和伤痛，只属于进出这座大楼的人们，而和我无关。

一直向北走，十几分钟后，就到了闻名遐迩的琉璃厂古文化街，书籍字画汇聚之地，也是一个多世纪以来，文人雅士们最喜欢流连的地方。

对同一个地方，不同人的感受常常会是很不一样的。在你是断肠之处，在他却是销魂之所。在你值得反复品咂回味，在他却可能是急于摆脱的梦魇，因为充塞流布其间的生命体验各不相同。就琉璃厂来说，旧文人们笔下每每流荡着怀旧的怅惘，也许与文字多写于暮年有关。但在我的记忆中，这个地方总是和热闹喧嚣、生机勃勃，和丰盈的梦想，和生命中明媚的一面，紧紧联系在一起的。

这是一段长长的无形的链条。链条上的第一个环扣，系在20世纪80年代初期的日子上。还在读大学时，就和它结下了缘，曾多次从校园所在的海淀镇，坐332路到动物园，再换乘15路过来，买古籍图书。当时的梦想，是成为一名古典文学研究家。参加工作后，近水楼台，来得就更多了。这里的那些书店，海王村、邃雅阁、中华书局和商务印书馆的门市部，没有一家不曾留下我的足迹。每年秋季的古籍书市，更是一连许多天，穿行流连于分布在海王村公园上下两层的许多家书店书摊之间，被初秋热力尚存的阳光晒出一头汗。藏书中的相当部分，是多年间在这一带搜罗的。

然而慢慢地，我去得少了。现在，大约有两年之久了，我甚至不曾再迈进过其中的一家书店。是因为家里书多得无处存放，还是阅读的兴致衰减了？两者都有吧。想到当年购书藏书读书的热情，恍如隔世。那时，一周不逛一次书店，就似乎有种负罪感。当年梦想拥有足够多的书，后来有了。又渴望拥有一间单独的书房，安置这些书，这一点终于也实现了，五个大书柜一字排开，占据了整整一面墙，顶天立地。“坐拥书城”的条件具备了，兴味却不复那么浓厚了。

这总还算是行走在同一条道路上，虽然按当初的眼光看，心情已经涣散，步伐已经杂乱。改弦易辙的也大有人在。一个朋友，当年聚书的兴致远过于我，得用痴迷狂热一类字眼来形容。有好几个年头的琉璃厂古籍书市，他都从远在西北郊的单位赶来，一大早就守候在书市门前，为的是第一拨进去，淘到好书。因为买得太多，自行车装不下，便运到我宿舍里存放，床铺下都快堆满了。后来多年不曾联系，再见面已是十几年后，应邀到其远郊的联排别墅度周末。上下两层，附带不小的花园。房间就有 6 个，自然也有书房，书也不算少，大部分是管理经营之类的商务书，外表很是堂皇。当年他狂热搜集的学术文化书还是有一些，但从位于书柜里层的位置，从摆放得横平竖直的整齐样子，看得出几乎不曾翻动过，如今它们的职责只是陪衬。在一帮在文化圈中讨生活的朋友面前，主人也许很在意自己曾经的角色，表白说只要抽得出时间，他还是时常重读过去的书。但我听出了言不由衷。书籍也和有生命的东西一样，是否被亲近，亲近到什么地步，是有痕迹的。

人生中，这样的情形还有多少？曾经占据生命中心位置的内容，慢慢地退出，慢慢地淡出视野。当然，同时也会有什么从远处围拢过来，拉到眼前。生命就是在这样的一近一远的过程中，改换着模样。由于是渐变，当事人自己往往也不甚明晰，只有将其放置在较长的时间背景中，才会看得清楚。

后梦叠上了前梦，新梦覆盖了旧梦。其间的纠结、错杂、失望、得意、悔恨、庆幸，等等，谁能说得清？哪一种更好，始终如一的梦想，还是不断变化的追求？求新逐变是人性中的天然倾向，并没有什么让人一条道走到底的充足理由。但另一方面，在短暂的一生中，如果没有一个贯彻始终的秉持的话，目光就更易于游移，生命的飘忽感也就难以得到抵御。

这条南北向的街道东边，就是前门外大街、大栅栏商业区及周边胡同群，因为被列入了历史文化保护区，得以较完整地保存了原本的面貌。这里，巷陌纵横，院落错杂，鳞次栉比的店铺，摩肩接踵的人群，永远拥挤嘈杂，张扬着商业活动的无限活力。我对这些没有兴趣，吸引我的是那些旧房屋宅院，曾经被时光的沙尘反复覆盖过许多次，如今显得灰头土脸。在旧建筑被大片地拆毁的今天，我希望它们最终能够完整地保留下来。这里面，有和众多专家相同的价值观，即保存旧城审美风貌，但还有一条属于个人的隐秘理由：只有依托于那些黯淡破败的旧建筑，我才能够寻找出过去的影子，才能够想象那些曾经发生或者可能发生的故事。沉湎于不切实际的梦境，对于我来说，始终是一种难以摆脱的癖好。

那些幽深曲折的胡同，迷宫一样，让我不止一次地迷失。有一年单位分房，有一间就位于这里，曾陪同一位同事来看过。从一个光线昏暗的门洞里进去，沿着黑黢黢的、有些地方的扶手已经朽烂的木楼梯，上到二楼，周围是回字形的一圈环廊，围着许多个一模一样的房间，看下面仿佛天井。当时只觉得格局甚为奇特，后来才知道，原来附近就是闻名的八大胡同，这里曾经是其中的一处娼寮。同事在这里住了一年余，我曾开玩笑地问他，睡在这样的屋子里，深夜的梦境中怕要有脂粉味道飘过吧？

从这里的任何一个胡同走到东边，来到前门外大街上，都会望见正阳门城楼箭楼。20 世纪前叶的几十年间，乘火车进京，出前门火车站，第一眼望见的就是它那巍峨雄浑的形体。从湘西乡下来京城闯生活的 18 岁的沈从文，一睹之下，胸中顿生豪情："啊！北京，我要来征服你了！"让人想到巴尔扎克笔下，闯荡巴黎的外省青年拉斯第涅。其实，类似的故事可谓随处可见，并没有什么新意。这是属于年轻的梦想，具有最广阔的普遍性。胜利者当然有理由用自豪的语气回忆和夸耀，或者被后人当作传奇一样地叙说。但我想说的是，相信每个人其实也都曾有过不同内容的梦想，不过是没有实现，缺乏言说的资本，于是只好无语。谁会在乎一个籍籍无名者的诉说呢？赢者通吃的商业法则，原本根植于人性中的可以谅解的势利的本性。

明白了这点，也就不必再顾虑什么，不妨推而广之，猜测一番那些当年曾经在这片迷宫式的区域内生活的，和少年沈从文同时代的各色人等，都会有什么样的梦境？既然生活的本质便是梦想。

不难想见，那会是一部梦想的百科辞典，是层层叠叠的梦想的金字塔，有着不同的形态和色彩。在胡同中拉着客人串街走巷的车夫的梦，该和老舍笔下的骆驼祥子一样，是拥有一辆属于自己的黄包车。那位站在寒风中迎候客人的店铺伙计的梦，该是有朝一日自己做掌柜，开一家小小的绸布店或鞋帽店。某一条烟花巷里的备受蹂躏、强颜装欢的风尘女子，梦想的是一日从良，寻一个老实厚道的男人过完下半生，只是不知还能否生育下一儿半女。强横霸道的军阀，老谋深算的政客，筹划着如何扩充势力，如何浑水摸鱼。革命党人也曾出入这里的歌楼酒馆，结交三教九流，放浪形骸的表现，既出自不羁的天性，更是一种巧妙的掩护，图谋推翻清廷，实行共和。总之，这里混合了善良和奸邪，谦卑和野心，家长里短和社稷传奇，光明磊落和鬼蜮伎俩，汪洋浩瀚，深不可测。

这一带，因其毗邻皇宫的特殊位置，而成为一处公共记忆的富矿。脚步的每一次迈动所溅起的尘埃中，都可能会含有几星历史的尘屑。清宫秘闻，优伶传说，老字号商铺的历史，义和拳起事和八国联军炮轰正阳门城楼，蔡锷将军和小凤仙的英雄美人传奇，等等，既有信史也有野史，被匆匆流淌而过的时间潮水裹挟、混淆为一体，真伪莫辨，成为后世的历史学家和平头百姓争执不休的一个个悬案，为原本已经十分繁复曲折的历史迷宫，添建了一条条新的疑径。

公共记忆的力量十分强大，每每会挤占和遮蔽个人记忆，但对大多数人来说，真正对个人生命产生意义的，还是后者。仅仅是由于这些属于私人的记忆，生命才具有特别的滋味，人和生活才建立了一种深切的关联。我曾在马来半岛高大茁壮的热带树木下，喝着一种略带苦涩味道的饮料，听一位耄耋老人话旧。他在紧邻前门的一条胡同里度过童年，成年后远赴南洋，再未回去过。当回忆的潮水漫过幼时的一大片街巷时，他脑海中浮现出的，是卖酸梅汤和冰糖葫芦的街头小贩，是春节逛庙会时拿在手上哗哗转动的风车，是看过的木偶戏和皮影戏，是把小小陀螺抽得飞快旋转半天不停的快乐场面。我记得那一副写满了眷念的表情，和语气中浓浓的怅惘。

就说我自己，多年来在这个地方穿行了不知多少次，但真正留下记忆的只有两次。一次是当年上大学时，母亲自家乡来看我，带我在箭楼东南方向的一家服装店里，买了一件毛线衣。我不会忘记母亲看我试穿时，那种慈爱的目光。等到问过了价钱，母亲一时有些犹豫，虽然远谈不上贵，但当时家里很贫困，花一块钱都要算计。但最终母亲不顾我的反对，掏钱买下。那是深秋，旁边的一家卖食品的小铺子里，飘散出糖炒栗子的香味。另一次和一场没有结局的爱情故事有关，背景之一便是这里的纵横交织的胡同。一个冬夜，骑着自行车在炉灰渣和冬储大白菜垛之间的狭窄通道中小心穿行，感受着后座上惬意的重量，姑娘的胳膊羞涩地若即若离地箍在我的腰上，至今想来都感到一缕温暖。车轮不小心碾上一片结冰的路面，连人带车摔倒了，一时手足无措，却只听到姑娘娇嗔的笑声。

胡同纵横，庭院深深。在阔大的背景中，在旋生旋灭的千万种场景中，这两个画面，只能算是两个极端微小的细节。但它们是属于我的，是我灵魂中的小小芒刺，使我有一种幸福的疼痛。

从这里面的任何一条胡同向东走，都会走到南北方向的前门外大街上。

站在胡同口，左望，是巍峨的箭楼，向右边走，不出一千米，以一个十字路口为界，南边就是永定门内大街。这条大街未必人人都清楚，但要说起天桥地区，不知道的人大概寥寥无几。这一带，也正是报社的东边。今天，天桥仍然是老北京神话的一个构成部分，吸引了许多爱好民俗的寻梦者前来踏访，但估计多半会失望的。任何事物都寄寓于特定的空间和时间中，那些传说中的天桥把式的奇技绝活，已经属于湮灭的过去，时过境迁，即使想象力再发达，也难以再现当时的生动逼真。倒是街巷的痕迹更为持久牢固，经得起时光的咬啮。这里是平民，更准确说是贫民的聚居区，穿行在那些破旧逼仄的胡同里，不难想象当年生活的贫寒困窘。

这一带，名气最大的是天坛公园，前后去过不少次，在凉意森森的古松古柏下徘徊，围绕着圜丘上的回音壁转圈，想象时间的浩渺，感到自己在一点点地缩小，几乎像一粒树底下到处都能捡到的松子。隔着一条大街相望的先农坛，在很长的时间中都荒凉岑寂，让我想到史铁生笔下的地坛公园——当然是七八十年代时的模样。如今，以拓宽南中轴路为契机，道路两边的变化十分惊人。分隔两个公园的平房、商亭、市场、临时建筑等都被彻底拆除，取而代之的是一个巨大的园林，广植树木花卉，与新建的永定门城楼相呼应，让人鲜明地感受到了复兴的气象。

但一个人的头脑毕竟不是旅游手册，不是大公司名录。对于某个具体的地方，他的记忆会选择什么，却并非仅仅来自对象的知名度，而更多是取决于它对他的生活的影响程度。对我来说，只要脑海中那一架探测雷达转向东边这一片区域，首先显露在荧光屏上的，是两个医院的形象。

20 年前，到天坛医院求医的患者不比今天少。这所医院以脑外科手术技术精湛而闻名。当年，被一片居民楼包围着的医院大门显得十分寒碜，生着煤炉的候诊室热量微弱，穿了厚厚的棉衣仍旧不停地抖颤。一位故乡的亲戚的儿子，聪明伶俐的 7 岁孩子，得了一种叫作颅咽管瘤的恶性肿瘤，来这里动手术。这种病发病率极低，据说几十万人中才会发生一例。手术前后，孩子的父母在我的集体宿舍里住了一个月。和母亲无奈的隐忍相比，父亲显然更难以认可和面对这个现实，灵魂被剧烈的痛苦撕扯着，一刻不停。我上完夜班已经后半夜了，回到宿舍，他还未睡，靠窗口枯坐着，一动不动，像一座雕像，烟头的暗红色一闪一闪的，不时会发出被压抑的叹息声。这种罕见的病魔为什么会轮到我儿子？我前辈子造了什么孽，要遭到这样的报应？在百思不解之后，一个县城里的孔武干练的警察，彻底的无神论者，也开始怀疑冥冥中或许藏着什么神秘的力量。为了排遣痛苦，他时时向一个笔记本上写些东西，有一次我翻开来看，除了呼天抢地般的痛苦哀号外，还写满了种种猜测，都是从一些蛛丝马迹中找寻和分析。比如，孩子发病前一年的冬天，鸡半夜打鸣，应该想到这是不祥之兆，但为什么没有注意？刚犯病时，孩子喊头痛喊了半个多月，为什么只当是伤风感冒，拿了一些药吃，而没做进一步的检查？似乎那样做了，孩子就不会有今天的情况。这样的念头分明是谵妄的，但在特定的心境作用下，却仿佛潜藏了种种可能性。痛苦传递到握笔的手上，笔迹也被扭曲得潦草变形，充满了悔恨，似乎自责越深，心情就越好受一些。这种亲子之爱的强烈和非理性令我惊骇。

手术应该说是较成功的，但据医生讲，复发的可能性非常高。因为肿瘤的位置在脑干部位，不能全部切除，但只要留下一点儿，癌组织就有可能再次生长、繁殖、增大。在当时的医疗条件下，只能如此，别无选择。我们都想，孩子已经受了太多的苦，今后来眷顾他的该是那很小比例的幸运了。其后好几年，孩子没有任何病痛的感觉，有次回老家，看到他长高长胖了不少，脸蛋红扑扑的，也更聪明了，每次考试都是全年级前几名。我们以为总算逃过了一劫——然而这个希望又一次被粉碎。病魔再次伸出魔爪，肿瘤重新长大，疼痛更为剧烈。第二次手术，孩子未能走下手术床。由于失去爱子的巨大创痛，这位父亲在其后的岁月中，陷入忧伤抑郁，几种致命的病魔也乘虚而入，几年前，正当半百盛年，撒手离开人世。在弥留之时，他兴许听到了冥冥之中爱子的召唤。

多年后，我又一次目睹了悲剧的重演。一个大学同学的女儿，得了骨癌，忍受了几年化疗、放疗的痛苦，最后仍然不治，如花的生命在 13 岁的花季凋零了。灾难降临时，当然不分男女老幼，“黄泉路上无老少”。但发生在孩子身上，发生在生命之初，总是更显现出残酷和邪恶，让人难以面对。

夺命恶魔的面孔是多样的。不可预料的疾病之外，还有突如其来的灾难。报社一位职工的女儿，在旁边的一所中学上学，一次放学时刚走出校门来到街上，从旁边驶过的一辆卡车撞倒了一根电线杆，不偏不倚地砸在她身上，当场死亡。这种事故发生的概率极其微小，然而只要有一桩，就足以判定其无限邪恶的本性，因为它对应的是一个鲜活的生命。

当然，绝大多数人不会遭遇这样的噩梦。然而，侥幸躲过了猝然的断裂，谁又能避开缓慢的凌迟？这一种感触，又是同另一座医院相联系的。

友谊医院是单位的合作医院，出大门向东走上十来分钟就能够到达。每个年度的体检在这里进行，单位医疗室解决不了的病痛，也都要到这里就诊。苏式风格的建筑，印证着一段两个相邻大国友善交好的历史。这所医院的太平间，在医院大院的西边，那里有一个侧门，面对着一条南北方向的马路。这条街离报社更近，散步时经常走过，因此经常能看到护工把死者抬出侧门，在身着丧服的亲属的簇拥下，抬上灵车。见得多了，感觉便麻木了，似乎彼此毫不相干。

这种意识当然是荒谬的。英国诗人邓恩写道："每个人的死亡也都是我的死亡……丧钟也是为你而鸣的。"万事万物，都被一道无形的纽带连接着，虽然未必能意识到。诗人的话如今已经被现代科学印证——混沌学理论认为，大洋此岸一只蝴蝶轻轻扇动翅膀，有可能在几千公里外的彼岸引发一场风暴。但另一方面，这种淡漠、无动于衷，也许自有其深层的理由。除了探究天地人生之谜的哲人，大部分常人毕竟不需要对每件事情都寻根问底。也许，这正是生命被赋予的一种必要机制，使人能够慢慢地认识、习惯，并且适应于那些攫取生命的异己力量。过度的敏感，过多的思虑，只会带来伤害，慢慢累积起来的重量，会像铅坠一样羁绊灵魂，戕害生命的活力。生存已经充满忧伤，为什么还要预支生命结尾时的悲哀呢?

就我来到报社的 20 年间，新人旧人，不知换了几拨。报社不同于机关，不必坐班，内部各个部门也都是各把一摊，相互间不需要过多联系，因此虽然出入于同一座大楼，许多人彼此并不认识，认识的也多属点头之交，这样一来，谁调走了，谁的生活发生了变故，别人都说不清。好多次，听人议论起某个名字，脑海里浮现出一个面孔，这才猛然意识到，已经有多年不见此人了，甚至更糟，得知已经与这个人阴阳暌违了。

我所在的部门的一位老领导，曾经告诉过我英语中两种对死亡的委婉说法，分别叫作“加入大多数”和“成为分母”。的确，与逝者相比，活着的人，尽管以亿计数，也永远只是少数。随着时光的流逝，分子不断变为分母，分母越来越大，仿佛一座巨型金字塔的不断在增宽的底座。这是一切生命最后的归宿。也许只有在这个目标上，才真正谈得上万众一心，步调一致。

瞩目和思考这个过程时，死亡的含义便不知不觉中被转换了，由肉体的消失变为躯体功能的衰减。死亡不但是结果，更是一个随时随地的过程。从出生那一刻起，人就在走向死亡。这样想，心情会变得坦然和平静：既然始终与它携手同行，不曾须臾分离，又何必要为最后的那一次拥抱而忧心忡忡呢？那无非是一种更夸张、更具有仪式感的动作。

目光还是回到身边吧。人群中，难享天年的毕竟只是少数，绝大多数的人还是会循着一条正常的轨道，慢慢老去，在不知不觉中变化着自己生命的季节。令人想到一棵树上的叶子，由碧绿变为枯黄，由润泽变为枯涩，曾经光洁的叶片，渐渐布满了细碎的斑点和小孔。在单位每月报销药费的固定日子里，总能在楼道里看到许多离退休职工，他们互相打招呼，询问彼此的健康，交换种种有关身体不适的抱怨。20 年前我刚进报社的时候，这其中的许多人还年富力强，精神矍铄，是本部门的骨干，如今垂垂老矣。原本文弱儒雅的，显得更加飘然绝尘，即便那些性格硬朗锋芒毕露的，眉宇之间那一缕好斗的神态，不知何时起也被温和蔼然替代。那样一种姿态，更多地属于彼岸，让人想到的不是某个具体事件、具体日子，而是隶属于永恒的范畴。

按正常的生命流程，不罹患绝症，不遭遇无妄之灾，再过 20 年，我也将是这个排队等待报销药费的队伍中的一员。而那时，也会有年轻人，迈着轻盈的步子从旁边走过，仿佛是 20 年前的自己。此时的我，恰好行走于人生旅途的中间，位于一个最好的观测点，前瞻后顾，来路和去处，都分明清晰。仿佛一出永远不会闭幕的戏剧，一代代人老去，退场，隐没，而同时许多人也正在出生，走近，登台，充当主角。这幕大戏，又可分为无穷的单本剧，场景林林总总，内容繁复错综，角色如恒河沙数，同时上演，彼此交错，但共有一个剧名：人生。

歌手朴树的成名曲《生如夏花》中，反复回旋的是这样几句歌词——

我是这耀眼的瞬间
是划过天边的刹那火焰
我将熄灭永不能再回来

太平间门口的斜对面，隔街相望，是一家餐馆。显然是为了辟邪，餐馆门口摆放了两个石狮子。坐在餐馆里，隔着玻璃，那边的动静会望得清清楚楚。许多事情，要借助对比才能够认识得更清晰。敏感的古代波斯诗人，在纵情狂欢的时候，用人的头骨做成的杯子盛酒，通过凸显人生如寄的短暂，来使得享乐的滋味更为醇厚浓烈。也许由于医学的发展攻克了许多曾经致命的疾病，由于寿命的普遍延长，我们没有那样的敏感，生死不再是日夜缠绕的问题。但在一些特殊的时间和场合，譬如此时此地，也能像电光石火般闪亮一下，生命的脆弱，生活的意义，霎时间都会涌到心头。

蒙田说过："思考死亡是为了更好地生活。"这位异代异域的智者，在这句话中，却揭示了一个不受时空阻隔的道理。

那么，何妨从容把盏。酒入脏腑，该会有一些东西，被逗惹出来，仿佛在显影液的浸泡下，胶片上的内容渐次呈现。酒液是五谷的精华，这些感触，则是对生活发酵和蒸馏后的提取物，是高纯度的、最为本质的东西。

和整个城市相比，我的步履所至的周边范围，只是很小的一部分，一处微不足道的局部，一个可以忽略不计的细节。两者之间，像一盆水和一座水库？一棵树和一片林子？

但它们是这个巨大整体的有机部分，能够透露出这座古老而充满活力的城市的总体精神气韵，它的魅力和缺陷，荣誉和羞辱，它让人迷醉或尴尬的内在特质。仿佛物质构成层面上的原子，尽管是最微小最基本的单位，但已经包含了此种物质的全部最根本的内容。

作为高智能的生物，人似乎无所不能。偌大的地球硬是被弄成了一个村子，越海跨洋如同到邻居家串门，去外层空间和其他星球也不再是痴心妄想。也许不需要太久，旅行社之间就会为到月球观光度假展开竞争，就像今天在火车站出口处招徕生意的旅店。但我仍然要说，对绝大多数人来讲，其生命的展开，人生体验的获得，是发生在周围的一个有限空间里的。不管将来科学会发展到怎样难以想象的地步，只要空间的物质属性依然，这一点也不应该改变。一个有心人，会通过对周围有限的地方的凝视，洞悉存在的一切秘密，得到人生的全部感悟。这里展现了这样的一种关系：咫尺如同天涯；须弥纳于芥子。

或者，不妨换成英国诗人布莱克的那一段著名的表达：

从一粒沙看世界，
从一朵花看天堂，
把永恒纳进一个时辰，
把无限握在自己手心。

（王佐良译）

三宅记

我望着窗子外面几米开外的一棵高大的白杨树，仲秋时节，树叶已经变成金黄色。叶片的正面和背面，有着光泽色调的细微不同，要仔细看才能分辨出来。偶尔掠过一阵小风，树叶抖动起来，发出窸窸窣窣的声音。这棵树不是在公园深处，而是在小区内的一条窄小的马路旁。很安静，偶尔才会有一辆汽车驶过，更多的声音来自自行车，以及行人。

这个场景，我可以安静地望上半天。那时候，我正迷恋俄罗斯文学和艺术，醉心于帕乌斯托夫斯基的《金蔷薇》和列维坦、希什金们的油画，并让自己效仿他们的目光，观察和欣赏美的东西。那是 20 世纪 90 年代初，生活节奏上更多地保留了 80 年代的余韵，仿佛一个乐句的自然的过渡。静谧，舒缓，那时更容易体验到，不像今天，已经是一种难以企及的奢侈品。

那时已经告别集体宿舍，步入两个人的天地，日子平静而悠闲。住处紧邻车公庄大街，一条绿化很好的老街，行道树，草地，错落有致。春末，街两边的泡桐树开花了，淡紫色的大朵花瓣分外美丽，有一种浓郁繁复的美。漫长的夏天，树荫浓重，将市声过滤得稀薄。晚饭后是例常的散步，一直向东走到二环路旁再折回。当时这条路上只有一条公交线，隔一段不短的时间，悄无声息地开来一辆车。和今天人潮车流熙熙攘攘相比，完全是两个世界。如今异常红火的官园小商品批发市场所在地，当年还是一家印刷厂僻静的院子。

当时的不少活动，今天想来只觉得奢侈。两个人骑车，去八一湖游泳，去什刹海看荷花，去天安门广场东边某个部委礼堂看一场内部电影。有时，身边走过某个姣好的面容，不由得多看两眼，会惹得身边人多说两句。晚饭后到就寝前，感到是颇长的一段时间，基本上都给了电视机，给了《渴望》和《编辑部的故事》等。经常会为对某个人物的不同评价而争执，有时甚至会吵起来，一两天的时间互相不理睬，过后又觉得好笑，犯不上，就有人主动示好，当然，基本上是男方。

单身时的散漫或者浪漫，还受着惯性的驱动，未能完全被婚姻生活改变。周末，依然要独自骑车去逛旧书店，一个延续多年的爱好了。路线是设定好了的，早饭后出去，半天下来，能走上几家店，每次收获多少不一。回来时，多是沿着什刹海后海边的小路，穿行大半个湖区。夏天，荷叶连绵，蝉声聒噪，拂过水面的风挟带了些许腥味。秋日，一片黄叶悠悠飘下来，在脸上蹭一下，落到柏油路面上，又滑到旁边。和它相应和的，是自行车轮胎碾过地面的沙沙声。整个后海一带，依然保持了空旷疏朗的野趣，酒吧鳞次栉比排列的场景，还是后来的事情。读一本书入迷了，不想睡觉，便坐到厨房里，一口气读到天亮。兴之所至，时常会泛起一些念头，如打算出国去看看，为此学了几个月的外语，后来不了了之。还到南方某个特区城市，在一家新创办的报纸干了几个月，也回来了。

孩子的到来，将这一切都改变了。

初夏的夜晚，先是在人民医院北门外的小马路上，后来又在产房外边的楼道里，焦急地来回踱步，抽光了一包红梅牌香烟。等到手术室的一扇门被推开一条缝，一位护士探出头来，报告孩子平安降生，已经是夜里两点了。悬着的心落了地，骑车回家，一觉睡到大亮。当时住的是岳父母家提供的一处房子，离他们住的地方不远，经过时，好像房间已经熄灯，就没有上去告诉。第二天才知道，他们一夜没有合眼——这本来应该想到的——第二天拂晓就匆匆赶到医院了。问清女儿的病房号，老两口进去见了女儿一面，知道女儿生了个女孩，连说好好好，岳父更是高兴得直拍手。同一病房里还有几个产妇，不方便多待，简单说了几句话就走了。妻子出院回家后讲，同病房的一个产妇，也生了个女儿，一心想抱孙子的婆婆掩饰不住失望的表情，那媳妇感到委屈，偷偷抹了半天泪。见了我岳父母的举动，仿佛有人撑腰，等婆婆第二次来看望时，那媳妇说话的口吻陡然硬气了不少，说生女孩儿有什么不好，你瞧人家三床也生了女孩儿，姥爷姥姥高兴得直拍巴掌！儿子也在旁边顺着说，婆婆只好小心地赔着笑脸。

那时候妻子的姥姥已经九十出头了，按家里人的习惯，都称呼老奶奶。孩子接回家后，老奶奶端详了重外孙女一会儿，摇摇头，发表了一句让妻子大为伤心的评论：看不得。但她每天总要挪动小脚，走过来看两次。光阴如梭，孩子会爬了，会坐了，会走了。看两个隔了几乎一个世纪的人在一起，很有意思。老奶奶一边拍手，一边教唱湖南湘潭老家的一首童谣：细伢子细，吃板栗。还有：咚叮咚，咚叮咚，湘潭街上唱人戏。孩子愣愣地看着听着，完全不懂，像个小傻瓜。两人会为了一个小收音机，抢夺半天，彼此气呼呼的。想到了那个比喻——童年和暮年，是生命圆环上相邻最近的两个部分。

如果不是借助照片，那时候的一些情景在脑海中已经变得模糊了。这张是带孩子在学步，照片上女儿像男孩子一样穿着小背心裤衩，圆滚滚的身子，藕节一样白白胖胖的胳膊腿儿，看不到脖子，脑袋上也没有几根头发，我弯着腰，两条胳膊前伸，准备扶住随时可能踉跄跌倒的女儿。背景是被一排树木掩映的马路，马路中间正有一辆黄色的面包车驶过，当时多半的出租车是这样的。另一张照片更早些，女儿两手扶着婴儿床的栏杆站着，正在做鬼脸，一个姑姑逗她，另一个姑姑拍照，大衣柜的镜子里反射出摄影者的姿态。那时候，两个妹妹过一段时间就结伴过来，逗逗侄女。如今，大妹妹的孩子都上初中了，小妹妹远在国外，也已经成了两个孩子的母亲。

然后是孩子长到 4 岁多了，老奶奶以 96 岁高龄告别了人世。去世前半个月左右，已经表现出了明显的衰弱，很少下床，吃饭要用勺子喂。由于说话已经气力不足，看见妻子和她的两个姐姐来到屋里，就做手势让她们坐到身边，摸这几个自己一手带大的外孙女的脸，然后费力地拍手，其实只是将两手合拢在一起。知道老人大限将至，那几天，在老奶奶床前摆了几把椅子，大家一有时间就坐在一边，心里都明白是陪老人最后一程。那天，三姐妹正围坐在一起说着什么，忽然意识到有些异样，扭头一看，老人已经气息全无，静悄悄地辞世了。几个姐妹哭成一片，然后才意识到该干什么，分头联系医院来开死亡证明，联系派出所户籍警来注销户口。我岳父走到另一间屋子里，不停地踱步，抽烟，双泪长流。

在这一带，前后住了将近 10 年。除了两人世界变为三口之家，其间最大的变化，是住房从一居调为两居，但还是在同一个小区里，相距不足 1000 米。新居和后面那排房子之间，一大半的地方，用铁栅栏围出一个花园，里面有几棵大树，高低不一的灌木丛，以及十分浓密的草地。尤其是那棵巨大的桑树，看来树龄颇高了，枝叶纷披，树冠有 4 层楼高。初夏时分，时常会有鸟儿飞来，啄食淡紫色的桑葚。这里面有一种童话的氛围，让我捡拾回了某些已经遥远的乡村记忆。

回想起来，印象最深的画面，是夏天骤然而至的暴雨。从 4 楼家里的北窗向外望去，黑压压的云团从四面八方聚拢过来，霎时间天色阴暗，风声呼啸，未关严的窗户被风打开或关上，噼里啪啦响成一片。树木被摇晃得前仰后合，背面的树叶翻上来，泛着浅白色的光泽。闪电在高空扯出树枝形状，雷声沉闷，由远而近传递过来，像铁球在钢板上滚动，仿佛就在耳边炸出一声脆响，惹得四周汽车警报器声此起彼伏。巨大的雨点砸下来，很快就变成不间断的水柱倾泻而下，地面上转眼就积满了水，浑浊的水流冒着气泡淌进下水口，形成小小的旋涡。花园里，树干黝黑湿润，树叶和草地像涂了一层油。但不久，和来时一样突然，风息雨止，云开日出。天空湛蓝洁净，让人想到屈指可数的最好的秋日。树木被洗得清新鲜亮，千万片树叶的边缘，一颗颗水珠摇摇欲坠，晶莹剔透。空气里弥漫着一股淡淡的类似鱼腥气的臭氧味道。

从这里搬走，有 8 年之久了。这期间，多次从这一带经过，因为从 20 世纪 50 年代起就已经是成熟的居民区，多年来周边环境并没有多少变化，只是汽车比过去多多了，到处停放，显得拥挤了不少。走过那幢楼，看见 4 层朝北的窗户下面的半截铁筐，垫底的还是那几块当年装修时剩下的瓷砖，算来也有十多年了。

女儿上小学二年级时，搬家到了南三环赵公口一带，单位分的房子。

住处位于三环主路的内侧，从窗子探头俯瞰，便会看到双向六车道上汹涌的车流。特别是夜间，迎面驶来的是一道道白色的光柱，逆向驶去的则是一串串红色的尾灯，赶上堵车，就变成了光和灯的汇聚，静止不动，煞是整齐壮观。下楼走不远，经过一座过街天桥，就是三环外面了。在一段时间内，三环路曾经是人们心理上的一道城市和郊区的分界线，当然这个标准早已不适合今天。果然，再向前走上几百米，城乡接合部的特点就变得明显起来。在不久以前，这一带大片的地方还都属于郊区农村，随着发展，原本生长农作物的土地被逐渐吞噬，变成了城市令人眩晕的巨大机体的一部分。比利时大诗人维尔哈伦曾用这样的句子来描述这一进程——

城市在远处展开着
而且制伏了原野

由于过程很匆促，缺乏耐心和统一谋划，急就章的痕迹也就颇为明显。都市和郊区甚至乡村的元素，杂乱交织在一起。几栋颜色鲜亮的新建高层住宅楼后，是一片菜地，再后面是一片低矮老旧的平房，小巷间还是土路，刮风时尘土飞扬，下雨时则泥泞不堪。某个建材市场院墙处，却是一个露天的垃圾堆放场地。和这些因素相关，质量档次相仿的商品房，在南三环边上，每平方米房价比城市其他三个方向同样位置的，一般都要低上两三千元。

向东几十米，与我住的楼房一路之隔，就是长途客运汽车站的出口，能望见客车鱼贯而出，开往山东、河北、河南，甚至江苏、浙江等地。入口在院落的另一端，重复着反向的运动。从附近走过，随时能看到从长途汽车站出来的人们，大量的是背着提着包裹行李，进城找工作的农民模样的青年男女，或三五成群，或孤身一人，一边挪动长时间坐车弄得酸软难受的四肢，一边好奇地打量着周围的一切，表情中交织着兴奋、期待和茫然。即将降临到每个人身上的生活，将会是什么样的面貌？

更远一些，是大红门服装批发市场。这不是一家商场，而是一个广阔的区域，集合了大量的店铺，以及难以计算出准确数目的摊位。大部分的摊主是以“能吃苦，善经营”著称的温州人，以至于“温州村”成了这一带的别名。这里是全城服装市场的主要进货源头，同样一件服装，转手到市内的大商场，价格甚至会贵上几倍。妻子去过几次，用比那些逛名牌店的同事们少得多的价钱，买到了一模一样的衣服，掩饰不住地高兴。我去得最多的则是附近的一个电脑器材超市，买了不少硬件软件，装备起了有数百张碟片的“家庭影院”。

和搬来前的住处周边环境的整洁、有序、安静大为不同，这一带户外环境堪称拥挤、杂乱和喧闹，置身其间，你会感到晕眩烦躁，急于摆脱这一切，逃回家中，躲得远远的。尤其是服装市场一带商业区，交通标志形同虚设，行人车辆，都见缝插针，乱走一气；在里面你随时要留意，不小心会被一辆斜刺里冲出来的运货三轮车蹭一下，或者踩上一块被谁乱扔的果皮。路边的小吃摊上，人们或坐或站，吃着烤肉串和切成块的瓜果，全不在乎旁边驶过的汽车扬起一阵尘土。治安不好，小偷小摸常有，楼下的马路边立着附近派出所的提示牌，提醒人们这里是“碰瓷”高发区——这个俚俗的词汇被用在正式的文告上，我还是第一次看到。

但住久了，不知不觉中，却习惯了，甚至有几分喜欢上了那种氛围。换一个角度看，这种喧嚣嘈杂、散漫无序中间，其实充溢着一种蓬勃旺盛的生命活力。这种活力属于这个区域中的社会生活，它来自在这个广阔空间中活动生息的每一个人，又在彼此之间激荡和传递。这是一个巨大的能量场，仿佛感受到从大地深处传来的强韧有力的脉动。成千上万的人，操各地口音，着各种装束，有着各自的身份，从事各样的营生。尤其是大量来自最底层的劳动者，天桥旁拿着装修工具等待雇主的农民工，人行道上摆地摊给人擦鞋的中年妇女，都让人鲜明地感知到另外一种生活的真实性，意识到什么是存在的完整的面貌。

几年中，每天的必修课，是接送孩子上下学。学校远在七八公里外的和平门附近，又没有直达的公交车，因此别无选择。好在那时孩子是在读小学，课程较轻松，不用多费心。那时，妻子每天乘坐班车，准时上下班。晚饭后，经常一同下楼散步。周围显然不是适合散步的环境，但几年下来，我们却走遍了周边的街道和胡同。最热的时候，空气湿度接近饱和，衣服湿漉漉地紧贴在身上，喘气都费力；最冷的时候，零下十几度，寒风凛冽强劲，只能缩脖弯腰，背顶着风逆行。这在别人眼里，该是一种自虐了。

一切都变动不居。

有一天刚出门，就陷进了停滞的车流，堵在辅路上近一个小时动弹不得，既进不去主路，也无法返回。忽然想到了刚搬来前后，附近新开盘的一处楼房做销售广告，将不堵车作为一个卖点，不由得好笑。事实上是，没有多久，这里就变得和其他地方一样堵了，而且由于交通设施陈旧和不健全，很快上升为全城有名的堵车地段。

我居住的那幢公寓楼，当年在数百米范围之内都是最高的，从远处看去，两幢姊妹楼联袂并立，蓝色的楼顶，贴了白色瓷砖的楼身，十分醒目，曾被称作南三环的地标性建筑。我住在 18 层，从朝北的阳台望去，目光毫无阻挡，能够望到天安门广场，天坛就更是清晰，郁郁葱葱的一大片松柏林，映衬着祈年殿和回音壁。天气晴好时，还能够望见西边和北边的山脉，一抹连绵的黛色，山巅处的白云仿佛凝滞了一样。

当然这样的描述指向的是过去。搬来几年中，周围起了不少新的高楼。北面那一片空地，原本是一家汽车货运公司的院落，也盖了几幢商品房，间距很小，从此以后，北面的视野基本被阻断了。东边不远处有一片不小的平房区，一直传说要拆迁，最让人高兴的一个说法是将改建成一个小公园，这一带正缺少一处像样的公共绿地和休闲场所。后来住户也确实迁走了，但很长时间内没有后续的行动，老屋陋巷兀自承受雨淋风蚀，仿佛被遗忘了。一直到了搬走快两年后，一次我行经附近，才看到好几台挖掘机正在挖很大的深坑，施工围布上写的项目名称是国际玩具城。当年的希望是破灭了，虽然已经搬离，我仍然感到一缕遗憾，但转念一想，又觉得这种结局实在是再正常不过了：这样一个物欲喧嚣的时代，在这样一种优越的地理位置，岂不正是资本顺理成章、堂而皇之地显现自己力量的场合？可以确定的是，将来周边会更加拥挤嘈杂了。

更多的变化体现在局部上。公寓楼地下二层的连锁超市，几年中先后换了几个招牌。东侧的汽车修理部兼停车场，也换了几茬老板。没有变化的，是一层物业部门旁边的一间美发室，为首的美发师是一个广东韶关来的小伙子，20 来岁，几年过去，外貌上看不出什么不同，但神情中显然多了些疲惫和淡漠，被掩饰在日渐娴熟的手艺和自如的应答中，虽然前去理发的许多人都是楼里的住户，也并不容易察觉。

几年中，经常去相距不远的方庄小区的一家饭馆就餐。饭馆建造成一艘帆船的形状，饭菜便宜实惠。差不多有一年多的时间，我经常会留意一个秀美的柜台收银员，一个四川口音的姑娘。她的神情中有一缕羞涩、幽怨的成分，和这个环境中服务人员惯常表现出的过分热情大相径庭，颇像西方古典派画家笔下的少女。但那年春节后，就再也没有看到，也许是回到原籍嫁人成家，不再出来了？这样的职业会让人联想到浮萍飘蓬。服务员则变动更为频繁，似乎每过几个月就换一拨新人，都是朴实的农家姑娘，除了年轻外没有任何的技艺和资本，进饭馆端盘子往往便是进入城市后的最适宜的选择，用青春换取一点儿微薄的收入，一旦有更好一点儿的机会就会离开这里。

佛教典籍善于用比拟与夸张的手法，强调万事万物皆在流转变化。《金刚经》里的这句话流布甚广："一切有为法，如梦幻泡影，如露亦如电，应作如是观。"近代心理学大师弗洛伊德则用具体事例证实自己的理论：过去所发生的一切，都会在心灵中留下痕迹，而且这个痕迹永远不会消除。这两种看似颇为对立的观念，其实完全可以相互包孕并存。变化无时无处不在，旧的变成新的，很快又让位于更新的。但既然发生过，那么这一根永恒变动的大链条上的某个环节，可能就会影响到某个具体时空的某个人，并根据其性质的不同，根据接受者心理素质的不同，造成或显或隐、或直接或迂曲的影响。这样，对那一类敏感的人来讲，也许就愿意想象和勘探其中可能蕴涵的某种深意。在某些时候，我不谦虚地把自己归入了这一类。那么，几年间周围所见所闻的一切，都曾给予了我什么呢？

有几件事情称得上刻骨铭心。一辆疾驰的汽车，撞飞了一个挣脱母亲的手、从人行道跑上辅路的幼童，孩子从一人多高的空中摔下，落地的声音沉闷滞重。那个年轻母亲先是木然痴呆了大约半分钟之久，然后猛地发出一种非人类的、让人听来毛骨悚然的声音。几天后的深夜我从一个噩梦中惊醒，正是由于恍惚中又听到了那种声音。一个考试失利、失恋的高中生从十几层的阳台纵身跳下——这一桩悲剧就发生在我居住的那幢楼上，曾经多次和那个个头高大的男孩子同乘电梯上下，男孩很内向，从不正眼直视别人。还有，在楼下的一家小饭馆，与一位大学同学的一家人聚会，为她的患骨癌的女儿在治疗一段时间后脸庞变得健康红润而举杯庆祝，庆幸终于摆脱了死神的魔爪——但我们都高兴得过早了。这种极端的状态，产生的是雷击一样的效果，让人猛然意识到生命的脆弱，命运的不可理喻，等等。但在正常的生活状态下，我们往往无视或者根本想不到这些。“任何人的死亡都是我的死亡，丧钟为每个人而鸣响”——我是从这样的角度理解这个十分有名的诗句的。别人的死亡——以及相类似的极端状态——成为我们窥探生命中的幽昧深渊的触发点和契机。

但更为大量的，还是日常生活的细节和内容，它们凌乱琐细，并不具有事件的坚硬质感。曾经在短时间里好几次招待住在城市的另一端的一位老乡、中学同学，对其频亮红灯的婚姻，说些自己都觉得无效果也无意义的劝和的废话。也有收获，就是提醒自己引以为戒，正是每日间那些看似鸡毛蒜皮的龃龉，堆砌成一堵冷漠隔阂的厚墙。曾经为一位年逾四旬出国定居的朋友饯行，感受他对未来的向往和担忧。在年轻时，生活的不确定性更多体现为一种诱惑和挑战，让人隐隐地激动，但随着时光流逝，慢慢掺和进了许多复杂的成分。我和妹妹曾经为老父亲过 70 岁生日，邀请了岳父岳母和妹妹的公公婆婆参加。父母终于在晚年告别了生活大半辈子的华北小县城，告别了多年间与儿女们聚少离多的日子，搬来京城住，兴奋之余，谈话中却又不经意间流露出一缕来日无多的感伤。这一类繁复纷纭但又细微平淡的感慨，就是我们的情感河流中的一片片波浪，也支撑起我们对生命的理解。平淡是大多数人的生命基调，缺少大起大落，鲜有大悲大喜，琐细的牵挂，小小不言的满足，但并非不值一提。

住处西边不远，有一条名为凉水河的支流。从地图上看，弯弯曲曲一直通往北运河。搬来之前的多年前，有一次曾来附近办事，当时它还是一条较接近自然状态的河流，绿树掩映泥土堤岸，河水清澈，还有人垂钓。但搬来居住时，它已经变成了一条臭水沟。夏天从旁边经过时，尽管通常都是在车上疾驰而过，仍然能够闻到一股强烈的难闻的气味。旁边楼房的住户，都不敢打开朝向小河一方的窗户。居住那几年，一直盼望着尽快治理，报纸上也前后发过好几次消息，但行动却来得那么慢，到了搬走时仍然没有动静。

不过，不久前经过附近，发现它终于得到治理了。河水变清，浊臭的气味也没有了，当年的不堪已成为记忆中的一页。

然而，记忆云云，也只是对于经历过的人而言。在那之后才来这一带居住、生活的人，他们不会想到这些。人生的价值、意义等等，只是经由具体的经验，才会产生和呈现。

掐指算来，在如今的住处，不知不觉也已经住满 3 年了。当初紧赶慢赶，好歹在孩子中学开学前几天搬了进来，装修的气味还没有消散。

当初买下这处房子，主要的考虑还是为了孩子上初中。那年春节过后不久的一个周末，偶然经过这里，看到售楼处的广告，就进去看了看，打听了周边的学校、交通等，我和妻子一合计，当时就定下了，整个过程比买一套家具还快，第二天就来交了订金。当然，一直以来就有这样的想法。和原来住的地方比，这个区的教育资源、教育质量明显要好，周围就有几所不错的学校。接下来便是两件事齐头并进，一是联系学校，二是办贷款、凑首付款等，心甘情愿地让自己当起了“房奴”。

孩子成了生活中的一大重心，成了许多行为和选择的重要原因和驱动力。这一点，倒退几年，要么没有想到过，要么虽然在别人提醒下意识到了，却有些不以为然。然而今天，这些都变作了真切确凿的体验。这种转变，该与伴随年龄增长而来的对于责任的领悟有关。

生命延伸到一定的时段，一个人的意识会变得阔大。他的目光，过去更多是自我打量的，如今却不知不觉中投向种种外在的对象，投向更大的范围。他的灵魂开始容纳更丰富的东西。就像某种程序，会在某个时间自动开启运行，其平滑顺畅的程度，连自己都会感到吃惊。被一条血缘的天然纽带维系着，在父母子女之间，这一点表露得就更为自然而突出。没有想到，当年不耐烦父母的事无巨细处处操心，如今自己也变得絮絮叨叨，每天早晨女儿出门上学时都忘不了再三提醒注意交通安全，在孩子脸上，看到的也正是当年自己的那种厌烦的神态。生命中的循环性和神秘性，会在微不足道的事情上获得印证。

但也许还有另外一个更有力的理由，那便是对于人生的新的认识，对于愿望、目标等的重新定位。视角变换了，看到的风景自然也会不同。

沉静下来，检点一番，会发现生命旅途中，一直伴随了一缕幻灭的滋味。时光如水流淌，当年意识中仿佛唾手可得的目标，多数没有实现，而且似乎越来越遥远。那一份气干青云的自信，今天看来不过是不知深浅。洞悉了自己的局限，摈弃了不切实际的虚妄之念，如今越来越明白，做成一件事情并不容易。才华、意志、机缘，缺一不可。也许是因为实现无望，于是便变得不再紧要？就好像一个生下来五音不全的人，不会为成不了走红歌手而焦虑。

但幻灭之说未免令人沮丧，换一个积极些的表述，毋宁说是“不惑”，更能够让心情平和些。不必妄自菲薄，毕竟没有浑浑噩噩混日子，也一直在努力，并且因此有所收获，虽然不过尔尔，但毕竟带来一些慰藉，一些内心的安稳之感。谁说一定要有万人仰慕的建树才算不愧此生？那样的标准岂不是否定了绝大多数人的生存意义，未免过于残酷了。而且，你也无法论证出，成功、成就云云，就是生命的本质要求。这不过是一种个体性的价值诉求，却被渲染成了一个神话。

这种观念，会让人开始享受一些过去看不上眼的微小的成功，充分发掘和品味其间的趣味，并且，继续追求这样的小成功，而不再忐忑不安。这就仿佛一位因某种原因被困于半山腰上的游客，得知难以抵达峰巅观赏胜景后，无奈中开始打量眼前的风景，惊喜地发现原来也不乏动人之处。

于是，一种波澜不惊的心境，便成了如今的主调。

搬家前的住处位于塔楼的阴面，阳光是奢侈品，新房子南北通透，大半天中，阳光都可以相伴相随。周边大环境比起原来已经安静了许多，我住的楼又在小区最里面，离马路最远，隔绝过滤了大部分的市声。有时候白天在家，阳光满屋，十分安静，完全不像当年，声音一波一波地袭来，无所逃遁。这时，翻着一本适意的书，心里会有一种感恩般的情绪冉冉升起。

如今学校离家近了，孩子上下学自己骑车。但作为家长并没有解脱，相反牵挂甚于以往。应试教育体制的力量是巨大的，大量的练习题，接连不断的测试，中考在即……置身其间谁也无法逃避，也无人能够代劳。女儿做完作业往往已经深夜，第二天一早就又要起来。压力累积得多了，时常莫名地发泄一番。有时候想到她小时候无忧无虑的样子，顿感恍如隔世。没有办法，这是她必然要面对的一段人生。每个人，都会在时间流逝中变换人生角色，增加生命体验，都要接受——有时是忍受——与之而来的收获以及丧失。

似乎时间在以加速度飞驰。同样是一年，怎么只相当于过去感觉中的一半甚至更少？从什么时候起养成了一个习惯，每天晚上临睡前，在本子上简略记下这一天的大致内容。每到月底回顾一下，30 个日子如烟如水，虽然高度程式化的工作让每一天都显得大同小异，单调乏味，但总算留住了一星痕迹。一个月，也就换得本子上薄薄的几页，以及翻动时手指肚上的细微感觉。人生匆促之感，因此也变得具体而强烈。

往西边走上不到 1000 米，就是昆玉河了。当年的荒僻之地，如今也变为城市巨大躯体的一个部分。这几年，两岸新楼盘纷纷涌现，临碧水望西山，成了开发商们津津乐道的广告词。这个过程一直在持续，刚搬来时，从西边窗户望出去，楼群之间尚有大片空白之处，能望见西山峰脉的一抹深黛，如今视线却逐渐被一处处新起的建筑阻挡了。

河边的变化更为明显。搬来后有一年多的时间，河边很幽静，面积颇宽广的斜坡上，长满观赏花卉和低矮的灌木丛，只有一条很窄的小马路，车很少。附近的居民来遛弯儿，牵着的狗拼命想挣脱绳索向树丛里跑，凑近另一条同类。很为有这样一个散步的好去处而庆幸，但好景不长，为了缓解交通压力，毁弃了草地，修建了一条市政马路，每一个方向各有三条车道。同时，还建起了一座跨河的大桥，方便两边来往。

昆玉河是京密引水渠的一部分，它的源头是京城西北方向的密云水库，经过几十公里，穿越颐和园的昆明湖，一直通往玉渊潭公园。在大学时代，有一次，曾经和同学结伴，从颐和园僻静的南门外，一直沿着河岸走。两边是绵延的田野和树林，人迹稀少。当年，这条河的堤岸还没有用水泥封砌，河水澄澈碧绿，两边树木茂盛，层叠交错，灌木和杂草比赛葳蕤，一派天然野趣，堪称绝妙的风景。记得我们的脚步声惊动了青草下面的青蛙，纷纷跳进水里，一路上扑通声此起彼伏。如今河道被整治得平整规矩，岸边是水泥斜坡，上有草坪，完全是一种人工化的盆景风格。还开设了一条从玉渊潭到昆明湖的所谓水上观光线路，时常有船行过，我也陪同外地的朋友乘坐了一次，但怎么看也寻找不到当年的感觉。两边都是绵延不尽的楼群，河边公路上汽车排成长队。繁茂的树木，无边的原野，都已经没有了，完全不是那么回事了。失去了那些造就了大自然活泼生机的要素，河流的美丽和浪漫被剥蚀殆尽，蜕变成了城市的一条排水道。

当时年少春衫薄。流动的河水，正应和了灵魂的激荡。河边万籁俱寂，大树在水面投下浓重的树影。一片树叶懒洋洋地漂过，在一处露出草叶的水面旁飞快地打了个旋儿。偶尔有鱼儿浮上水面，漾起微小的水纹，还会有轻微的唼喋之声。望着静静流淌的河水，想到远处的大江和大河，江河边的人们和他们的生活，心情忽然莫名地激动。

这些曾经的浪漫，早就都被时间的流水带走了。如今回忆起来，有一种凭吊般的情绪，在心头升腾缭绕。

住处附近的河边，新开辟的马路正在画车道线，很快就将开通，成为又一条交通干道。都市里少有的一处和大自然气息相通的地方，终于也将不复存在。这样做当然可以举出充分的理由。飞速膨胀的人口，急剧增加的车辆，给交通造成极大的压力，新道路的修建肯定会有所缓解。审美和功利的龃龉，随处可见，在当下的语境中，取胜的通常是后者。想想被拆除的几百座四合院，被抹掉的上千条胡同……以发展的名义，所向披靡。

那时候，不论是坐船行于水上，还是乘车走在河边，不会再有遐想。河水在道路和楼房的夹峙下流淌，缺少了土地、田野、树林的背景，它的诗意已丧失殆尽。

站在新建成的连接两岸的桥上俯瞰，我看见的不仅仅是深蓝色缓缓流动的河水，恍惚中还有万千闪烁不已的碎片。我知道，那是时间的幽灵，是时光蜕变后卸下的轻盈的壳。

家住百万庄

一

第一次走进这里时，我并没有想到它会有什么不同之处。

那是30多年前，1987年的春末夏初时节。那时我在北京已经生活了将近7年，大学4年，然后是工作3年。那时候城区还没有像后来那样膨胀，住集体宿舍的我，周末经常骑着一辆自行车，在京城的大街小巷里闲逛，自认为对很多地方都很熟悉了。

这一带就更是如此。读大学那几年，多次从海淀乘坐332路公交车到动物园总站，再换乘102路，经过二里沟、百万庄、甘家口商场、甘家口，在阜外西口站下车，再步行到解放军报社西边的一条胡同里，表姑家住在那里。因为经过的次数多了，虽然从来没有下过车，我对途中百万庄站马路东侧那一片叫作百万庄的地方，却无端地觉得并不陌生。

但真正走进这里，这是第一次。我是从南城虎坊桥的工作单位附近，乘坐102路来这里，走的是和以往相反的方向。

车降低速度驶入百万庄站，我看见她站在站台上公交车标牌前面的位置，身着白色运动衫和深蓝色灯芯绒裤子，望着前门，表情中有几分羞涩、紧张，但又努力装作平静。不知为什么，我原本忐忑不安的心情一下子变得轻松了。我故意移到后门下车，从站台后面的自行车道走到她的身后，本来想拍拍她的肩膀，抬起手又放下了，只是叫出她的名字。

她惊讶地转头，有一点儿意外，但瞬间笑容浮现。

我跟着她，返身向后走不多远，就是十字街口，然后向东沿着百万庄大街，去百万庄午区她的家里。那时街口东北处是一个公共澡堂。从门前经过时，恰好几个女孩子推开门走出来，脸庞鲜艳红润，头发湿漉漉的，一股雪花膏的浓郁气味扑面而来。

二

走进这一片区域之初，就有一种异样的感觉。这有些出乎意料。

前行不久，喧嚣的车水马龙声便隐去了，眼前是一排排的红色小楼。那时，城区内的建筑主要是 20 世纪 70 年代以前的楼房和大量的平房，高低错杂。但这一带的楼房样式，和别处居民区看到的那种千篇一律、单调呆板的模样很不一样，都是 3 层高的楼房，一律红砖墙、坡屋顶，显得沉稳雍容，有一种特别的个性和美感，就像从人群中看到一位气度不凡的人物。

第一次的印象总是特别深刻。

初夏的阳光明亮灿烂，轻风摇动树冠，在地面上洒下跳荡的光影。楼房不是在别处看到的那样横平竖直地排列着，而是纵横围合，错落有致，掩映在绿树丛荫中。每个楼门都是木质门窗，阳光照射在红色的油漆上，格外鲜艳。有的楼门上方的屋檐上长了杂草，随风摇曳。楼门两旁，往往用木棍或者栅栏围起来一个长方形的小园子，里面栽种着花草菜蔬。在楼群中穿行，仿佛处处相似，但又处处不同。记不得转过几个弯，好几次由西向东又由南向北，走到一个楼门口，她停下脚步说，到了。楼门左右有几棵槐树，正值花期，一簇簇洁白的花瓣累累垂垂，挂满了树冠。一阵微风拂过，一股带着甜丝丝味道的浓烈香气扑面而来，让我不禁有片刻的恍惚。

如同它独特的外貌，这一片被命名为百万庄住宅区的小区，的确身世不凡。它于20世纪50年代中期建成，是当时的一机部、二机部、三机部的宿舍，可以说是第一批国家公务员宿舍。这些用数字命名的机构，也就是后来的机械部、电子部(如今的信息产业部)、航天部等部委的前身。这个苏式风格的建筑群，在当时堪称京城最高档的住宅区，让无数人羡慕。

当然，这些是我后来才了解的。我还知道，这个小区的设计者是著名建筑设计师张开济，天安门观礼台、国家历史博物馆、钓鱼台国宾馆、北京天文馆等知名建筑，都出自他的手笔。作为新中国最早自主设计的居住小区，百万庄住宅区是上了教科书的样板小区，对全国的居住区规划曾经产生过深远的影响。

因此，当几年后已经在这里安家时，在一次媒体同行的集会上，一位北京出生长大的女记者得知我住在百万庄时，表情夸张地表示羡慕，说那里可不得了，那是“北京的曼哈顿”。当时，一本名叫《曼哈顿的中国女人》的书正在畅销。

三

第一次后，便是许多次，多到记不清次数。有时是乘坐公交，102 路或者是从小区东边展览路下车的 15 路，有时则是骑车。小区里的宽街窄道、房前屋后，两个人走过的脚步，总该以十万为基本计数单位吧？终于在两年后，我搬进了这里，从此生命纳入一条新的轨道。

我比大多数同龄人幸运。成家后，即住到了岳父母家提供的一居室单元楼房里，而报社同事那时正在为争取到一间集体宿舍做婚房而煞费苦心。妻子当时大学毕业留校任教，百万庄离位于中关村的大学校园不远，上班方便，岳父母也舍不得女儿搬到外面住，便将他们老两口住的这间房子腾出来给我们，自己搬回去和妻子的姥姥一同住，就是我第一次上门时的那个小两居，此前妻子一直住在那里。这个住处离那边不到一百米远，在午区的东边，是20世纪80年代中期建造的那种个性模糊的房子。出了朝北的楼门，隔着一道围墙，就是部里的幼儿园。下一步的事情都不用操心了。

我感恩于这一份命运的眷顾。

20世纪90年代的情形，如今回想起来，就像隔着一层毛玻璃，影影绰绰，又仿佛写意画的境界，细节不甚分明。有两年左右，日子单纯轻松，周末两人一同骑着自行车，去附近的玉渊潭或紫竹院公园游玩，去红塔礼堂看一场新电影，去中国美术馆参观画展。生活和心境，都更像是此前状态的延伸。

然后记忆变得丰富鲜明起来，转折点便是女儿的诞生。一连串的画面烙印在脑海里。得知消息后，母亲第二天就从河北老家乘车来京，从永定门长途汽车站下车，再换乘102路到这里。进门时，她拎着一个很重的帆布包，气喘吁吁。里面装着她自己制作的一个门帘，是将旧挂历纸按照尺寸裁剪开，卷成一个个中间粗两头细的纸卷，用胶水粘牢，再用结实的丝线串起来，当时正流行。门帘很重，我提起来都费劲，何况她还带着别的东西。在开头的两三个月里，女儿放在姥姥家，因为早产，让她自然熟睡是一件困难的事情，常常要一边抱着她来回走动，一边哼着歌谣，才能催眠。看着她睡熟了，才敢小心翼翼地放到床上，但常常刚放下就又惊醒，哭闹起来。那段时间，西昌卫星发射中心有一颗商业卫星未能发射成功，电视直播了现场画面，我们就把女儿这种情况戏称为“发射失败”。

那时，妻子姐姐的男孩也才几岁，每次来时，都像看玩具一样地盯着婴儿看，做鬼脸和怪动作。家里电话一响，他总是抢着去接，奶声奶气地问，“您找谁？”有几次我给家里打电话，是他接的，告诉他“找你毛毛姨”，他还不会人称转换，“找你毛毛姨啊，您等着啊！”几年前他也已为人父，对待宝贝女儿的耐心和细致，比当年的我可要强上许多倍。

还有姨姥姥，妻子的姨妈。那时她已经退休，数年中多次从新疆来京，因为儿子从北京一所大学毕业后留京工作。每次来都会住上一段时间，陪伴 90 多岁的老妈妈，也帮着照料我女儿。当年因为家境贫寒，她出生不久就被送给别人抚养，那家人待她很好，几个哥哥像对待亲妹妹一样呵护她。20 世纪 50 年代她中学毕业后，响应支边号召从湖南老家去了新疆，后来找的丈夫也是湖南人。家里有一张褪色的照片，年轻的她健康秀丽，笑容欢快，穿着洗得发白的列宁装，一条粗壮的大辫子搭在肩膀上。

几年过去，女儿上了家门口的幼儿园。每天早上我们送进去，下午岳父岳母接回自己家，我们下班回来后再过去接，通常都是吃过晚饭才回自己家。岳母做得一手好菜，人又热心，老家湖南江西一带不断有拐弯抹角的亲戚来，带着腊肉和腊鱼，以及有一股烟熏火燎味道的茶叶。

这样一些事件和场景，构成了我对那段时间的个人记忆：

电视剧《渴望》热播，人们见面都会谈论它；街上到处跑着黄色的“面的”，10 块钱起价；好像每个人都有 BP 机，蛐蛐般的叫声此起彼伏，公用电话前经常排队；装一部电话机要 5000 元，为了能尽早安装，托关系给电话局打招呼，还请上门的工人吃了顿饭；大街小巷里都有货摊，南边的百万庄大街上，农贸市场占去了半条街；很少下饭馆，都是在家里招待亲戚朋友，炒一大桌菜；农产品十分便宜，蔬菜水果一买一大堆。

四

我还记得一些邻居们。

这里是国务院八个部委的宿舍，因此居民主体是机关干部和知识分子，老一辈的人说的是各地的口音。对门的郝伯伯、刘阿姨，都是一口浓重的山西话。外孙女跟着老两口住，一个胖乎乎的小丫头，喜欢坐在门槛上吃冰棍。女婿公派到英国读博士后，女儿跟过去陪读，后来开了一家中国餐馆。外孙女小学毕业后去了父母身边，前些年听说已经从剑桥大学毕业了。楼下对门那家，女主人江苏人，是旁边幼儿园的老师，独生女毕业于北京外国语学院，模样有几分像当时走红的歌星程琳，后来全家移民去了澳大利亚。隔着马路，对面就是巳区了，正对着的单元里，有一家的老奶奶和姥姥年岁仿佛，妻子姐妹几个都称她柳婆婆，前些年手脚还利落的时候，时常过来，纳着鞋底，用家乡话和姥姥唠家常。

还有一些记忆是属于在这里长大的妻子的，是她的童年印象。她家住的楼房东边的单元，门口是朝东开的。当年机械部的一位局长，把一儿一女托给一位保姆照看，就住在这个单元里，夫妻两人经常走路过来看望。两个孩子当时也都是妻子的小伙伴，一同玩过家家游戏。几十年后，这位局长担任了正国级的大领导。

这栋楼的北面，面对幼儿园，是一栋东西朝向的筒子楼。著名女作家张洁曾住在这栋楼里，带着母亲和女儿。两栋楼之间的空地上，几棵大树下面，是孩子们的乐园。那时没有电视，作业负担不重，孩子们玩疯了不肯回家，家长也很少管，但张洁的母亲到时候就会来催："书包，该回家了！"书包是张洁女儿的乳名。小伙伴们都知道，书包回家后姥姥就会教她读书。书包后来去了美国，嫁给了美国人，生了一对儿女。而张洁也在多年前移居美国，住在纽约曼哈顿中央公园旁的一处公寓里，我的一位年轻同事几年前曾经去看望过她。听他说，张洁女儿住在新泽西，每周都去看望母亲。如今已经年逾八旬的张洁，是否会经常回忆起她曾经住了多年的这个地方？我还曾经到更南边的辰区，向《林海雪原》的作者曲波约稿，老人站在楼门口旁等我，黄昏时分的光线照在一个被多种疾病折磨得衰弱疲惫的老人身上，看不到当年小说中英姿勃发的少剑波的影子。

人生何处不相逢。妻子工作的单位数年前与中央芭蕾舞团有过合作，觉得对方的联系人似曾相识，聊天时得知，原来她小时候就住在子区，读的也是展览路第一小学，是学校宣传队的，四年级就考进了“中芭”，曾经跳过《红色娘子军》中的吴清华。我带孩子在楼前的空场上玩耍，看到一个带着女儿的年轻妈妈，感觉有几分面熟，几天后聊天时得知她在某部委的法律部门工作，再一打听，果然是同一所大学法律系的校友，正是当年经常在男生宿舍楼门口走过的那个人，那个年龄段里我没有理由地留意过的众多异性中的一位。

照看女儿的小保姆小傅，一个质朴善良的农家女孩。十七八岁，个子矮矮的，四川巫山人，初中毕业就出来打工了。她照料孩子十分上心，小小年纪就显露了强烈的母性。有一次她从外面回来，气呼呼的，原来是别人家的小阿姨说女儿长得黑。每周她休息一天，回来时常常抱怨我们给孩子喂饭次数不够，或者脸没有洗干净。女儿生日那天，她跑出去用自己的钱买了生日蛋糕。女儿上了幼儿园，她去了别的人家。几年后，一次去紫竹院公园秋游，又看到了她，在给一对年轻夫妇带孩子，自己也要当母亲了，挺着个大肚子。她嫁给一个在北京建筑队的四川老乡。她已经不像几年前那样活泼欢快了，眉眼间有一种淡淡的忧虑。

这一片住宅区中，还有一种生活，却更多是让人们想象猜测的，虽然近在咫尺。

百万庄住宅区的申区，位于中心区域的北面不远处。与其他几个区不同，这里是一个个相连的小院，都是两层楼房，住着级别很高的领导。因同名小说被改编成电视剧《亮剑》而成名的作家都梁，还写过一部长篇小说《血色浪漫》，描述了一群部队高干子弟在“文革”期间残酷而茫然的青春经历。小说里，在与当时为人熟知的“部队大院”的对比中，有这样一段作为“地方子弟”代表对百万庄申区的描写：

> 在非“老兵”类顽主的眼里，百万庄地区无异于敌占区，特别是在百万庄的诸多区块中，申区简直是百万庄的灵魂。这是一片二层小楼的高级住宅区，里面的住户级别最低的也是副部级。他们的子女都是“老兵”中最有影响的人物。也就是说，谁要是得罪了他们之中的一个，后果将是相当严重的，他们有能力在很短的时间内召集数百人进行报复。

这当然是那个年代的故事了，今天，它只是一片十分安静的住宅，有着隐约的神秘威严，而这种感觉主要来源于第一排房屋前站岗的武警。那些年间，我多次散步走过申区，曾经遇到过两位后来成为共和国总理的人：一个是在申区最南边一排前的马路上，刚从车上走下来，脚步正迈上自己家院子的台阶；一个是在申区北面车公庄大街的人行道上，正带着女儿散步，迎面走过来。

五

真正弄清楚整个住宅区的分布情况，以及相互之间的关系，还是在住了几年后。

那时，百万庄中里一带的平房区拆除，在原址上盖楼，我们便把原来的房子调换了一下，从午区东边向西移动了七八百米，搬进了中里新建的房子。楼下自行车棚的东边，一墙之隔，就是展览路第一小学，妻子小时候的学校。又过了两年，女儿也进了这所小学，从楼门走到学校大门只需要 5 分钟。从房间北面的窗口探出头去，能够望见孩子们列队做早操，校服鲜艳，节奏齐整，口号响亮。

中里是整个百万庄住宅区的中心。

20 世纪 50 年代，一切都向苏联老大哥看齐，包括建筑。张开济在设计这片住宅时，也参考了当时苏联建筑学界流行的被称为“扩大街坊”的思路。但实际上，在意识形态高度对立的美国，同一时期，由社会学家克莱伦斯·佩里提出的“邻里单位”规划理念也正在盛行，即在不被汽车干道穿越的街区单元之内，通过合适的步行距离，组织起人们日常生活的各种需求，既安全又方便。这两种理论其实是异曲同工，都追求更加完整地满足家庭生活的基本需要，重新找回那随着城市增大、交通快速化而消失的亲近感和归属感。这些，在百万庄住宅区的设计中得到了充分的体现。

整个住宅区按照传统文化中的天干地支纪年历法，用十二地支的前九支命名，被划分为“子、丑、寅、卯、辰、巳、午、未、申”九大区域。这些颇有些洋气的房子，命名却是地道中国式的。以中里为中心，北边是申区，东西方向则对称地分布着其他八个小区，布局上借鉴了古代八卦阵的样式。西边，从北向南依次是子区、丑区、寅区、卯区，东边，从南到北则分别为辰区、巳区、午区和未区。整体上看，是用一种逆时针的方式排序。八个小区，按照今天的说法就是八个组团，分别是前面说到的不同部委的宿舍。为了适应北京的气候特点，每个小区的建筑都被设计成回纹环绕形状，以增加南北向的建筑，减少东西向的房屋。小区外形方正，内部宽敞，每一栋楼中的每个单元的楼门，入口都是朝着外侧的公共道路，而内侧则是相对安静私密的院落，每家住户均有两个朝向的房间，分别可以看到外侧公共领域以及在内部庭院里玩耍的孩子。每两个东西对应的小区，楼房和庭院的布局都一样，体现了鲜明的秩序感。

根据规划理念，每个住宅区都要配备商场、粮店、理发店、幼儿园、学校、卫生所等设施。住宅区的核心地带是一片空地，种树植草，作为居民的公共活动空间，这也符合新社会以人民为中心的理念。妻子说过，小时候姥姥烙馅饼，和好了面剁好了菜馅，才给她几毛钱去买肉馅，出门走上几分钟，就到了合作社的副食店。

我新搬入的这一组几座楼所在的地方，按照当时的规划设计，正是社区中心绿地。其后许多年中，随着单位不断扩大，便在这里建了一些平房，给司机、厨师等后勤服务人员居住，慢慢因为私搭乱建，变得杂乱无章。80 年代到 90 年代，陆续拆除平房，在原址上盖了几栋楼。楼房是最普通的样式，显然和周边原有建筑不协调，但当时没有人认为这是个问题。

我还进一步了解了它更早的历史。

这一带早先为北京城的西郊荒地，是城里人埋葬逝者的地方，散布着很多坟茔，俗称“百万坟”。一直到新中国建立之初，周边还是人迹稀少，只有建设部的大楼孤零零地矗立在一片荒野之上。20 世纪 50 年代的北京城，范围主要还是在老城墙之内，最近的阜成门离此处也有两三公里。住宅区施工时，挖出不少无主尸骨，登报请人认领，没有人认领的，听说后来统一拉到更远的地方埋葬了。稍后到了“大跃进”时，还曾挖出过两座辽代的古墓。这就让人感到生命的渺小和飘忽。在漫长的岁月中，这一片土地上发生过什么样的故事，又收纳和封藏起了哪些秘密？我及时地让想象止步，它们总是会让人望见虚无的广阔深渊。

只需要知道这一点就行了：在长久的荒凉死寂之地，新的生活热闹蓬勃地开展起来了。

六

住在这里，隐约有一种都市里的村庄的感觉。

这是一幅近景：自中里楼房 4 层的房间朝下面望，在这座楼和对面楼房之间，是一个茂盛葳蕤的花园，被齐胸高的铁栏杆围成一个完整规则的长方形。花园里有二三十棵大树，有更多的灌木丛，它们之间的空隙则被野草完全覆盖。那种葱茏恣肆的野趣，不像是位于城市楼群之间。有一株高大的桑树，树干粗壮，树冠像一把巨伞，遮住了一大片空间。夏季，树上挂满了紫黑色的桑葚，还有不少掉到地上，引来众多鸟儿啄食，腾跃鸣啭。我猜想它该是栽种于小区初建之时，因为这一片最早正是中心绿地。

走下楼去，我在小区里大小宽窄不一的各条道路上行走。这个过程长达 10 年之久。东边的展览路大街、西边的甘家口大街、南边的百万庄大街、北边的车公庄大街，将小区整个围了起来，而每一条街脚步都可以轻松到达。我从一个个组团之间的道路和庭院中穿行，得以完整地掌握了它的样貌，也深切地感受了它的氛围。

那些年，小区的几条主要街道上没有多少汽车，显得很宽敞。街道旁有不少枝干粗壮的大树，远远高出 3 层的屋顶。

我能认出的就有杨树、柳树、槭树、梧桐树等。有风的日子，白杨树叶会哗啦啦作响。到了五六月份，槐树会将浓郁的槐花香气向四处播撒，而被叫作“吊死鬼”的小虫子也会在半空中晃晃悠悠地飘浮，如果落在一个女孩子的头上，就会传出一阵尖叫。

每一组团中围拢着的楼房之间，有一种宽敞疏朗的风致。每个单元的一楼门口两旁，通常都各有一个小小的花园，用松柏矮墙围起来，种植着各色花草。窗台上往往也放着一排小小的花盆，有文竹、鸡冠花和俗称“死不了”的太阳花等等。有的地方种了爬山虎，密密的藤蔓一直爬到三楼的窗子顶端。妻子上小学时有学农课，学习如何养蚕，同学们就向住在斜对过单元一楼的爷爷要桑叶，他家小花园里有一棵桑树，每个孩子都得到了几片。

在这个地方也更容易感受色彩的盛宴。绿树、红墙和蓝天，构成了它的日常色调，而秋天到处飘坠的黄叶，又添加了一抹酣畅浓艳。当冬天来临时，一场大雪会让这里具有一种异域的情调。曾经从网上读到过一位百万庄老住户的文章，当年她谈恋爱时，第一次把男友带到家里那天，正赶上下大雪，白雪红墙就像一幅画，给男友留下了深刻的印象，多年后还提起来过。

记忆中，那些年的雨水比现在要多很多，特别是经常在夜里降下。楼下花园里的树木，被灯光照射得绿幽幽一片，泛着隐约的光亮——来自枝叶上的雨水。邻近光源的地方，绿色显得鲜嫩而透明。将窗子打开一条缝，伴随着淅沥的雨声，会有凉爽清新并略带腥味的空气悄然涌进来。这样的夜晚，总是让我感觉到身体里的活力，生发出对未来的憧憬，想象一些缥缈而美好的事情。

七

回想起来，那些年也是我的阅读时光。那种沉湎的程度，此前不曾达到，此后也不复能够重现。

如果一个人天性不喜欢热闹和交际，不认为觥筹交错是什么荣耀的事情，那么，还有什么能够像读书那样给他带来丰沛的快乐呢？更巧的是，那几年我的工作就是编一份与读书有关的杂志，这样，阅读就理所当然地成了生活的一部分。

读书和买书，总是既如影随形又彼此怂恿。周边就有两个常去的书店。南边的百万庄大街上，国家外文局西边，有一家名为“地球村”的书店，是这家单位开办的，名字倒是十分契合它的工作性质。北边，车公庄大街对面，中国建筑设计研究院旁边，有一家席殊书屋，造型很是独特，没有书架，书摆放在一个个带轮子可以转动的小车上，寓意“学富五车”。设计者是张开济的儿子张永和，也是一位著名的建筑学家。那时正是实体书店最辉煌的时期，席殊书屋在北京就有多家。好几年中，我来这里的次数最多，购书也多，占到了家中藏书的相当一部分。此外，甘家口大厦北边路边的一排新旧书摊，也是我时常盘桓的地方。

那些年里我读了数量可观的书，就像一个没有明确的目标的游客，自由散漫，东张西望。除了出于工作的考虑，对当时一些重要的或者走红的书需要留意之外，大多数的阅读是即兴随意的，从个人嗜好和关注出发的。这些书分属不同的类别，彼此之间也并无联系，但在不知不觉中，在经历了时光的发酵后，它们依据某种内在的逻辑线索勾连起来，一部书通向另一部书，构建生成了一个精神的有机体，影响着我对世界和生活的认识。

这件事情最突出的作用，我想还是进一步培育了我的文学感受和梦想。文学作品的阅读占了最大的比重，它们以潜移默化的方式，让我获得一种独特的眼光，来看待发生在周边的生活，并与某些书中的内容加以对比。在平静处看出某种波澜，在光亮里发现浅淡的阴影，在庸常中品味到一缕诗意，这样的感受带来的是一种深长的愉悦。我逐渐意识到，每一种感受或者领悟，总是能够获得印证。既然“日光底下无新事”，既然哲人说过“世界是一部大书”，那么世间的诸般形象，都可以在书里的某一页、某一行甚至某一个标点符号中，找到记录或者暗示。

譬如，住在这栋楼最西头单元里的一位年轻母亲，每天早晨领着一个女孩，匆匆走过我住的单元楼门口，送到东边的幼儿园，大约两年中都是如此。在旁边商店里偶尔遇到几次，或者是她单独一人，或者带着女儿，不曾看到过第三个人。女儿长得很好看，母亲也是眉目端庄身材窈窕，但脸上从来没有笑容，这就让人觉得反常。曾经有什么故事发生在她的生命中？是关于轻信和失望，还是背叛，甚至某种意外的灾祸？我曾经联想不已。这样的反应自然是个人化的、纤弱的、无足轻重的，有充分的理由被人嘲笑。后来某次外出培训，半个月后回来，就再也没有看到过这对母女，想来是搬走了。

有一次，到百万庄大街南边不远处一位朋友家聚会，认识了一位同龄人，在某政府部门工作，饭桌上他口才滔滔，为自己勾画种种仕途前景和实现途径，其雄心壮志令我自惭形秽。他的口音和经历，也让我联想到巴尔扎克笔下那个名叫拉斯蒂涅的外省青年。他供职的单位，工作内容与我所在报社的报道范围有一些交集。后来他数次主动电话联系我，要来家里坐坐，也来过一次，但估计是在聊天中意识到了我的迂腐无助于他实现远大目标，此后再无联系。这种消失，显然是他主动的选择。

更有一些感受缺乏具体的附着物。在周边的建筑和风景变得无比熟悉后，有一天我意识到，我行走时偶尔会张望那一个个狭窄的窗口，想象其中的人物和故事。某个房间里传出的钢琴声，随着某一扇玻璃窗推开而瞬间闪现出的一张俏丽面孔，会让我多年前经常体验的某种情绪，得到片刻的复苏。而从我4楼窗口的眺望，则更多具有主动的意味。探头出去，能够看到东边午区、巳区的一部分屋顶，连绵错落。目光掠过这些屋顶向前方伸延，直到被远处的高楼阻断。

在搬离这里几年后，我读到葡萄牙作家费尔南多·佩索阿的作品《惶然录》(韩少功译)，有一种深切的会心之感。我意识到，其实那段时间，我是最接近于他所描写的那种内心状态的。这样一些句子让我沉醉，目光久久不肯挪移开来——

我们中的每一个人都是若干人，是很多人，是丰富的自我，比我们自己每一个人的无限增值更为丰富。(节选自《一个人是群体》)

一个人为了摆脱单调，必须使存在单调化。一个人必须使每一天都如此平常不觉，那么在最微小的事故中，才有欢娱可供探测。……我一直被这种单调佑护。一样的日子乏味雷同，我不可区分的今天和昨天，使我得以开心地享乐于迷人的时间飞逝，还有眼前人世间任意的流变，还有大街下面什么地方源源送来的笑浪，夜间办公室关闭时巨大的自由感，我余生岁月的无穷无尽。(节选自《单调产生的快乐》)

我们周围的一切，成了我们的一部分，成为渗透我们血肉和生命的一切经验，就像巨大蜘蛛之神布下的网，在我们轻摇于风中的地方，轻轻地缚住我们，用柔弱的陷阱诱捕我们，以便我们慢慢地死去。一切就是我们，而我们就是一切。（节选自《生活之奴》）

…………

它们不正是我能够意识到却没有能力分析清楚，尤其是无法清晰表达出来的东西吗？当时那些颇为飘忽的感受和意念，实际上有着自己的指向——试图窥测和捕捉生活的某种本质，那种平静掩盖下的悸动，狭小连接着的广阔，单纯后的复杂，清晰中的混沌，具象里的抽象……我陷溺于自己的思绪和梦幻中，时而慵倦烦闷，时而欢悦振奋。

八

生老病死，人生这一场戏剧中的不同章节，在这里也像在任何别的地方一样，轮番地上演。房屋本质上是一种生活的容器，彼此之间尽管有着外在形态上的差异，但其中展开的内容，却没有明显不同。“在这黑暗的或者光亮的洞穴里，生命在延长，生命在梦想，生命在受苦。”在《巴黎的忧郁》中，波德莱尔从阁楼上眺望高低远近的一个个窗口，写下了这样的句子。

平淡庸常的生活中，最能掀起一些波澜的，无过于死亡了。与这里安宁静谧的环境相称，发生在小区里的死亡也是悄无声息的。譬如某一天你忽然意识到，那个经常遇到的坐在轮椅上被人推着行走的老人已经好久不见了——这是生命消失的惯常方式。家人的悲伤哭泣，也总是在关闭着的房间内，好像死亡是一件私密的、羞于告人的事情。

一天深夜，岳父母被急促的敲门声惊醒，开门一看是对门的阿姨，神色惊慌。原来伯伯起来上厕所，心脏病发作倒地，昏迷不醒。赶紧拨打120，不得要领地忙乱一番，一直到望着急救车闪烁着蓝色顶灯疾驰而去。黎明时分传来了消息，伯伯未能抢救过来。不久后，阿姨从小带大的外孙女去远在英国的父母身边读书，她也搬到了百万庄中里我的住处南边的那一栋楼房，单独一人住，儿子每周来一次。我和妻子去看望过她，房间在一层，南窗外有个小小花园，树木藤蔓遮挡了光线，屋子里有些昏暗。她参加了社区的老年国画班，画了不少花鸟鱼虫，散乱地堆放在餐桌上。暮年岁月在缓缓流逝，就像日光在房间里慢慢移动。

几年后，妻子的姥姥以96岁高龄去世。在那之前很长一段时间，衰弱以极其缓慢的步伐悄悄地逼近，直到有一天她无法下床。意识到她的日子不多了，家里人便时常坐在床头陪伴。头一天，姥姥招手把她带大的三姐妹叫到床边，挨个儿摸着每个人的手，说我喜欢你们。第二天，也是同样的时间，三姐妹正围坐在她身边聊天，忽然意识到什么，转眼看时，老人已经永远地睡过去了，神情平和安详。

但最难忘记的，是一次非正常的死亡。

岳父母家住的房子的北面，是一座锅炉房，为周边多栋楼房供暖，每到冬天，煤块便堆积成山。煤堆旁边的一间平房里住了四人，父亲和儿子一家三口。一天早晨，儿子精神病发作，抡起木棍打死了父亲。

这一幕惨剧发生后，我才第一次试图了解他们的身世经历。这一家是老北京人，儿子下乡插队时精神受了刺激，病退返城，自然也找不到工作，家里在河北唐山农村给他找了个媳妇。女人身材高瘦，枯黄色的脸上长年挂着悲苦的表情，时常自言自语。男孩子十分白净，眼光总是怯生生的。虽然他们就住在二三十米之外，经常在楼前路上遇到，但不曾有过任何的交集。他们所过的是一种在我日常经验之外的生活，我想到了陀思妥耶夫斯基的许多作品。

我们离开百万庄几年后，岳父一家也搬到郊区，此后也就很少再来。但10年生活的经历执拗地存在于记忆中，时常会像阳光下的玻璃碎片一样地闪亮。有关这个地方的各种消息，也总是更能够让我留意。

妻子是家里的老小，上面有两个姐姐。三姐妹都有自己幼儿园、小学和中学的同学和伙伴，因此涉及许多人。如今大多数人已经退休，有了时间，联络也开始多起来，时常相聚，还建了微信群，主题便是怀旧，追忆这个大家共同出生和成长的地方。家人聚会时，听三姐妹说起各自的发小辈的命运遭际，仿佛看到了一出出浓缩了的人生悲喜剧——

某某终身未婚，如今也快 70 岁了，一直与已过百岁的老母亲相依为伴。某某当年另寻新欢，现在身患重病孤身一人，儿女不怎么理他，十分凄凉。某某当上了副部级的领导。某某全家多年前就移民了。某某因经济犯罪关了几年，不久前刚出狱。某某最忧虑患重度自闭症的儿子，自己过世后他怎么办。还有某某死于疾病，某某车祸去世，某某得了抑郁症，深夜在卫生间自缢了……

“从一粒沙看世界，从一朵花看天堂，把永恒纳进一个时辰，把无限握在自己手心。”威廉·布莱克这首名诗，早晚有一天会让你产生共鸣。生活的普遍性本质，都可以通过有限的现象获得体现，就仿佛一个小小的器官切片中，有着身体状况的丰富信息。

时光的不断伸延，让我关于这个地方的记忆，重重叠叠地增加，今天与昨天的穿插闪回，更使它们变得纷乱驳杂。

一些人不再需要回忆，他们也成为亲人记忆的一部分。3 年前，岳父因病去世。他们于 20 世纪 50 年代初从武汉调到北京，推辞了单位分给的三居室，在两间房子里一住就是半个世纪。他最后的归宿是昌平南口的一处陵园，那个三人墓穴里，姥姥已经提前几年住进去。他一生对自己的岳母至爱至孝，一如伺奉亲生母亲。

不久前，女儿的姨姥姥也在广州辞世。她的儿子——我妻子的表弟，先去广州创业和置业，数年后，她卖掉了回龙观的房子，搬去南方照看孙女。儿子给她买的墓地，在郊区的一座山坡上。记得很多年前，有一次她抱怨母亲，不该在她小时候把她送人，脾气倔强的姥姥气呼呼地反驳：“不送人你早就活不成了！”那个时代生活的艰难贫穷，如今难以想象。她退休后来京居住的几年，终于有时间与母亲厮守了。但如今，母女两人又是关山阻隔迢遥相望，如同生前的大部分时光。

我望着一张多年前的大合影。岳母的一个粤北韶关的表亲，携全家来京旅游，岳父母招待了他们，并将在京的几个远近亲戚叫到家里聚会。照片上将近 20 人挤在一起。姥姥当时还很壮实，岳父母更是神采奕奕。我头发乱蓬蓬的，女儿还没有出生。如今，这个合影中已经有多人辞别人世，几个抱在怀里的孩童也都已经为人父母了。

每个人的离去，都带走了一部分有关的记忆。早晚有一天，所有这些记忆，终将无所附着。

一切都在消亡，一切都在丧失，不曾改变的只有变化本身。但有一个地方作为固定的背景，这种意味就更容易得到凸显和认知。因此，物是人非便成为人们经常的感慨。

九

物是人非——这当然只是个比喻。实际上，物并非一成不变，它同样也在演化、衰老，一步步走向自己的暮年。

人的衰老体现为一系列生理指标的变化：血脂黏稠、钙质流失、感觉迟钝、步履蹒跚等等。建筑物也有自己的生命体征。各种老化了的管线，是不是很像淤塞了的血管？因渗漏而发霉的墙体，是不是仿佛脸上晦暗的老年斑？

我在百万庄住了 10 年，离开它至今又已经过了 20 年。记得住在那里的后几年中，就已经在传说小区的房子老旧了，即将拆掉重建。的确，即使在 20 多年前，也已经能够明显地看出它的老态。

在 20 世纪 50 年代，作为国家重点建设项目、“首都第一住宅区”，百万庄小区有着令人艳羡的充足理由。除了少量三居室，大部分是 60 平方米的两居，有独立的厨房和厕所，这在当时的住宅中还很罕见。房间不仅都是统一装修好的，并且配好了家具、厨具、电灯和窗帘，可谓是“拎包入住”。建筑材料也十分讲究，用的是烧制良好的上等红砖，门窗木料都是东北的红杉木，经过高温处理，不变形、不生虫。门把手、合页、水管、龙头、淋浴喷头，以及马桶上的金属部件，都是苏联铸造的黄铜。甚至细节也十分讲究，譬如深红色的木楼门和楼梯间的外窗，采用同色系的中国传统回字形装饰，而白色的楼门挑梁、阳台栏板和楼梯间隔墙，则采用同色云纹装饰。

这样的比喻想来不会有人反对：当年的百万庄就仿佛一位风姿绰约的新嫁娘，容光焕发，楚楚动人。

当时虽然设计超前，但随着时光推移，一些当年不曾想到的不足之处也显现了：室内没有客厅，室外也没有规划停车的地方。另外就是岁月造成的磨蚀，市政设施老化，电线老旧，屋顶漏水，木质檐口掉皮。外来人口的租住及私搭乱建，迅速增多的私家车，侵占了原来的绿地和庭院。因为室内狭窄，一些旧家具随意堆放在室外。就连当年栽种的杨树，尽管长得比楼还高，有的也因树干中空而摇摇欲倒。因为20多年来一直传说要拆迁，公共设施只是很被动地维护，住户也是将就着住，不敢装修更新，舒适程度、生活质量都受到了明显的影响。曾经风华绝代的丽人，已经步入迟暮之年，粗服蓬头，邋遢不堪。今天如果一个外人走进这里，他的目光中恐怕更多的是一种怜悯。

由于在中国建筑史和规划史上具有重要影响力，百万庄小区自诞生之日起，就成了建筑规划学界的研究对象，曾经作为经典案例，被收入高等学校教材《城市规划原理》，并被若干建筑学方面的著作收录。在接下来的几十年中，百万庄社区居民换了几茬，城市环境也发生了巨变，累积了丰富的社区记忆、历史遗存和建筑多样性，形成一种独特的社区生态。它让人想到一种经历丰富的人生。

这种浓重的历史感，是它的光荣，也是它的负担。在实用和美学之间，应该如何取舍？而且，在随处可见的破败芜杂的后面，它的美是否仍然完整自足？

对于后一点倒没有太多的分歧。小区的整体格局尚属完好，地基依然坚固，已经发生的变化，也都被限制在张开济当年设计的区块网格之中。这种规划结构，预设了对于变化的极大的容忍度，也因而具有更强的生命力，耐住了岁月的消磨。后来的种种局部的变动，并没有影响整体的骨架。那种从容悠闲、波澜不惊的气度，仍然能够鲜明地感觉出来。在光怪陆离纷纭嘈杂的都市喧嚣中，在面貌雷同难分彼此的楼宇群落里，这种气质越来越成为空谷足音。

这些难以替代的品质，凸显出小区的重要和独特，也为在原地进行保护性改建提供了充分的理由和可能性。

我从报刊、网络上了解到，一个由清华大学建筑学院毕业的青年建筑师为主体的专业团队，从几年前就开始关注小区的前景。这些年轻人大多是80后，敏锐地认识到了它的文化价值和诗意内涵，希望能够将小区的“九区八卦阵”布局完整地保留下来，在不损伤其肌理的前提下，对各项设施进行升级更新，使之能够满足现代生活的需求，并且拿出了详细完备的改造方案。其实不仅仅是他们和许多中老年建筑学家在努力，小区住户、文化学者、城市管理者等许多不同身份和行业的人，多少年来，也都在关注这个地方，形成了很多共识。而一年多前发布的一条消息，更是让人感到鼓舞：它被列入由中国文物学会、中国建筑学会确定的“第二批中国20世纪建筑遗产名录”。

当然，所有这些信息，也只是允诺着某种可能性。它未来的命运如何，现在还不明朗。它将被彻底拆除，在旧址上建造全新的建筑，还是得以存续下去，见证传统风致与新时代脉动的交汇融合？

我当然希望是后者。将那些赘肉割掉，将那些黑斑祛除，让松弛的肌肤绷紧，让伛偻的躯体挺直。就像在童话中，落叶飞回树上，老媪变作少女，目光明亮，秀发飘扬，步态轻盈。

十

不久前的一天，并没有特别的理由，我忽然想到回百万庄看看。

西三环外我现在住的地方，20世纪70年代末还是农村，妻子上中学时，曾经走很长时间的路来这里学农。我离开家门，步行近20分钟，进入地铁6号线花园桥站乘车，在车公庄西站下车。两地之间的空间距离只有两站，但从搬离这里算起，时间上的跨度却是整整20年。

出了地铁口，向东不远就是展览路大街，南行百米，就向右拐上了一条小路。当年住百万庄时，骑车或者坐公交车上下班，这是每天必经之路，离开后，这一带每年也总会来若干次，但都是开车走百万庄大街，很少再走这条路，最近的一次大概也是 3 年前了。小路前方不远，一个直角拐弯处，右边就是我最早住过的那一栋楼房，左边本来是一个由防空洞改建的收费低廉的地下小旅馆的入口，如今却是铁门紧闭。当年时常有旅客半夜投宿，敲门和大声喊叫的声音能把人吵醒。继续前行，小路左边那一道低矮的围墙里面，是一所小学校园，当年是几排火柴盒一样排列的平房，如今却是一幢体量巨大的十几层高楼了。

我拐进宿舍楼的前面。原先一墙之隔的幼儿园被拆除了，盖成了堂皇气派的“部长楼”，门口有门卫。听说当年曾经围绕是否拆除幼儿园有过不小的争论，但最终还是没能留住。论起百万庄小区保存最好的公共建筑，应当首推这所幼儿园，没有居民区里的种种私搭乱建，完整地保持了 20 世纪 50 年代建造时的格局，空间疏朗，设备完好，大树、灌木丛和草地高低错落，井然有序。记得滑梯旁边挂着一张用粗大的绳子编织成的大网，孩子们可以攀着绳结爬上去玩耍。女儿刚进幼儿园时，有一次大着胆子爬上去了，却再也不敢下来，岳父去接她，只好找个凳子站上去把她抱了下来。

场景清晰如在眼前，但分明是 20 多年前的时期了。有一首歌曲怅惘地唱道：“时间都去哪儿了？”

小路走到尽头，接续上一条名为百万庄北街的道路，便进入百万庄午区了。岳父母当年住的地方，也是我第一次来时进入的房子，就在十几米外，街的北边。从初次登门的胆怯忐忑，到成为家庭一分子后的坦然平静，再到今天与家庭几代成员之间血缘般牢固亲密的情感，这个过程也该是一部微型的情感发展史，无关宏旨，微眇无比，却关涉到具体生命存在的感受和意义。

这条百万庄北街，将巳区和午区南北分隔开来。两侧都停满了车，将原先颇为宽敞的道路挤成狭窄的一条，映衬得房屋也好像比当年低矮了。我在南北两边的庭院中无目的地穿行，视野里的景观和当年没有明显不同，只是更为破旧。在好几处都看到服装上有电力公司标志的工人，好像是在更换电线线路，是又有临时险情需要解决，还是为即将到来的夏季用电负荷高峰做准备？

街的尽头就是展览路第一小学，妻子和女儿共同的母校。从校门向北，走过一段弧形的弯路，就是申区的范围了，平行的几排两层房屋，很像今天的联排别墅。这里明显地比别处要整齐幽静。当年我散步时，经常从它们之间穿行，如今这里却被铁栏杆整体围了起来，只在西边的街道上留了一个开口。

我走到了中里的楼房下，我在这里时后几年的住处。楼前花园的铁围栏已经除掉，毫无遮挡，可以随意进入，但花园里的树木稀疏杂乱，不复当年蓬勃茂盛的模样。最令我惊讶的，是我原来居住的 4 楼房间朝北的窗户外面，垫在防护窗底部的几根铁栏上的，依然是原来的那几片瓷砖——一点儿没错，我记得它那粉红得有些特别的颜色。

从这里向东边走，当年的自行车棚还在。几十米后，眼前又是展览路一小门口南边的一段弧形道路，与刚才通向申区的那段路相对称。是下午快要放学的时间，路边聚集了不少等着接孩子的家长。20 年前我也经常站在这里，那一页早已翻过。我沿着南北方向的百万庄中街，一直走到百万庄大街上，街口的东北角，还是那个头发卷曲、长相有几分像西北少数民族的安徽籍师傅，修鞋、修拉锁、换锁芯、配门卡等等，一把遮阳伞下便是他的工作空间。多年过去，当年的小伙子也成了中年人。对面的顺天府超市，记的是搬走之前不久开张的，也是地下防空洞改建而成，为周边居民提供日常生活的基本需求。

沿着百万庄大街，向西，朝甘家口方向走去。因为是主街，便显得宽敞整洁了许多。这里是卯区，西斜的阳光泼洒在人行道灰色的方砖地面上。一位老人扶着助步车迎面走来，步履蹒跚，旁边跟着一个中年保姆。一只白猫飞快地跑过去，消失在一丛冬青后面。头顶上方吱呀的一声，循着声音的方向扭头望去，二楼的一扇窗户刚被推开，玻璃上一片阳光倏地闪亮。一个老妇人探头向下面看，满头白发，年龄和姥姥当年仿佛。

再向前，就是热闹的甘家口大街了。十字路口，绿灯亮了，两边的人群匆匆相向而行。两辆送快递的小车眼看着就要相撞，戛然停住，发出嘶的刹车声音，但没有人多看一眼。

春末夏初，阳光明亮，树叶绿得闪光，清风拂面的感觉十分惬意，天地间喧响着一种欢快的声音。我忽然意识到，我此时站着的地方，正是当年的澡堂。30多年前，也是这个时节，我从它的门口经过时，与几位刚刚沐浴完的少女擦身而过，鼻腔中霎时盈满了馥郁的气息。

一对年轻恋人迎面走来，步态矫健，笑声清朗。树叶细碎的光影，在他们的脸上肩上，跳荡晃动。一瞬间，曾经刻骨铭心的青春感受，久已消逝的美和梦想，从记忆的深处飞快地上升、浮现，就仿佛身旁正在开花的梧桐树的浓郁香味，骤然间充塞了全部感官。

我泪眼模糊。

跋　对生活的感知和表达

衷心感谢广西师范大学出版社，愿意为拙作提供一个结集成书的机会。它们共有三册，分别是《心的方向》《阅读的季节》《大地的泉眼》。三册书中的文字，都是我游历、阅读、感受和思考的记录和描绘，或者说得更简洁一些，是我对自己所经历和遭逢的生活的表达。

在《心的方向》中，地点是每一篇的主角。它们大多是我旅行和采风到过的地方，每一个地方的风景、历史和文化，都有着丰富的美和咀嚼不尽的况味，令作为一名外来者的我沉浸其间，迷醉不已。华夏大地上，无数的地点，无数的诗和远方，都成为灵魂向往和驰驱的方向。也有几篇，描写了我数十年间京城生活的几个处所，包括校园、住处、工作单位等，它们可以说是一种熟视无睹的日常风景，但生活与生命最为本质的最具普遍性的内涵，却可以从这些地方，从它们所承载的生活的波澜不惊的流动中，获得感知。

《阅读的季节》，所谈都与书籍有关。我把目光从远方收回，落到一米前后的距离，手中的某本书上。一个人在阅读他喜爱的书籍，这是一个最适合拍成照片的场景。这样的照片上，阅读者的表情通常会是愉悦惬意的，这当然是真实的，但却未免有简单化、以偏概全的嫌疑，容易让人忽略他心中的千姿百态的情感波澜。它可能是欢欣，是痛楚，是纠结，是迷茫，是千回百转寻寻觅觅，是豁然开朗光风霁月，种种不同，取决于拿在他手中的是一本什么样的书籍。在用作本书书名的那篇文章里，我试图表达的，是有效的阅读总离不开真切而深刻的生命体验，而这种体验又总是与生命的自然流程有某种关联，这个流程就仿佛是大自然的四季。

《大地的泉眼》，是诗和思的涌流。我认为，散文写作呈现出繁复摇曳的姿态和面容，是一个需要充分探究的大题目，也产生了许多有关的书籍和文章。但对于一名普通的写作者而言，也不妨做出简要却不失准确的概括，那就是从某个方面看，它们无非是感受和思考这两种元素的充分表达，是它们的丰富组合与无穷变幻。人们到处在生活，生活每时每刻都在将感受和思考赐予人们。生活进行和开展着，如同大地一样广阔和丰富，每个人从中获得的感受和认识，尽管内容不同，质量有异，但都是从地层深处冒出的汩汩泉水。

总之，这些作品中所描绘的都是属于我的生活，我既是参与者也是观察者。这些生活所散发出的气息，宏大又精微。它们裹挟了我，成为我的精神情感生活的塑造者。

这几本书的出版，给了我一个整理自己过往作品的机会，更能够借此与读者朋友们进行交流。每个人的生活都是不一样的，有地域、职业等众多方面的区别，可谓千差万别，但因为有着共同的人性基础，在最为根本的方面却又是相连相通的，这也正是文学能够将人们联结在一起的原因。如果这些作品，能够在读者朋友们的心灵回音壁上，碰撞和产生出一些回声，我会备感欣慰。

2020 年 7 月